R&B

MARK CIRINO

NAME THE BABY

EIN PAAR ZIEMLICH GROSSE WORTE ÜBER LEONIA

Roman

Aus dem Amerikanischen von Sky Nonhoff

Rogner & Bernhard bei Zweitausendeins

1. Auflage, Juni 1999.

ISBN 3-8077-0193-1

Lektorat Anna-Catharina Gebbers, Hamburg.
Umschlaggestaltung Britta Lembke, Hamburg.
Herstellung Eberhard Delius, Berlin.
Satz Theuberger, Berlin.
Druck Wagner, Nördlingen.
Einband G. Lachenmaier, Reutlingen.
Printed in Germany.

Dieses Buch gibt es nur bei Zweitausendeins im Versand, Postfach, D-60381 Frankfurt am Main, Telefon 01805-23 2001 oder 069-420 8000, Fax 01805-24 2001 oder 069-415 003.
Internet www.zweitausendeins.de, E-Mail info@zweitausendeins.de.
Oder in den Zweitausendeins-Läden in Berlin, Düsseldorf, Essen, Frankfurt, Freiburg, 2x in Hamburg, in Köln, Mannheim, München, Nürnberg, Saarbrücken, Stuttgart.

In der Schweiz über buch 2000
Postfach 89, CH-8910 Affoltern a.A.

für David Fox

I wish I knew, really knew, your language of months

The Mulligans, »Nina, Nina«

1

NACHTBUS NACH HAUSE

Drum, lieber Brutus, schickt Euch an zu hören;
Und weil Ihr wißt, Ihr könnt Euch selbst so gut
Nicht sehn als durch den Widerschein, so will
Ich, Euer Spiegel, Euch bescheidentlich
Von Euch entdecken, was Ihr noch nicht wißt.

William Shakespeare, Julius Caesar

Ich hab Phantasie, Leute, das ist das Problem. So wie die Dinge jetzt stehen, kann ich mich in diesen vier Wänden nicht mal umdrehen, ohne den Widerhall jenes Keuchens zu hören, ohne irgendwo Metall silbrig aufblitzen zu sehen, ohne die Wut zu spüren, die in dieser Explosion steckte. Wißt ihr was? Dieser Bulle dachte, er täte mir einen Gefallen, als er mir die ganze Chose erklärte; der Hundesohn meinte, cool wie ein altgedienter Nachrichtensprecher, daß ihre Augen, wissenschaftlich gesprochen, implodiert wären. Jetzt mal im Ernst, war das wirklich seine Aufgabe? Kann das jemand glauben? Ihre traurigen Augen. Ich schätze, es war so was wie eine offizielle Erklärung.

Schließlich war ich derjenige, der sie als erster tot gesehen hatte, und ich könnte schwören, daß so etwas wie ein erstaunter Ausdruck auf ihrem Gesicht lag, als hätte sie gar nicht erwartet, daß die Waffe losgehen oder das Geschoß sie verletzen würde. Nicht erwartet? Woran soll sie denn sonst gedacht haben, als sie sich das Ding in den Mund steckte? Woran hat sie gedacht? Ich meine, wer begeht denn Selbstmord und tut dann so, als wäre er das Opfer eines Heckenschützen geworden? Das macht doch kein normaler Mensch. Wie auch immer, überall diese spitzen Schreie, und ich weiß einfach, wie sich das angehört hat, und diese Gedanken machen diesen Ort momentan einfach unerträglich für mich. Es macht keinen Sinn, weiter hier herumzuhängen und so zu tun, als wäre nichts passiert. Die Leute quatschen, und das letzte, was ich jetzt brauche, sind Nachbarn, die mich anglotzen, als wäre das alles meine Schuld, als hätte ich ihr die Pistole gegeben, ihr gezeigt, wie das Ding funktioniert, als wäre dieser ganze Wahnsinn auf meinem Mist gewachsen. Die Leute reden und reden. Manchmal denke ich, jetzt gebe ich ihnen mal die passende Antwort, aber wozu? Man kann sowieso nichts dran ändern, wie die Leute denken. Ein Bekannter von mir meinte, ich sollte mich einer Therapiegruppe anschließen, die Sache einfach mal antesten, aber das ist nicht mein Ding. Ihr kennt mich nicht, aber auf Gruppen und solchen Mist steh ich nicht, das könnt ihr mir glauben. Ich denke, alles, was ich jetzt tun kann, ist, mich treiben zu lassen; okay, wir haben hier zusammen gewohnt, und nun bin nur noch ich da. Darum geht's doch, daß ich allein bin, auch wenn ich immer wieder an sie denken muß – ich weiß einfach, daß ihr letzter Gedanke mir galt, weil ich es von ihrem Gesicht ablesen konnte –, und ich kann ihr Kopfschütteln sehen, als hätte sie restlos die Nase voll von allem, echt subtil, so wie sie es immer machte. Ihr tonloses Grollen, wenn sie sauer war, kurz bevor der Donner losbrach – und diesmal hat sie ihn richtig losgehen lassen, soviel steht mal fest.

Und was diese Bude angeht, was soll ich hier noch? Als ich an jenem Abend nach Hause kam, lief *Hendrix Essential* auf voller Lautstärke, wahrscheinlich schon seit Stunden. Das ist wohl auch der wahre Grund, warum mich die Nachbarn so hassen – der Selbstmord war eine echte Belästigung. Sich zu Jimi Hendrix umbringen, ist das die feine Art? Und für mich ist das jetzt auch gegessen. Ich kann keinen Hendrix mehr hören, keine Frau mehr lieben, mich nicht mehr über die Politik und das Leben streiten – alles aus und vorbei. Ach, was rede ich hier überhaupt? Klar kann ich das – ich kann alles, was ich will –, bloß nicht in diesem verfuckten Apartment. Im Leben nicht. Nicht jetzt. Also? Also bin ich schon unterwegs.

Da bin ich, Mann, die Stufen runter und fast schon um den Block. Ich werd's rausfinden. Rausfinden, warum das eigene Leben plötzlich aufhört, wenn jemand stirbt – das hat mir irgendwie immer angst gemacht. An so einem Abend hat man kein Ziel; jeder Ort ist besser als der, wo man gerade war. He, vielleicht gar keine schlechte Idee, mal wieder ein paar Tage nach New Jersey zu verschwinden, wenn ich so drüber nachdenke. Letzte Nacht haben meine Eltern angerufen, sagten, sie wüßten, wie ich mich fühle, daß sie für mich da seien, und 'ne Menge anderer Dinge, die Eltern so von sich geben. Trotzdem, sie meinten es ehrlich, und manchmal ist zu Hause ja so 'ne Art Schlupfwinkel, also komme ich vielleicht drauf zurück. Moms Stimme hörte sich auf dem Anrufbeantworter dünn und hohl an, als hätte sie sie extra den Ereignissen angepaßt. Dad kam ganz auf die väterliche Tour, nichts, was mich umgeworfen hätte. Aber ich sollte nicht so hart mit ihnen ins Gericht gehen – schwer genug, überhaupt Worte zu finden, und was sollten sie schon groß sagen.

Wie gesagt, da bin ich, in meinen Timberlands, jage die Straße runter, für alles offen. Unterwegs nach downtown, da kenne ich mich am besten aus. Werft mal ein Auge auf mein Hemd. Weinrot, wenn man der Verkäuferin glauben darf. Ein bißchen abgetragen, aber urbequem. 'ne Menge Leute meinen, man müßte dauernd das Hemd wechseln, aber scheiß drauf, ich trage dieses hier so gut wie immer, auch wenn ich mir demnächst bestimmt mal ein neues kaufe. Grau wäre nicht schlecht. Obwohl dieses Weinrot echt gut aussieht. Ich weiß, daß Mädchen nicht so drauf stehen, wenn man das Hemd über der Hose trägt (Mädchen stehen auf Arsch), aber erstens hab ich's so lieber, und zweitens steckt Leonias Pistole darunter. Ich glaube, ich behalte das Ding jetzt mal 'ne Zeitlang bei mir – nicht, daß das Ding noch in die falschen Hände gerät. Unter dem Hemd trage ich meine Indianerkette; der Anhänger liegt an meiner Brust. Manchmal werde ich gefragt, wieso ich die Kette überhaupt trage, wo sie doch sowieso keiner sehen kann, aber ich mag einfach das kalte Metall auf meiner Haut. Außerdem beweist es, daß ich das Ding nicht aus modischen Gründen trage, sondern weil es mir gefällt. Dazu schwarze Jeans – was auch sonst? Irgend jemand hat mir erzählt, daß Bluejeans im Zuge des Goldrauschs 1849 auf den Markt kamen, die schwarzen kurze Zeit später, aber eben bloß für die Show. Totaler Unsinn, wenn ihr mich fragt, schwarze Jeans oder gar nichts. Bluejeans werden dreckig, aber schwarze sehen immer gleich aus, solange man sich nicht mit Farbe oder sonstwas einsaut. Meine Haare trage ich kurz, nicht wie die anderen Typen meines Alters, Pferdeschwanz und darüber eine von diesen lahmarschigen Baseballkappen, als würden sie irgendeinem Team angehören. Auf so was fahr ich nicht ab. Okay, Leonia stand auf alle mögliche Arten von Sport, aber was bringt das?

Mal macht man Punkte, mal verliert man welche – am Ende ist es bloß Rechnerei.

Eine meiner gröbsten Unarten habe ich mir vor ein paar Jahren angewöhnt, als ich den Sommer über mit meinem Cousin in Rom war. Laßt mich das kurz erklären. Ich liebe es, Harmonika zu spielen – ich sag nicht, daß ich es besonders gut drauf habe, aber ich kann in jeden Song einsteigen. Ich kann das spielen, was gespielt werden muß. Vergiß irgendwelchen Unterricht! Wer will schon irgendeinem alten Sack zuhören, der einem erklärt, wie man Noten schreibt, Soli interpretiert oder zur Quinte spielt? Ich bin doch nicht bekloppt; das krieg ich schon selber raus. Ein kleiner Ratschlag von meiner Wenigkeit: Leg einfach eine Platte von Howlin' Wolf oder Jimmy Reed auf und hör gut zu; check es selbst aus, lern es auswendig, wie diese Multiplikationstabellen in der fünften Klasse. Die Leute sagen immer das gleiche, wenn sie mich spielen hören. Echt gut! Nimmst du Unterricht, Mann? Als ob ich irgendwelche Scheißskalen rauf und runter lernen würde. Klar, ich habe ein paar Bücher gelesen und Platten gehört, aber das war's auch schon. Die ganzen Bluesspieler hatten alle dieselbe Schwäche für Jack Daniels. Jack ist übrigens auch die grobe Unart, die ich eben erwähnte, nicht die Mundharmonika.

Was Jack angeht, glaube ich, daß diese alten Bluestypen irgendwas wußten, was ich nicht weiß. Also schließe ich mich meinem Cousin an und folge ihm in diesen römischen Schnapsladen, wo wir uns eine Flasche kaufen. Das Zeug brannte mir die halbe Kehle weg, brachte mich aber in Spiellaune wie selten. Alle Hemmungen waren plötzlich wie weggeblasen. Das erinnert mich an diesen Amerikaner, den ich in

Italien kennengelernt habe – Dichter und Gitarrist, ziemlich cool drauf. Einmal zogen wir mit einer Flasche los und spielten seine Songs an diesem sternenklaren Abend auf der Piazza di Spagna für all diese italienischen Schulmädchen. Es war der beste Abend, den ich je erlebt habe, und seitdem sind Jack und ich unzertrennlich. Keine Ahnung, was mit meinem amerikanischen Freund passiert ist. Er redete zwar immer davon, nach Amerika zurückzukommen und Jura zu studieren, hatte sich dann aber für einen Kurs in Magie eingeschrieben, genau an jenem Nachmittag, an dem mein Rückflug ging. Wir trafen uns immer zum Kaffee oder zum Jammen. Komischer Typ; wahrscheinlich in irgendwelchen Juraseminaren verschwunden. Vielleicht sehe ich demnächst mal ins Telefonbuch.

Ich trinke nicht jeden Tag, aber wenn, dann richtig. Für halbe Sachen bin ich nicht zu haben. Ich trinke, bis ich total alle bin, senkrecht, waagerecht und diagonal. Vor ein paar Tagen, kurz nach der Sache mit Leonia, habe ich mir im *Down the Hatch* die Kante gegeben. Ich blieb bei Whiskey pur und machte immer weiter, und dann fing dieser eine Typ an, mir einen nach dem anderen auszugeben, bloß um zu sehen, wieviel ich vertragen konnte, während ich meine Show abzog, um von anderen Leuten noch ein paar zusätzliche Drinks zu schnorren. Danach war Abtanzen angesagt, bevor ich die Biege machte. Am nächsten Morgen schmeckte ich die Kotze tief in mir, und mein Puls hämmerte wie wild gegen meine Schädeldecke, ließ mir fast die Gehirnhaut platzen. Am liebsten hätte ich mir Leonias Pistole gegriffen und es hier und jetzt zu Ende gebracht. Dann ging ich ins Bad, setzte mich aufs Klo und ließ einen Schiß ab, der dermaßen stank, als hätte er Fangzähne, und als ich mir den Hintern abwischte, klebte dunkelrotes Blut am Papier. Spül's endlich weg, Motherfucker!

Besonders viel brauche ich nicht, wenn ich mich unter die Leute mische. Alles, was ich benötige, ist eine Karte für den Bankomaten, meinen Führerschein und meine Harmonika – hat gerade ein paar Dollar gekostet. Wozu eine teure Harmonika, wo sich die Töne doch sowieso in Luft auflösen, wenn man's mal genau betrachtet? Auf meinem Weg sehe ich kurz bei *Jake's Spirits* rein. Ich stehe auf den Laden, weil das letzte »s« in der Leuchtreklame nicht mehr funktioniert; jetzt steht da »Jake's Spirit«, was irgendwie paßt, da sich der Typ hinter dem Tresen nie von der Stelle rührt, nie lächelt, keinen Ausweis sehen will und keine Fragen stellt. Meist liegt ein aufgeschlagenes Finanzmagazin vor ihm, und er liest die Börsenseiten, Zeile für Zeile, als würde er ernsthaft drüber nachdenken, in eine dieser Firmen zu investieren. Ich habe nicht allzuviel Ahnung von Aktien, aber wenn's darum geht, mein Geld zu verzocken, bin ich einigermaßen konservativ – was Langzeitinvestitionen angeht, kaufe ich nicht mal Zehnerpacks U-Bahn-Münzen. Das hier ist New York City, und man weiß nie. Davon abgesehen sind Aktien und so ebenfalls bloß Rechnerei. Ich steh einfach mehr auf Musik.

Also halte ich kurz inne und sehe zu, wie der Typ sein Magazin studiert. Er weiß, daß ich da bin, aber er sieht nicht auf, bevor ich direkt vor ihm stehe und jeden winzigen Krater in seinem Gesicht erkennen kann. Er grinst unmerklich, bevor er den Preis in die Registrierkasse tippt, eine Papiertüte hervorkramt und die Flasche hineinsteckt. Als sich unsere Blicke schließlich doch noch treffen, liegt ein gönnerhafter Ausdruck in seinen Augen, als würde er mir einen Gefallen tun, weil er nicht nach meinem Ausweis fragt. Aber er kann mir gar nichts. Ich bin einundzwanzig und kann tun und lassen, was ich will, außer Präsident zu werden, aber offen gesagt glaube ich auch nicht, daß irgend jemand, mich eingeschlossen, so besonders scharf darauf wäre.

Ich schaff's einfach nicht, Penner links liegen zu lassen. Nicht, daß ich Mutter Teresa nacheifern wollte, aber ich kann einfach kein normales Leben führen, solange da draußen Leute in ihrer eigenen kalten Pisse schlafen. Eigenartig, daß Urin erst mal schön warm herauskommt, dann aber ziemlich schnell abkühlt, so wie andere Flüssigkeiten auch. Wenn ich diese Typen mit ihren Klamotten aus der Brockensammlung sehe, wie sie auf ihren Schlafstätten aus Pappe pennen, muß ich einfach stehenbleiben. Manche Leute sind immun gegen diesen Anblick; sie gehen einfach weiter. Irgendwas drängt mich, auf diese Typen einzugehen, weil ich ihren Anblick sonst den ganzen Tag mit mir herumschleppe und absolut stinksauer werde. Aber immer noch besser, als herumzujammern; das war noch nie mein Ding, wenn man die Sache mit Leonia mal nicht mitzählt.

Dieser Penner auf der Fifth Avenue holt mich irgendwie ein, obwohl ich einen ganz schönen Zacken drauf habe; obwohl es längst dunkel ist, sieht er genau, was ich in meiner Papiertüte habe, und krächzt, »Hast du 'n Schluck über, Junge?« bloß ohne Punkt und Komma, so daß der ganze Satz in einem einzigen verzweifelten Schwall aus seiner Kehle kommt. Und ihr meint jetzt vielleicht, mein Whiskey wäre zu schade für dieses Arschloch? Hakt's ab! Ich gieße ihm was in seinen versifften Pappbecher, wir stoßen an, und ich sage »Kling kling«, bloß so aus Gewohnheit, weil die Mädels das mögen, jedenfalls die vom College. Der Whiskey krallt sich in meine Kehle und zieht eine dünne rote Schramme durch meine Brust bis in den Magen runter. Es ist schon mein dritter oder vierter heute. Ich fasse an meinen Arsch, um zu checken, ob meine Harmonika noch da ist; da ist sie ja. »Danke, Junge, netter Zug von dir«, kommt der zweite Schwall aus dem Penner heraus, und ich schmatze zustimmend mit den Lippen. Dann bin ich auch schon wieder einen Block weiter.

Schon mal vom *Terra Blues* gehört, diesem Club auf der Bleecker? Cool genug, wenn ihr mich fragt. Aber heute werden wieder die ganzen Salamis da sein – also eigentlich nicht der richtige Abend. Wer will schon die Donnerstagnacht mit diesen Würsten von den Studentenverbindungen verbringen? Am liebsten ist es mir, wenn der Laden leer ist, außer mir vielleicht noch ein oder zwei Mädchen da sind und jemand wie Moe Holmes oder Slapmeat spielt. In gewisser Weise ist es mit dem Blues so wie mit Gedichten; jeder Song ist eine Hommage an einen anderen Song oder Sänger. Wann das angefangen hat? Da fragt ihr den Falschen; ich hab keine Ahnung.

Ich laufe an der Unibibliothek vorbei, und durch die Fenster im ersten Stock sehe ich die Studenten über ihren Büchern hocken. Ich wußte nicht mal, daß die Bibliothek um diese Zeit noch geöffnet ist. Irgendwie deprimierend, dieser Kompromiß, den die Kids dort mit sich geschlossen haben;

statt um die Häuser zu ziehen, haben sie sich möglichst nah ans Fenster gesetzt. Alle paar Seiten schauen sie auf und sehen Leute wie mich, die etwas *vorhaben*. Ich steh auch auf Lesen, sogar auf Philosophie – aber alles zu seiner Zeit. He, Philosophie ist auch dein Ding? Hegel, was? Wußt ich's doch! Sieht man doch auf eine Meile Entfernung. Ich nehme einen letzten Schluck, mitten auf der Straße, und dann noch einen, und die Flasche ist so gut wie leer. Ich taste noch mal nach meiner Gesäßtasche, ob meine Harmonika immer noch da ist. Ist sie. Verdammt, wo ich grade dran denke, was kostet der Eintritt, so was um die drei Dollar?

Ich steige die Stufen zum *Terra* hinauf; ich fühle mich lokker, echt gut drauf. Der Whiskey wirkt, klare Sache. Das Klirren der Gläser dringt an meine Ohren, bevor ich die Drums oder irgendwelche Akkorde hören kann; allzuviel scheint noch nicht los zu sein. Der Rausschmeißer taxiert mich mit argwöhnischem Blick, aber ich schaue an ihm vorbei, als würde drinnen schon jemand auf mich warten. Für ihn bin ich bloß eine weitere Salami. Ich unterscheide mich nicht großartig von den Typen, abgesehen von meinen Klamotten und meinem Gesichtsausdruck; ich habe einen, das ist der Unterschied. Blues war Leonias Ding. Ich erinnere mich an diesen einen Abend, als ich neben ihr lag, auf einem Hügel mit Blick auf den Florentiner Dom, dessen Gleißen das Weiß ihrer Pupillen noch weißer erscheinen ließ und sich auf meiner Harmonika brach. Ich sang leise den Text zu »Before You Accuse Me« und ließ die Harmonika zwischen den Zeilen wimmern. Ein ziemlich böser Song, aber Leonia faßte ihn nicht so auf – sie nahm den Text nicht persönlich, glaube ich jedenfalls. Schließlich ist der Song auch nicht von mir. Es tut weh, an diesen Abend zurückzudenken. Sie flüsterte mir ins Ohr, zum ersten und einzigen Mal in dieser Nacht, ich wäre romantisch.

Was? Romantisch? Wir haben es doch bloß im Freien gemacht, in der Nähe eines Friedhofs, unter den Sternen der Toskana, neben uns ein leerer Weinkarton. So was nennen Frauen also romantisch? Daraus soll mal einer schlau werden. Ich habe mal ein Buch über Literaturkritik gelesen, in dem stand, romantisch hieße »gefühlvoll«, und das glaube ich auch, weil ich mich an diesem Abend genau so fühlte, mehr als jemals zuvor, und wißt ihr was? Heute ist es wieder so. Andere Umstände, stimmt, aber romantisch, ja, genauso fühle ich mich, ich will etwas spüren. Ich drücke dem Typ an der Tür vier Dollar ab, minimaler Augenkontakt, und bin durch. Gut, daß ich die leere Flasche weggeworfen habe; hier kommen anscheinend nur Bluesfans mit Manieren rein.

Ich suche mir einen Platz an der Wand. Ich geh nicht in solche Läden, um abzutanzen oder einfach zu relaxen. Ich laß es einfach auf mich zukommen. Ich geb mir den Blues, weil man dabei alles mögliche lernen kann, und genau das ist es, worum es eigentlich gehen sollte, jeden Tag, jede Sekunde. Jede Erfahrung, jeder Zwischenfall ist eine Lektion, bloß daß wir nicht gelernt haben, es so zu sehen, ich eingeschlossen. Irgendwie spüren wir die Magie nicht mehr. Trotzdem, wenn ich guten Blues höre, denke ich drüber nach, was Sache mit mir ist. Ich laß mich einfach im Reich der Sinne treiben. Eigentlich denke ich bei jedem Song über etwas anderes nach, und wenn ein Stück vorbei ist und mich der Applaus der Menge aus den Gedanken reißt, versetzt mich das nächste in eine andere Stimmung. Heute abend fühle ich mich frei, im Sinne von befreit; noch ein bißchen länger, und die Wände meiner Bude hätten mich erdrückt. Es war ein Fehler, die Erinnerung an Leonia zu unterdrücken. Es ist unmöglich, all die Dinge auszublenden, die einen früher mit jemandem verbunden haben; man wird höchstens verrückt dabei. Wir teilten alle bekannten Substantive und jedes noch so winzige Verb – wie soll man das übertreffen?

Ich lehne also an der Wand und sehe den Typen auf der Bühne zu. Von wegen Moe oder Slapmeat. Es sind ein paar weiße Burschen und ein schwarzer Bassist mit einer »GWU«-Baseballkappe, aber versteht mich nicht falsch – sie spielen den Blues so kantig und auf den Punkt, wie er sein muß. In den letzten Tagen habe ich mit allen möglichen Leuten gesprochen, die genau null für mich tun konnten, aber diese Typen ersetzen jeden Psychiater. Die Mulligans. Mann, der Baß geht direkt in meinen Unterleib. Der Sound des Schlagzeugs liegt über dem Lärm, exakt so wie's sein muß. Der Frontman kann kein bißchen singen, aber er krümmt sich zu genau den richtigen Noten, und das ist nicht bloß Show. Der einzige Virtuose in der Band ist der Gitarrist, aber das läßt sich entschuldigen – für sein Talent kann er ja nichts. Es ist ziemlich schwierig, mich zufriedenzustellen, aber diese Burschen geben mir genau das, was ich brauche. Es sind nicht bloß vier Typen mit Instrumenten; sie sind eine Band. Sie spielen zusammen, und das läßt jeden von ihnen besser aussehen, als wenn jeder sein eigenes Ding durchziehen würde, wie verlockend das auch sein mag. Ich denke an mich und Leonia, an uns beide mit unserem Apartment als Bühne, jeder mit seinem eigenen Instrument beschäftigt, mit seinem eigenen Rhythmus und seiner eigenen Tonart, von den lahmen Texten ganz zu schweigen. Wären wir eine Band gewesen, hätte man uns schon während der ersten Nummer von der Bühne gebuht und mit verfaulten Tomaten beworfen.

Habt ihr schon mal »Love in Vain« gehört? Jesus, diese Mulligans spielten es so langsam und düster wie selten, und das Klirren der Gläser riß mich kein einziges Mal aus meiner Stimmung. Eigentlich trug das Klirren sogar zum Rhythmus bei, so wie das gesamte Publikum Teil der Band zu sein schien, jedes bißchen Gelächter gehörte dazu, weil es genau an der richtigen Stelle erklang. Der weiße Junge mit dem scheißefressenden Grinsen und dem Mikro schloß die Augen und beschwor nicht bloß sich selbst, Robert Johnson oder Eric Clapton, sondern jeden einzelnen, der je eine Frau für einen Moment länger geliebt hat als sie ihn. Die anderen behielten ihn im Auge, während er weitersang, stöhnte, ach was, es ihnen *erklärte* – »All my love's in vay-ayn«, bis der Drummer ihn erlöste und mit einem perfekten Wirbel in den Break überging.

Genau darum geht es in einer Band, einer für alle, und alle für die Musik. Wer kann denken oder quatschen, wenn er jemandem zuhört, der das Feeling hat? Und in diesem Augenblick, wie bei einer Silvesterparty, auf der mit einem Mal alle Gespräche abbrechen – wenn sich das Tohuwabohu von einer Sekunde auf die andere in eine Totenstille verwandelt, bis irgendeine Großschnauze wieder zu grölen anfängt –, war kein Ton mehr zu hören; selbst die Salamis schwiegen. Es war fast so, als hätten die Autos draußen mit dem Hupen und die Nutten mit dem Baggern aufgehört, weil die Mulligans spielten und ihr Sänger mit mir sprach, mit uns allen sprach; es war, als würden die Räder des Universums für einen Moment blockieren. Ich weiß nicht, ob die Mulligans der Auslöser waren oder bloß die logische Konsequenz, aber mit einem Mal war alles anders. Die Räder drehten sich in verschiedene Richtungen, und der Wagen kam ins Schlingern. Ins Schleudern, ohne von der Bahn abzukommen. Wenn es jemand so sagen kann, laut und traurig, daß wir es im Innersten spüren, dann ist die Liebe alles, aber bestimmt nicht vergebens.

Als der Song zu Ende war, kam mir Beifall wie eine Beleidigung vor, also klatschte ich nicht, auch wenn alle anderen in Applaus ausbrachen. Ich ging rüber zur Bar und bestellte mir einen. Der Barkeeper grinste, als wäre ich einer von diesen Bubis, die einen auf harte Nummer machen wollen, aber er hatte einfach keine Ahnung. Was wußte er schon? Ich nippte an meinem Drink und rückte ein bißchen näher zur Bühne heran. Wieso stand da eigentlich keiner? War das hier wie in der Schule, wo bloß die Streber vorne sitzen? Scheiß drauf, das war schließlich der beste Platz. Mit halb geleertem Glas ging ich noch näher heran; der Sänger atmete schwer und schüttelte den Kopf, als hätte ihn der Song ziemlich mitgenommen. Er grinste über sich selbst und warf einen Blick zum Drummer hinüber. Der Drummer griente zurück wie ein Bengel, der gerade jemandem einen Streich gespielt hatte. Hatte ich irgendwas nicht mitbekommen? Scheiße, wo war ich? Höchste Zeit, auf Details zu achten. Der Sänger zog die Augenbrauen hoch, und der Drummer schlug die Sticks zusammen, worauf der Gitarrist das Anfangsriff von »The Spider and the Fly« zu spielen begann, für mich das wahrscheinlich beste Stück aller Zeiten. Aber wo war die Harmonika? Verdammt, ohne Mundharmonika versaut ihr den ganzen Song!

Heilige Scheiße! Dafür gehört ihr achtkantig rausgeschmissen. Also trinke ich aus, stelle das Glas ab, ziehe die Harmonika aus meiner Arschtasche und erklimme die Bühne. Nichts Besonderes, bloß ich und die Mulligans.

Ich sehe mich um und lächle in die Menge, obwohl ich keine Gesichter ausmachen kann, weil mich das Licht der Scheinwerfer blendet. Ich werfe einen Blick zum Sänger hinüber, der mit einer Sonnenbrille in seiner Hand spielt und sich offensichtlich fragt, ob er sie aufsetzen soll. Volle Konzentration. Er sieht mich an, ohne sich auf irgend etwas einlassen zu wollen. Ich nicke ihm zu. Blues, Alter. Unsere Sprache.

Ich stelle mich vor das Mikro und blase in die Harmonika. Wenn es einen Song gibt, den ich in- und auswendig kenne, dann »The Spider and the Fly«. Ich bin schon mittendrin in meinem Solo, als ich merke, daß irgendwas nicht stimmt – kein Ton ist zu hören außer meinem ersterbenden Atem, ein paar Gesprächsfetzen und dem Geräusch von ein paar Gläsern. Dabei war ich doch ziemlich gut. Wieso lassen die mich so hängen? Ich habe keine Ahnung, was hier läuft, also drehe ich mich um, bloß um zu sehen, daß der Schlagzeuger seine Sticks auf der Snare abgelegt hat und der Gitarrist einfach nur mit baumelndem Instrument dasteht. Der Sänger, jetzt mit Sonnenbrille und verschränkten Armen, verlagert sein Gewicht von einem Bein auf das andere, als ob er wegen irgendwas sauer ist, und tritt dann einen Schritt zurück, ein bißchen nervös, wie mir vorkommt. Nervös? Scheiße, Mann, ich geb's nicht gern zu, aber es sieht so aus, als hätte ich mich einigermaßen verkalkuliert. Ist doch alles halb so wild. Der Bassist wechselt jetzt ein paar Worte mit einer Frau neben der Bühne. Mann! Die Mulligans haben mich im Regen stehen lassen! ’ne kalte Dusche im *Terra Blues*, nicht daß ich das für unmöglich gehalten hätte. Also gehe ich rüber zu dem Gitarristen, stinksauer, weil er mich so vorgeführt hat – nicht gerade der allerfeinste Stil beim Blues, wenn ihr versteht, was ich meine. Mit ausgestrecktem Zeigefinger gehe ich auf ihn los.

»Du verdammter Scheißkerl, du hast’s versaut!« Mit Whiskey vermischter Speichel tropft aus meinem Mund auf den Boden. Hingehängt haben sie mich! Verlaß dich auf jemanden, und du bist verlassen! Ich meine, muß ich den Leuten pausenlos von der Sache mit Leonia erzählen? Ist doch klar, daß ich nicht den Rest meines Lebens damit verbringen will. Aus dem Augenwinkel sehe ich den Sänger, der in Richtung des Rausschmeißers gestikuliert, als wollte er ein Taxi während eines Unwetters anhalten. Was soll ich machen, den Wichser erschießen? Ich wollte ein paar Takte »The Spider and the Fly« mit ihnen spielen, das war alles. Und dann so eine Reaktion! Ich drehe mich zu dem Sänger.

»Wo liegt das Problem, Mann? Seid ihr euch zu fein zum Jammen? Komm her, von mir kannst du noch was lernen!« Er verzieht den Mund, als mich der Rausschmeißer von den Beinen holt und die Stufen herunter von der Bühne schleift, wobei mein Kopf hintereinander auf den Absatzkanten aufschlägt. Kurzer Besuch von Dantes Inferno bei den dreiunddreißig Cantos meines Gehirns. Aber es sind nicht nur die Stufen, sondern auch der Rausschmeißer, der mir echt zeigen will, was Sache ist. Jetzt ist es amtlich: Ohne offizielle Erlaubnis läuft hier überhaupt nichts.

»Was soll das, du kleiner Wichser? Offenes Mikro ist mittwochs, klar? Nächstes Mal überlegst du’s dir vorher, bevor du anderen Leuten ihren Abend vermiest! Hier sind Leute von

Plattenfirmen, die sich die Band ansehen wollten. Und du Pisser hast es ihnen versaut!« Es sah nicht so aus, als hätte ihm meine Version von »The Spider and the Fly« gefallen.

Kurz darauf bin ich wieder draußen auf der Bleecker, lehne mich gegen eine Hausmauer. Leonias Pistole drückt gegen meinen Bauch, aber das ist okay; es ist wie eine kleine Erinnerung. In mir rumort der Whiskey, und das kommt ganz und gar ungut. Rein geht das Zeug wie ein Laserstrahl, aber jetzt fühlt es sich an wie ein Feuerball, der gleich in tausend gleißende Kometen zerspringen wird. Guter Gott, so beschissen übel war mir zuletzt auf der High School, in der Nacht, als ich dem Tequila abgeschworen habe. Ist 'ne lange Story, Leute – vertraut mir. Ich werfe einen Blick zu dem Rausschmeißer hinüber, der mich ansieht, als wollte er mir noch eine Zusatzabreibung verpassen. Schon mal gemerkt, daß manche Leute den Hals nicht voll kriegen können? Ich gehe in die andere Richtung, bleibe dann stehen und kotze mir etwa drei Minuten lang die Seele aus dem Leib. Eigentlich seltsam, weil ich sonst nie kotzen muß. Andererseits geht mir ja auch nicht jeden Tag irgendeine Salami von Rausschmeißer grundlos an den Kragen. Ich habe einen üblen Geschmack im Mund. Ich glaube, da ist jetzt mal ein Mintbonbon fällig.

Seit Leonia habe ich keine Nummer mehr mit einer anderen Frau geschoben. Heute nacht, das wär's. Um euch die Wahrheit zu sagen, war das einer meiner ersten Gedanken, nachdem die Sache mit ihr passiert war. Ach ja, und in euren Augen macht mich das jetzt zu einem echten Stück Scheiße, oder? Wahrscheinlich, aber so stehen die Dinge nun mal, für mich sowieso. Eine echte Bank sind diese Clubs in Soho, Eintritt nicht der Rede wert, einfach rein, ein paar Drinks, Abtanzen inklusive. Kein Problem, ich hab's drauf, bis jetzt hat sich noch keine beschwert. Jetzt im Moment ist Tanzen allerdings nicht angesagt; ich fühle mich eher so, als würde ich gleich den Löffel abgeben. Abtanzen, Abkacken, was ist der Unterschied? Die Leute glotzen so oder so. Ich reiße mich zusammen und gehe weiter, zum erstenmal beide Hände frei heute abend. Kein Flachmann oder sonst was, aber das geht momentan mehr als in Ordnung. Ich balle meine Faust und vergewissere mich, ob meine Harmonika noch da ist. Ich kann mich nicht erinnern, sie in die Tasche zurückgesteckt zu haben, aber da ist sie – ich nehme an, das ist ein Zeichen oder so was. Und aufrecht gehen kann ich auch wieder. Na bitte. Dann also rein ins Geschehen, Leute!

Ich gehe am *Angelika Café* vorbei, beobachte die Nachtschwärmer und die Amateurkritiker, die gerade aus dem Kino kommen. Kommt gut, auf der Mercer Street herumhängen, beobachten, wie die Leute aus dem Kino kommen, und raten, was sie wohl gesehen haben. Ziemlich einfach, wenn man's mal eine Weile gemacht hat; ich weiß meistens sogar, was sie hinterher zum Essen bestellen.

Sapphire's ist wirklich kein übler Club, das dürft ihr mir glauben. Ihr könnt auch ins *Limelight* rübergehen, da ist Rave angesagt. Ich brauche diesen Scheiß nicht. Ich stehe mehr auf diese kleinen Läden, wo die Leute tanzen, um zu tanzen, und nicht, um ihre MTV-Show abzuziehen. Ich verrate euch mal ein kleines Geheimnis. Ich tanze zu jeder Musik – Blues, Hiphop, Rock, Techno, Reggae – auf die exakt gleiche Weise. Der einzige Unterschied ist, daß ich ein Gesicht mache, das zum jeweiligen Beat paßt, und normalerweise komme ich damit überall durch. Musik ist sowieso bloß eine Entschuldigung, eigentlich passiert alles im Kopf. Irgendwo hier in der Gegend muß das *Sapphire's* sein, auf jeden Fall jenseits der Elizabeth Street, noch hinter der Mott, glaube ich. Straßennamen kann ich mir nicht besonders gut merken, aber gewöhnlich weiß ich, wohin ich unterwegs bin. Gott, ich weiß nicht mal, was der Eintritt kostet. Donnerstags drei Dollar, oder nehmen sie jetzt vier?

Ich drücke dem Giganten vor der Tür vier Dollar ab und trete ein. Irgendwie bin ich sogar froh darüber, daß hier keine Band spielt; den Kitzel brauch ich heute nicht noch mal. Ich halte mich ganz links und schlage einen großen Bogen um die Bar; ich glaube, ich setze mal für ein paar Minuten mit dem Alk aus. Was Tanzen angeht, stehe ich in Clubs wie diesem ein bißchen auf verlorenem Posten. Überall hängen Salamis rum; die Typen sehen so leer aus der Wäsche, als hätten sie das Denken schon vor Jahren aufgegeben. Frauen finden das attraktiv. Frauen stehen auf Salamis. Ich dagegen habe diese finstere Miene, die zu mir gehört wie ein Muttermal, und das Mintbonbon richtet auch nicht allzuviel gegen den Kotzgeschmack aus. Ich allein gegen die Salamis, so sieht's aus, aber wenn ich ein Zocker wäre, würde ich nicht vorschnell auf die Salamis setzen.

Ein monotones Stück geht in das nächste über. Es ist nicht wie beim Blues, wo auf die Strophe der Refrain folgt und, wenn man Glück hat, nach dem dritten Refrain der Break kommt. Dancefloor, das sind primitive Rhythmen und Texte, die sich alle um das eine drehen. Nur gut, daß ich in der Stimmung für beides bin. Ich dränge mich ins Epizentrum der Menge und achte darauf, daß ich wenigstens drei Mädels und zwei männliche Nichtexistenzen anrempele. Den Moment, in dem man vom Nichttanzen zum Tanzen übergeht, ignoriere ich einfach. Tanzen liegt mir nicht im Blut, aber ich hab Lust drauf, also los. Kein Problem, alles kommt gut, und ein paar Songs tanze ich quasi allein. Kein Mädchen, das direkt auf mich eingehen würde, aber eine ganze Reihe von ihnen in unmittelbarer Nähe. Eine Salami steuert seine Tussi aus meiner Reichweite; ich verstehe das als Kompliment und mache weiter. Aus den Boxen dröhnt jetzt ein Song, den ich noch nie gehört habe, und an einer bestimmten Stelle kreischen alle irgendwas mit, das ich nicht verstehe. Es wiederholt sich dreimal, bis ich kapiere, das die Sache System hat, aber ich kann ums Verrecken nicht raushören, was die Leute brüllen. Zugegeben, ich bin nicht gerade stocknüchtern, aber in meinen Ohren klingt das wie »Oh, Steroids! Yeah!«. Hm, ziemlich unüblich. Ich lasse mich im Groove durch die Menge treiben, und dann ist da plötzlich diese kurze Pause im Rhythmus, und zusammen mit allen anderen recke ich die Faust und schreie, »Oh, Steroids! Yeah!«, so laut ich nur kann. Aus den Augenwinkeln checke ich ab, ob irgend jemand bemerkt hat, daß ich keine Ahnung habe, was ich da von mir gebe, aber niemand schenkt mir auch nur die geringste Beachtung; alles tanzt weiter. Das einzige, was mir auffällt, ist ein ziemlich apartes asiatisches Mädchen mit einem großen goldenen Herzen um den Hals und einer roten, verkehrt herum aufgesetzten Karomütze auf dem Kopf. Das Teil muß sie Holden Caulfield geklaut haben, aber an ihr sieht es tausendmal besser aus. Sie nickt mir zu, als würden wir zusammen grooven, was wir strenggenommen ja auch tun, und ich bewege mich zu ihr hinüber, bevor es wieder losgeht, wir die Hände in die Luft werfen und den Refrain mitbrüllen. Ich gebe mein Bestes, ein paar Dezibel weniger laut zu sein, und spitze die Ohren, um herauszuhören, was sie schreit, und, Mann, es klingt immer noch wie »Oh, Steroids! Yeah!«. Langsam fange ich an zu glauben, daß da tatsächlich jemand einen Song über Anabolika verfaßt hat. Schreiben Gewichtheber neuerdings auch Dancefloor-Nummern? Eine deprimierende Vorstellung, aber mir fehlt das Forum, um das jetzt näher abzuhandeln; ich groove mit Goldheart, und sie scheint meine Bewegungen nachzuahmen. Wenn ich erst mal ein Mädchen gefunden habe, mit dem alles stimmt, könnte ich ewig weitermachen, die ganze Nacht durch. Meine Übelkeit ist verschwunden.

»Ich heiße Michelle!« kreischt Goldheart in mein Ohr, als stünde ihr Arsch lichterloh in Flammen, so dermaßen durchdringend, daß mir die Schädelplatte vibriert. Junge, das war jetzt aber nicht nötig. Der Restalkohol läßt meine Schläfen pochen, aber was soll ich machen? Merke: süßes Mädchen, grelle Stimme. Was ihren Namen angeht, ist er mir völlig egal, ich hab sie nicht gefragt, und außerdem frage ich mich, warum sie mir das so dringend mitteilen mußte. Sie heißt also Michelle. Ich sehe sie an, lächle und tanze weiter. Verfickt noch mal, die Musik ist laut, aber deswegen mußte sie doch nicht gleich so brüllen. Jetzt sind die verdammten Kopfschmerzen wieder voll da. Warum konnte sie das nicht für sich behalten? Ich zwinkere ihr zu – nie den Charme verlieren – und verziehe mich aufs Klo. Ein pseudoharter Bursche mit Kordmütze linst mich unruhig an, und ich stelle mich extra an das Pissoir direkt neben ihn. Es gibt so Nächte, da laß ich alles auf mich zukommen. Ich pisse ohne großen Enthusiasmus, während ich den Typ neben mir fixiere. Auf der Tanzfläche hab ich ihn nicht gesehen, vielleicht steht er einfach mehr drauf, auf dem Klo abzuhängen. Man weiß ja nie.

Er hat gemerkt, daß ich ihn anglotze. »He, brauchst du was, Mann?« Ha! Seine Stimme klingt genauso, wie ich's mir gedacht habe. Unsicher. So kaufe ich ganz bestimmt nichts von ihm. Es ist das gleiche wie bei jemandem, der einen Pitbull streichelt. Der Mensch weiß, daß er Angst hat, und versucht, das Biest zu bluffen. Aber du kannst niemanden bluffen, solange du nicht selbst dran glaubst. Du mußt das Biest überzeugen, daß es genau das braucht, was du hast. Ich meine, das weiß doch jeder. Nicht, daß ich dem Typ das jetzt auf die Nase binden werde, aber andererseits kann der Dancefloor noch ein bißchen warten. Ich hab's nicht eilig, zu Michelle zurückzukommen.

»Was steht denn so zu Gebot?« Das hat ihn sicher noch niemand gefragt. Zu Gebot. Ich glaube, für den einen Moment kann ich stolz auf mich sein; einen cooleren Ausdruck würde man auch bei nächtelanger Suche im Thesaurus nicht finden. Es klingt einfach merkwürdig, null nach Szene; außerdem hab ich ihm damit klargemacht, daß ich die Dinge unter Kontrolle habe, gerade weil ich ihm damit zeige, daß ich es nicht für notwendig halte, seine Sprache zu sprechen. Ich hätte mich mit dem üblichen Drogengequatsche auch auf seine Ebene einlassen können, aber damit überläßt man die Kontrolle bloß jemand anderem. Ich bewundere Leute, die selbst die Kontrolle behalten: den Rausschmeißer, der keine Sekunde anders als methodisch vorgegangen ist; Goldheart, die den ihrer Meinung nach genau richtigen Zeitpunkt abgepaßt hat, um mir ihren Namen mitzuteilen; Leonia. Sie hatte wirklich alles unter Kontrolle, oder?

Der Typ wirft einen Blick über die Schulter, lächelt wie eine Toiletten-Mona-Lisa in Leder und sagt: »Ich hab dich da draußen gesehen, Alter. Du brauchst was, das dich echt abgehen läßt. Wie 'ne Mischung aus Casanova und 'ner Maschinenpistole.«

»Hast du X?« Hört sich bekloppt an, stimmt's? So nach: He, mir machst du gar nichts vor. Draußen wartet Goldheart auf mich, und ich pflaume hier diesen Typ an. Aber ich weiß, was ich tue.

»Alles easy, Alter. Ich hab genau das Richtige für dich. Megagutes Zeug. Das macht dich echt frei, garantiert.« Oh, Mann! Jetzt hat er's versaut. Sieh mal einer an.

»Verdammter Vollwichser! Halt bloß die Fresse!« Ich packe ihn auf Rausschmeißerart am Kragen und stoße ihn an die Wand. »Laß mich in Ruhe, klar? Schieb dir dein Zeug sonstwohin!« Ich starre ihn an, aber ohne ihm ans Leder zu gehen. Okay, jetzt hab ich die Kontrolle verloren, aber das war alles nur gespielt. Ein Bluff, und der hat gereicht. Ich kann die Angst in seinen Augen sehen, und das gefällt mir überhaupt nicht. Ich fühle mich beschissen, und von einer Sekunde auf die andere tut es mir leid. Stimmt, irgendwo tief in mir drin wollte ich's drauf ankommen lassen, aber nicht, um den Typ den Schwanz einkneifen zu sehen. Sieht fast so aus, als würde ich mir die falschen Sparringspartner aussuchen. Bei Leonia habe ich auch immer darauf gewartet, daß sie sich wehren würde. Den Burschen hatte ich doch längst im Sack, schon von der ersten Sekunde an. Ich streiche den Kragen seiner edlen Lederjacke glatt, sehe ihn noch einmal an und mache mich dann auf die Suche nach Goldheart. X-Man hatte echt keine Ahnung, auf was er sich da einläßt. Und er hat es verdient – irgendwie war es doch so, als wollte er mir Aspirin andrehen, um mich von einer tödlichen Krankheit zu heilen.

Michelle dreht sich um sich selbst. Hat sie irgendwas eingeworfen, während ich weg war? Sie winkt mir zu, und das Rote Meer der Salamis teilt sich, um mich hindurchzulassen. Wir tanzen ewig, lassen kein Stück aus, sehen die Leute kommen und gehen. Und mit all den Songs und Beats lernen wir mehr voneinander, während wir unsere Bewegungen aufeinander abstimmen. Ich tue mein Bestes, mich nicht zu schnell ausrechnen zu lassen, aber ich glaube, sie durchschaut mich genau. Ich wünschte, ich könnte euch in die Augen sehen und euch die nackte Wahrheit erzählen: Es kommt megagut, es stimmt zwischen uns, auch wenn ich halb erwarte, daß mir X-Man gleich die unausweichliche Klinge in den Rücken stößt; wenn überhaupt, dann ist er einer von denen, die von hinten kommen. Warnung: Falls mir heute einer ans Leder will, sieht er besser zu, daß er mich tötet; ich bin dem Sterben sowieso näher als dem Leben. Unterm Strich läuft es doch darauf hinaus, daß man erst mal aufs Sterben gefaßt sein muß, bevor man zu leben anfangen kann. Noch so ein Grund, warum ich Leonia bewunderte; noch so ein Grund, warum ich die Bilder vor meinem inneren Auge nicht loswerde. Das Stroboskoplicht von der Decke bricht sich in den Metallanhängern um Goldhearts Hals. Es sieht schön aus. Zum ersten Mal legt der DJ etwas Langsames auf; Michelles Bewegungen werden ruhiger, unsere Hände verschränken sich ineinander, passen genau zusammen, meine nur wenig größer als ihre, absolut wie es sein sollte. Wir bewegen uns langsam, und ich bin ihr Schatten, ihr Echo, das Bild im Spiegel, das sie jeden Tag sieht. Ich starre auf ihre Hüften, und als sie es bemerkt, schwenkt sie sie hin und her wie eine Femme fatale, und dann brechen wir gleichzeitig in Gelächter aus. Habt ihr das mitgekriegt? Ich glaube, es ist das erste Mal seit einem Monat, daß ich gelacht habe, und das erste Mal seit Ewigkeiten, daß ich es auch so gemeint habe. Ich weiß nicht, wie ich es beschreiben soll, aber es war ziemlich komisch; vielleicht muß man dabeigewesen sein, um es verstehen zu können. Das Leben ist komisch, aber man muß dabeisein, um das zu verstehen; man kann es einfach nicht erklären. Und dann schließt sie plötzlich die Augen in einer grotesken Mischung aus Verführungspose und Delirium und kreischt aus heiterem Himmel, zu einem nachhallenden Beat in ihrer Erinnerung (ich schwör's): »Oh, Steroids! Yeah!«

Keine Ahnung, ob sie mit einer Salami oder sonst jemanden gekommen war; als sie ging, war jedenfalls nur ich bei ihr. Die Musik setzte für ein paar Sekunden aus, und alle redeten durcheinander, während ich immer noch ihre Hand hielt, bevor ich ihren nackten Beinen nach draußen folgte.

Draußen ist es feucht und neblig. Ich sehe Michelles Gesicht im Profil, und plötzlich paßt alles zusammen. Wußt ich's doch, daß die Salamis keine Chance hatten. Es ist früh am Morgen, soviel steht mal fest. Goldheart und ich gehen zwei Blocks zusammen, und dann stehen wir plötzlich in der Lobby eines auf Hochglanz getrimmten Apartmenthauses, überall Spiegel bis hinauf zur Decke; daß ich mich jetzt überall im Spiegel sehe, war eigentlich nicht nötig, aber andererseits hatte ich ja keine Wahl, das Mädchen hat mich hierher gebracht. Wir schleppen uns ein paar Stufen hoch, dann ballt sie ihre Hand zu einer winzigen Faust und schlägt mit voller Kraft auf den Aufzugsknopf. Die Melodie dieses letzten langsamen Songs will mir einfach nicht aus dem Kopf gehen. Ich weiß nicht, von wem das Stück ist, noch kann ich mich auch nur im entferntesten an den Text erinnern, an kein einziges Wort; ich frage mich, ob Goldheart noch daran denkt. Ich greife nach hinten – erraten, die Harmonika ist noch da. Nachdem sie dem Knopf also eins verpaßt hat, läßt sie sich zu Boden fallen und fängt an zu lachen, dort auf den Fliesen, mitten in der Eingangshalle, bevor sie aufsieht und mir bedeutet, mich neben sie zu setzen. Da sitze ich also und sehe mich um; ich bin nicht sonderlich scharf drauf, daß jetzt irgendwelche Leute aufkreuzen; vielleicht gehen gleich die ersten zur Arbeit. Ich könnte nicht mal raten, wie spät es ist, plus minus drei Stunden. Nach meinem Gefühl müßte es bald hell werden. Keine Ahnung.

Und während ich das denke, fängt sie an, meinen Nacken mit ihren weichen kleinen Lippen zu küssen. Gewöhnlich ist das nicht so ganz mein Ding, aber heute hat es was. An fremde Lippen muß ich mich immer erst mal gewöhnen. Sie küßt mich wie ein exotischer Schmetterling; in sechs Sekunden spüre ich ihre Lippen über fünfzigmal. Ich weiß nicht, wie sie das in ihrem Zustand bringt, ihre Lippen zu bewegen wie ein Kolibri seine Flügel, aber es fühlt sich toll an, soviel kann ich euch sagen. Nach x Minuten macht sie einen auf nüchtern, erhebt sich und hämmert wiederum auf den Aufzugsknopf, etwas sanfter diesmal; die Türen öffnen sich, und sie tut ihr Bestes, mich in die Kabine zu zerren. Ich stolpere in sie hinein, und wir landen zusammen auf dem Boden, Arme und Beine in transkontinentaler Lust verheddert, und jetzt fällt mir auf, daß der Aufzug ebenfalls verspiegelt und der Boden aus irgendeinem polierten Holz ist – Mahagoni? Plötzlich sind ihre Finger unter meinem Hemd, unterwegs zu meiner Brust, und sie sieht echt beeindruckt aus, als sie zu mir aufstarrt. Nicht daß ich wüßte, weshalb, ich bin kein Athlet, ich stemme keine Gewichte, und mein Brustkorb macht ehrlich gesagt nicht viel her. Ich zucke mit den Schultern. »Alles bloß Steroide.« Lacht nicht, es fiel mir einfach so ein. Und sie zieht eine Miene, als würde sie mir das auch noch abkaufen.

Wie schon erwähnt, mein Zeitgefühl kann man vergessen, und auf Feinheiten achte ich normalerweise auch nicht, aber wir fielen nicht sofort übereinander her, wir knutschten einfach nur ein bißchen rum, bis sich irgendwann die Tür öffnete und ich hinter ihr her in ein kahles Treppenhaus stolperte. Sie schien sich nicht zu wundern, daß ich meine Jeans selbst aufknöpfen wollte – noch eine verrückte Tussi mit Pistole hätte mir jetzt gerade gefehlt. Wir machten dann alles mögliche, und von allem ein bißchen. Wir redeten nicht viel, wobei ich die ganze Zeit hoffte, daß sie die Minze statt der Kotze schmeckte; soviel zu meiner Vorstellung von moderner urbaner Galanterie. Als sie kam, war es das Schönste, was ich in meinen paar Jahren auf diesem Planeten zu Gesicht bekommen habe. Ihre Lider waren geschlossen und von schmerzhafter Makellosigkeit, während ich zu ihr aufsah; ein bißchen kam es mir vor, als würde sie ihre eigene Mini-Apokalypse inszenieren. So, wie sie das Gesicht verzog, wäre kein Mensch darauf gekommen, daß sie mit jemandem Liebe machte. Nach einer Weile schlief sie ein, während ich einfach dalag, den Kopf an einen Feuerwehrschlauch gelehnt, und an die Decke starrte. Mädchen können einen so unendlich traurig machen. Sie war einfach überwältigend. Unter anderen Umständen hätte ich sie meinen Eltern vorgestellt. Ich hätte den Rest meines Lebens mit ihr verbringen können, aber gleichzeitig schämte ich mich dafür, daß ich überhaupt bei ihr war. Wenn man mit jemandem ins Bett geht, dann am besten mit der schönsten Frau, die man finden kann, das ist meine Philosophie. Tja, und die Salamis können sich jetzt den Kopf an der Wand blutig schlagen und morgen herumschwadronieren, wie abgefahren es im *Sapphire's* war, heiße Tussis satt, alter Schwede, die eine wollte es mir echt besorgen, etcetera. Nichts als Gequatsche.

Goldheart liegt in meinen Armen, und mit einem Mal gleite ich ab in diesen unendlich rührseligen, total amorphen Traum. Ich bin wach genug, um zu wissen, daß ich träume, und schlaftrunken genug, um zu wissen, daß Leonia tot ist, daß sie mit jeder Sekunde, in der ich nicht an sie denke, mehr in Vergessenheit gerät. Selbst die Arschlöcher im *Sapphire's* sind lebendiger als Leonia. Bevor ich endgültig einschlafe, ist mein letzter Gedanke, daß alle Leute in meinem Leben mir ununterbrochen irgendwelche Gefallen tun – aber habe ich mich je bei jemandem dafür revanchiert? Alle Leute auf diesem Planeten scheinen nur für mich da zu sein: der Rausschmeißer, meine Eltern, X-Man auf dem Klo, Leonia, Goldheart sowieso, selbst die Typen von den Mulligans. Ein ziemlich unangenehmer Gedanke; irgendwie habe ich das Gefühl, daß ich ihnen etwas schulde. Fragt sich bloß, was mit dem

Sänger los war. Lag ich in der Tonart daneben? Mag er keine Musik?

Der Traum verschmilzt jetzt mit einer Traumlandschaft, und ich denke nur noch an Michelle. Ich will die Augenblicke festhalten, die vielen Küsse auf meinem Nacken. Ich wünschte, ich hätte sie gezählt. Und als ihre Hand über meine Brust glitt und sie zu mir aufsah, warum hatte ich da keine Kamera parat? Gott noch mal, weshalb habe ich mir die ganzen Streitereien mit Leonia nicht haarklein notiert, so, als wollte ich ihr demnächst alles in einer Talkshow unter die Nase reiben? Wo war ich mit dem Kopf? Brauche ich Tanzstunden? Sollte ich am Ende doch Harmonikaunterricht nehmen? Ich brauche eine Zahnbürste, einen Kamm – Hauptsache, Goldheart bereut es nicht, in meinen Armen zu liegen, wenn sie aufwacht. Ich will mit ihr zusammen sein, nicht für immer, bloß für heute nacht und den Morgen danach, so, daß sie nie wieder ans *Sapphire's*, meinen Nacken, Aufzüge und Steroide denken kann, ohne sich an mich zu erinnern. Was hat es zu bedeuten, daß ich bereits nach einer Woche, einer Flasche Jack Daniels und einem langsamen Tanz nahtlos zu einer anderen übergehe? Was wird dabei herauskommen, wenn ich nächsten Mittwoch zur Open-Mike-Session gehe? Was wird los sein, wenn ich nachher in diesem Treppenschacht aufwache, ohne einen Gedanken an Leonia, die Musik oder mich zu verschwenden, ohne darauf zu achten, wo ich die Pistole oder die Harmonika hingelegt habe, und statt dessen meine Augen öffne und sie wie Zwillingsmonde auf die Szenerie scheinen lasse? Aber was bedeutet das alles? Ich will es meinen Gegnern zeigen, bloß daß ich nicht mal weiß, wo sie überhaupt stecken. Ich will mir morgen nicht noch mehr Fragen als gestern stellen. Ich will bloß etwas Konkretes. Etwas, das Sinn macht. Hätte ich jetzt einen Wunsch frei, bei einem Kobold an der nächsten Straßenecke, dann würde ich mir genau eine Sache wünschen. Daß ich jetzt schreiend aufwache und endlich etwas Konkretes von mir gebe. Einen Namen. Michelle.

Ich weiß es nicht genau, aber es kam mir vor, als hätten wir mehr im Koma gelegen als geschlafen; eine Ewigkeit, gemessen an all den Träumen und Gedanken. Seit Leonias Abgang habe ich kein Auge mehr zugetan – immer, wenn ich an die Pforten des Schlafs klopfte, öffnete mir irgendein unbarmherziges Phantom. Poesie ist eigentlich nicht so mein Ding, aber es war einfach total poetisch, als ich vor Michelle aufwachte. Ich küßte ihren Hals, aber nicht so wild wie sie, sondern mit geschlossenem Mund, und verharrte so für einen Moment; als ich die Lippen von ihr löste, erklang ein kaum hörbares Knutschgeräusch. Ich lauschte auf das Echo, aber es kam nichts. Ich hatte keine Ahnung, in welcher Etage wir uns befanden, und nahm die Feuertreppe, ein Stockwerk nach dem anderen, bevor ich wieder draußen auf der Straße stand, Houston Street, mitten im Regen, allein mit dem ersterbenden Tag und den Erinnerungen an Leonia.

So wie mein Körper sich dem Whiskey verweigerte, gelang es mir einfach nicht, meine jüngste Vergangenheit zu verdauen, so, wie ich erst recht nicht den blassesten Schimmer hatte, was ich mit meiner Zukunft anstellen sollte. Dieses eine Wort – Zukunft – könnte die Pointe jenes Witzes sein, den mein momentanes Leben darstellt. Kommt mir bloß nicht auf die Zukunftstour, ich kann mir nichts darunter vorstellen. Ich hab versucht, den schönen Künsten die Ehre zu erweisen, als ich im *Terra* auf die Bühne geklettert bin, und nichts als einen Arschtritt dafür bekommen. War es vielleicht ein künstlerischer Akt in sich, achtkantig aus dem Laden zu fliegen? So betrachtet fühle ich mich schon um einiges besser. Ich wollte bloß ein bißchen jammen, für ein paar Minuten dem Tal des Trübsinns entfliehen. Aber das funktioniert nicht, weil Leonia wie immer das verdammte letzte Wort haben mußte. Der Knall der Waffe war wie eine Tür, die hinter einem zugeworfen und verriegelt wird. Was also gibt's noch zu sagen?

Wer weiß, aber bevor ich mir die Waffe selbst an die Schläfe setze, sollte ich besser zusehen, daß ich den Nachtbus nach Hause nehme. Eile ist nicht angesagt, ich hab den ganzen Tag Zeit, außerdem will ich nicht, daß meine Eltern noch wach sind, wenn ich aufkreuze. Meine Eltern solltet ihr mal sehen. Sie gehen vor zehn ins Bett und sitzen bei Morgengrauen schon wieder mit dampfenden Tassen am Tisch. Wenn ich ankomme, sind sie garantiert schon in der Falle, und mit ein bißchen Glück haben sie Erbarmen mit mir, drehen sich bloß auf die andere Seite und ersparen mir das große Hallo bis zum Frühstück. Völlig unbemerkt werde ich nicht hereinkommen, weil unser alter Hund, Clamor, wie ein Bekloppter zu bellen anfängt, sobald draußen auch nur eine Maus furzt. Ist schließlich sein Job. Nach Hause zurückzukehren ist eine der größten Niederlagen überhaupt. Man fährt nicht nach Hause; man zieht sich dorthin zurück. Es hat absolut null Großartiges, mal wieder bei den Eltern hereinzuschauen. Eltern? Meine Eltern haben keine Ahnung von Michelle; sie wissen nicht mal, daß ich Harmonika spiele. Und das kann ich – die Sache im *Terra* hat nichts zu sagen, das war bloß ein Rausschmeißer. Ich schleife mich im Schneckentempo über die Eighth Avenue. Zum ersten Mal seit Leonias Tod bete ich. Mit den Nerven am Ende, bete ich zu Gott, wo immer er sein mag: Lieber Gott, ich danke dir, daß der Busbahnhof hier auf der West Side liegt, da drüben Richtung Dämmerung.

Ihr wißt, wie's ist, manchmal entdeckt man während eines Spaziergangs neue Dinge: »Oh, sieh mal, was der Baumstamm dort für ein seltsames Muster hat«, oder »Jesus, die Scheibe von dem Feinkostladen hat ja ein Einschußloch.« Zugegeben, manchmal bin ich genauso; ist ja auch nicht schlecht, die Augen offen zu halten. Heute jedoch denke ich bloß daran, zum Busbahnhof zu kommen, das ist alles. Die Geschäfte hier kenne ich zur Genüge, genauso wie die ganzen Verrückten, die anderen Verrückten auf die Pelle rücken, und die fiesen Blicke der Bullen. Vielleicht versteht ihr es nicht, aber mein Blickwinkel hat sich verschoben. Noch mal zu den Tatsachen – meine Freundin hat sich umgebracht. Wißt ihr, was das heißt? Ich auch nicht, aber sagen wir mal, nach so einer Sache schenkt man dem nächsten Baum nicht soviel Aufmerksamkeit. Es ist dunkel geworden. Ich schalte auf Autopilot, lasse meine Füße die Steuerung übernehmen und meine Gedanken schweifen. Ganz langsam, einen Fuß vor den anderen. Normalerweise sind mir rote Ampeln völlig egal. Aber nicht heute. He, Mann, die Ampel da drüben ist rot, also? Also bleibe ich stehen und warte. Ich kann mich nicht erinnern, wann ich zuletzt etwas gegessen habe, aber das ist okay; bei meinen Eltern in der Küche läßt sich sicher was auftreiben. So eine Fahrt nach Hause ist wie ein Spiegel in der Geisterbahn: Dauernd starrt man in irgendwelche Fratzen.

Die Straßen wimmeln nur so von Leuten, und ich schwör's, plötzlich sehe ich Leonia auf der anderen Straßenseite. Mir ist sofort klar, daß das nur ihre Silhouette sein kann, ihr Mantel, ihr Haar. Ihre Damenpose, ihr lyrisches Lachen. Die Musik ihres Seins, die Traurigkeit ihrer Musik. Die Seele und die Energie ihrer Traurigkeit. Ich bin fast wahnsinnig vor Wut auf Leonia. Was sie getan hat, Leute, hat sie mir angetan. Die Kugel ging durch ihren Gaumen, mit einem Umweg durch mein Herz. Ich sehe sie vor mir, wie sie zusammengekrümmt daliegt, ihr Blut, das sich in den Fugen zwischen den Linoleumfliesen sammelt, und jetzt erklärt mir mal folgendes: Wieso sah sie genauso schön wie immer aus? Erklärt mir, wieso sie im Tod plötzlich wie im Traum aussah, erklärt mir, weshalb sie in ihrer idiotischen Todespose so wirkte wie sonst sonntags, wenn sie auf der Couch lag und den Sportteil las? Sagt mir, warum ihr Blut dünner und dünner wurde, je weiter es von ihrem Körper entfernt war, und warum das Rinnsal, das bis in die Küche ging, so aussah wie ein langer Satz, bei dem jemand die Tinte ausgegangen war? Aber die Silhouette da drüben, das kann unmöglich Leonia sein, im Leben nicht. Ich sehe dem Schatten nach, kein Grund, jetzt jemanden zu belästigen. Es ist schon kompliziert genug, mit den Lebenden zu sprechen; sinnlos, sich jetzt auch noch mit den Toten einzulassen, und davon abgesehen würde es Leonia wohl kaum gefallen, was ich ihr zu sagen habe. Ich bin krank vor Wut auf sie. Jetzt muß ich eigentlich bloß noch in die nächste Dimension vorstoßen, um ihr zu sagen, was ich von ihr denke – daß sie einfach nur feige war.

Immer noch auf Autopilot, mache ich mich auf den Weg zum Gate 220 – ich kenne mich hier wahrscheinlich besser aus als die Wachmannschaften. Der Busbahnhof wimmelt nur so von lebenden Toten; nachts kommen sie alle aus ihren Löchern. Kein Problem, man muß nur einer von ihnen werden. Ich bahne mir meinen Weg durch die Menschenmengen. Ich warte eine Ewigkeit lang, locker über eine Stunde, bis endlich mein Bus auftaucht; der davor muß gerade weg gewesen sein. Zwei Leute warten hinter mir, irgendein Pärchen mit ungefähr zwanzig Koffern und Taschen; es dauert alleine schon fünf Minuten, bis sie ihr Gepäck verstaut haben. Ich kümmere mich nicht um sie und setze mich einfach nach hinten. Dieser Terminal ist eine der übelsten Höhlen, die ich je gesehen habe – überall Abgas und Subhumane, Gekeife und Viren. Mein Blick wandert zu diesem Riesending von Rückspiegel und trifft sich mit dem des Busfahrers. Was glotzt der so blöd? Hat er sie nicht alle? Ich schenke ihm ein echtes Nachtbuslächeln – schmerzverzerrt, als würde ich gerade auf einen Knebel beißen. Fick dich ins Knie, Busfahrer, kneif den Arsch zusammen und tritt endlich aufs Gas. Du hast keinen Schimmer, Junge, diese Schuhe sind einfach eine Nummer zu groß für dich. Ich rücke zum Fenster und starre hinaus. Die Türen schließen sich mit einem gewalttätigen Quietschen, der Auspuff spuckt, dann geht es mit Volldampf in die Nacht.

Ich hab eine Menge falsch gemacht, Leute, eine ganze Menge. Ich rede gar nicht von den sieben Todsünden oder all diesen anderen Dingen, die manche Leute für Sünden halten. Ihr habt nicht die geringste Vorstellung, was ich alles versaut habe. Glaubt bloß nicht, ich wollte hier den Antihelden spielen – jemand mit so vielen Macken taugt nicht für die Rolle.

Ich hab einfach ein paar fette Fehler gemacht. Da im Fenster sollte jetzt eigentlich mein Gesicht sein. Ich denke an den Spiegel an der Decke von Goldhearts Aufzug, und ich denke an den Spiegel in unserem Bad, an Leonia, wie sie davorstand und wieder mal etwas an sich auszusetzen hatte. Sobald irgendein Spiegel in der Nähe ist, fangen die Leute an zu lächeln, irgendwelche Posen einzunehmen. Im Spiegel sieht man nicht sich selbst; man sieht nur die beste Version seiner selbst. Scheiß drauf! Ich rücke ein Stück vom Fenster ab, von der Nacht da draußen; die Beleuchtung hüllt mich ein und reflektiert mein Bild auf der Scheibe. Ich starre mich an, blinzle nicht mal, und während der Bus weiterfährt, tanzen Bilder von New York City um mein Gesicht herum, diese ewig mißmutige Miene, und obwohl der Dinosaurier unentwegt ruckelt, wende ich meinen Blick keine Sekunde ab. Ich konzentriere mich, bis ich fast in einem Trancezustand, bis ich selbst das Spiegelbild bin. Gott noch mal, diese ganzen Fehler! So viele verdammte Fehler! Wer blinzelt als erster, Arschloch? Ich nicht. Ich bewege mich keinen Millimeter, mein Freund, ich denke nicht mal dran. Und je unheimlicher es wird, je mehr meine ganze versaute Vergangenheit um meine Züge wabert, desto fieser wird mein Gesicht – mein linkes Auge tritt hervor, die Augenbrauen ziehen sich nach oben, und mein Mund öffnet sich leicht, wie dem Kosmos und den Toten zum Trotz.

O Gott, und während ich mich so anglotze und sich meine Fehler über mir auftürmen, ist mir, als könnte ich meine Schwächen in jeder Ladenfront, in jeder noch so schäbigen Sternschnuppe erkennen; es sieht nicht so aus, als könnte ich irgendwas wiedergutmachen, jedenfalls nicht heute nacht.

Egal, ich starre alles nieder, auf die toughe Tour; ich muß die Nacht im Griff behalten.

Mein Blick ist von außen auf meine Augen gerichtet. Nehmen wir mal an, ich habe meine Harmonika dabei. Nehmen wir mal an, die Pistole steckt in meinem Gürtel. Nehmen wir mal an, daß Goldheart vorhin mit einem gargantuesken Kater aufgewacht ist, aber gut drauf ist, was mich angeht. Nehmen wir mal an, der Rausschmeißer im *Terra* und dieser Affe von Sänger fühlen sich nur einen Bruchteil so schuldig wie ich. Einen Bruchteil, mehr verlange ich gar nicht. Hatte Leonia die Zeit, sich schuldig zu fühlen, als die Kugel durch den Lauf schoß? Diese Fehler, Leute, sie haben mich echt am Wickel. Unvermögen, Mittelmäßigkeit, meinem einsamen Arsch hart auf den Fersen. Aber mein Verstand, soviel weiß ich jetzt, arbeitet, entwickelt sich weiter und weiter, solange ich nur meinen Kopf nicht bewege. Keinen Millimeter. Ich werde nicht blinzeln, bevor ich zu Hause bin. Es gibt keine andere Möglichkeit. Wenn man seine Erinnerungen niederstarrt, seine Schwächen, seine Schuld, kann man es sich nicht leisten, mit den Wimpern zu zucken; genausogut könnte man gleich den Löffel abgeben. Dann und wann stechen mir grelle Scheinwerfer in die Augen, aber ich rühre mich nicht. Ich tu's einfach nicht, Leute. Lichter explodieren, als wir uns der Stadt nähern. Die Nacht breitet ihre Schwingen aus, und die Ratten kriechen aus ihren Löchern. Fehler. Scheiße. Fehler? Nie und nimmer hätte ich ihr sagen dürfen, daß ich sie liebte.

2

DER VERLORENE SOHN

Ed egli gli disse: Figlio, tu sei sempre
con me e tutte le cose mie sono tue;
ma bisognava fare festa e rallegrarsi,
perché questo tuo fratello era morto ed è
tornato in vita, era perduto ed è stato ritrovato.

Lukas 15, 31-32

Where telegraph wires are attached to your mind
and delinquent daughters to their mothers still lie
Papa stands on the corner, waitin' to beat the drum
»Welcome home, my prodigal son.«

Bruce Springsteen, »Prodigal Son«

Meine Eltern wohnen am hinteren Ende einer Sackgasse in einem Vorort einer Sackgassenstadt, am östlichen Zipfel einer Sackgassenwelt. Ich würde jederzeit zugeben, daß das Leben in der Sackgasse etwas für sich hatte, als ich klein war, weil man auf der Straße spielen konnte, ohne daß man dauernd auf vorbeifahrende Autos achten mußte, aber wenn ich das Ganze heute unter etwas objektiveren Aspekten betrachte, denke ich, daß ein bißchen Verkehr gar nicht so schlecht gewesen wäre. Bloß so als Erinnerung daran, daß irgendwas passierte, daß irgend jemand nach irgendwohin unterwegs war, um irgend etwas zu tun. Die Leute, die hier wohnen, sind zufrieden mit dem, was sie haben, und das ist sicher ein edler Charakterzug, wenn auch ganz bestimmt nicht das Ziel, das sich ein elfjähriger Junge setzen sollte. Was ist denn mit den Kids, die sowieso längst geschnallt haben, daß es hier nicht besser ist, auch wenn sie sich das die ganze Zeit anhören müssen? Kids sind schon von Natur aus nicht zufrieden – sie gehen auf die Suche, bis ihnen das Leben ein paar Tritte verpaßt und sie heulend nach Hause schickt.

Menschliche Wesen sollten so lange versuchen, die Welt zu erobern, bis sie eines Besseren belehrt worden sind. Ich weiß inzwischen Bescheid, Leute; die Akte ist für mich geschlossen. Von mir werdet ihr keine Beschwerden hören. Ein paar von meinen Bekannten sind so weit weggezogen wie nur eben möglich, so daß sie noch nicht mal an Thanksgiving vorbeikommen. Ein anderer Kumpel von mir arbeitet unten bei der Feuerwehr und lebt immer noch bei seinen Eltern, in eben jenem Haus, wo es früher Prügel und Verbote gehagelt hat. Und es sieht ganz so aus, als sei er damit vollauf zufrieden. Trotzdem, ein paar Autos hätten mir wenigstens klar gemacht, daß es da draußen noch andere Menschen und Orte gab; auch kleine Kinder müssen lernen, daß es Dinge gibt, die sie mit ihren zwei Augen nicht sehen können. Ich war etwa achtzehn, als ich meine Perspektive auf einem globalen Level erweiterte. Ich meine, was wußte ich schon von Farmen oder Sonstigem außerhalb meiner Sackgassenwelt? Inzwischen muß ich keine Jauche mehr riechen, um zu verstehen, daß auch das Leben ist, so wirklich wie mein eigenes. Okay, gewisse Leute wollen nicht, daß man sich das klarmacht. Aber da draußen ist die Welt, da ist jede Menge Information, die man nutzen kann, und das sollte man sich immer wieder hinter die Ohren schreiben. Der Verkehr in meinem Kopf, der Verkehr auf den Straßen, der Verkehr am Himmel läßt die Ideen tröpfeln, so lange, bis sie das Labyrinth meiner Gedanken überfluten.

Nehmen wir nur mal New York; alles dort dreht sich um Bewegung. Und genau das ist New York für mich, permanente Bewegung, immer auf der Suche, mach's wie ein Hai, oder du bist tot. Dieser Ort hingegen ist Comaville. Die Gesetze sind simpel: Tu's, aber tu es leise; bestell es, aber am besten medium; frag, aber frag höflich. Bescheidenheit, Anonymität, und bitte achte auf deine Manieren, mein Junge.

Wißt ihr, wann ich immer aufgestanden bin, als ich noch

zu Hause gewohnt habe? Wenn die Haustür ins Schloß fiel. An Wochenenden und so wartete ich nur darauf, daß meine Eltern endlich den Abflug machten, hörte, wie sie herumliefen auf der Suche nach irgend etwas, das sie in letzter Minute vergessen hatten, wie sie Clamor noch mal vor die Tür ließen, wie ihre Schlüssel klimperten. Mann, und ich wollte endlich raus aus dem Bett, weil ich schon seit Ewigkeiten wach war, aber ums Verrecken keine Lust auf irgendwelchen morgendlichen Small talk hatte, alles, nur das nicht. Und dann hatten sie anscheinend noch etwas vergessen, auf jeden Fall rumorten sie weiter und weiter, während ich all meine mystischen Kräfte bündelte, um sie endlich aus dem Haus zu treiben. Dann blieb Ma noch ein paar Sekunden länger, um Clamor eine zusätzliche Streicheleinheit zu verpassen oder ihm einen Ball zuzuwerfen – irgendwas fiel ihr immer ein –, und Dad mußte plötzlich noch eine Marke auf einen Briefumschlag kleben oder sonst etwas machen, das genausogut später hätte erledigt werden können. Endlich aber schienen sie sich entschieden zu haben, und die verdammte Haustür ächzte wie ein widerspenstiger Weisheitszahn, bevor sie – Gott sei's gedankt – mit einem Scheppern hinter ihnen ins Schloß fiel. Zack, und im selben Moment war ich aus dem Bett.

Tja, und nach all der Zeit spiele ich immer noch dasselbe Spiel. Mit dem Unterschied, daß meine Eltern nicht mehr mitspielen, sondern darauf warten, daß ich endlich aufstehe; sie wollen mit mir reden, wollen wissen, wie's mir so geht, einen auf Friede, Freude, Eierkuchen machen, wahrscheinlich sogar das L-Thema aufs Tapet bringen, um mir zu sagen, sie hätten ihr möglichstes getan und daß das Leben weitergeht.

Ich spiele das in Gedanken durch, komme aber zu dem Schluß, daß ich für Gespräche dieser Art noch nicht reif bin. Ich konzentriere mich mit aller Kraft darauf, wieder einzuschlafen, obwohl das gewiß nicht die erfolgversprechendste Methode ist – Entspannung durch Anstrengung macht das Leben nur noch schwerer. Trotzdem nicke ich ein und drifte in einen unruhigen Traum, in dem Schränke und Grotten und Käfige und Gräber vorkommen, ohne daß ich einen Anhaltspunkt hätte, was das eigentlich mit mir zu tun haben soll. Leiht mir doch gelegentlich mal ein Buch über Traumdeutung, C. G. Jung oder so, ich lese es an einem Abend durch, von Anfang bis Ende, denn ich will's einfach wissen. Grotten? Seit wann bin ich Höhlenforscher?

Ich muß doch richtig geschlafen haben, denn als ich wieder aufwache, hat das Licht vor dem Fenster einen bernsteinfarbenen Ton angenommen. Nicht, daß mir der Duft von Moms Erbsensuppe in die Nase steigen würde – nein, dieser Geruch tritt die Tür ein und stiefelt ins Zimmer, daß einem die Bodendielen um die Ohren fliegen. Kommt gar nicht erst auf die Idee, an Moms Erbsensuppe herumzumäkeln. Wahrscheinlich fragt ihr euch, warum meine Mutter nicht irgendein Zeug aus der Dose für den verlorenen Sohn warm macht, aber das ist überhaupt kein Thema. Ihr könnt ja mal versuchen, einen Teller von Moms Suppe zu essen. Ich habe keine Ahnung, welche Gewürze sie benutzt oder was sonst zur Zubereitung gehört, aber das Ergebnis ist eßbar, und mit dem, was ihr nicht schafft – niemand hat es je ganz geschafft –, könnt ihr anschließend die Decke tünchen oder die Einfahrt zementieren. Dabei zergeht sie einem auf der Zunge. Speck oder Prosciutto sind nicht drin; das wäre nicht Moms Suppe.

Der Geruch erinnert mich daran, daß ich seit Tagen nichts mehr zu mir genommen habe – bloß Jack Daniels, dessen Nachwirkungen inzwischen auch verflogen sind.

Ja, eine Suppe wäre jetzt genau das Richtige; es riecht, als müßte sie jeden Moment fertig sein. Um es euch gleich zu sagen, meine Eltern sind ganz bestimmt nicht perfekt, alles andere als das, aber ich hab nicht vor, groß an ihnen herumzunörgeln. Sie haben mir angeboten, für ein paar Tage nach Hause zu kommen, niemand zwingt mich zu irgend etwas, und ich glaube, ich wollte sie auch mal wieder sehen. Nach dem, was passiert ist, bin ich sogar froh, in meinem alten Bett aufzuwachen. Klar, dieses Kissen fühlt sich nach Zuhause an; seltsam nur, daß dies in gewisser Weise auch auf den Feuerwehrschlauch zutraf, der meinem Kopf gestern als Stütze diente. Die Matratze unter mir erinnert mich vage an Goldheart und den Moment, als ich aufwachte. Es hat etwas mit dem Gefühl zu tun, zu jemandem zu gehören, wie durch ein Wunder zur richtigen Zeit am richtigen Ort zu sein.

Der Geruch der Erbsensuppe packt mich am Kragen – bei genauerer Inspektion sieht man, daß der Rausschmeißer im *Terra* ihn ziemlich ramponiert hat – und bringt mich in die Vertikale, auf meine Timberlands, die ich immer noch anhabe. Die Dielen knarren, als ich mein Zimmer verlasse und über die Dachbodentreppe nach unten gehe, wo das Empfangskomitee bereits auf mich wartet – sogar meine Schwester ist da. Die drei sehen mir entgegen, als würde ich gleich eine Knarre ziehen, um anschließend meine engsten Verwandten, den Haushund und am Ende mich selbst zu erschießen. Völlig absurd. Ich weiß selbst, daß ich beschissen aussehe, nach Blut, Schweiß und Dreck rieche – und nach Orgasmus, wenn ich's mir so recht überlege. Mein Hemd fühlt sich plötzlich klebrig an. Mein Gang hat keinen Schwung mehr und meine große Schnauze keine Worte. Mit jeder Treppenstufe fällt ein bißchen mehr Qual von mir ab, das ganze Erwachsensein, die ganze Tragödie, während eine kindliche Verwirrung von mir Besitz ergreift. Plötzlich bin ich wieder acht Jahre alt. Ich stelle mir vor, Michelle würde mich jetzt so sehen, kleinlaut und unterwürfig, wie ich meine Mutter umarme, meine Schwester auf die Wange küsse – Isabel steht einfach nur so da und nimmt es wie eine Impfung hin – und meinem Vater die Hand gebe. Glaubt ihr, Michelle würde mich so wiedererkennen? Es ist mir wichtig, daß sie sich an mich erinnert, und ich wünschte, ich könnte euch das näher erklären. Die Sache hat mir etwas bedeutet, und der Whiskey spielte dabei überhaupt keine Rolle; es war die Zeit, der Ort, sie selbst, vielleicht auch ein bißchen der Sieg über die Salamis, und ich würde drauf wetten, daß es ihr auch etwas bedeutet hat. Ich sehe meinem Vater in die Augen, und er starrt mich ein bißchen ratlos an, wie ein Schauspieler, der seinen Text vergessen hat. Habt ihr so was schon mal erlebt, so einen Moment, in dem ein Schauspieler im wahrsten Sinne von der Rolle ist und von einem Sekundenbruchteil auf den anderen ohne Hose dasteht? Mein Dad tut sein Bestes, die aufkommende Panik zu unterdrücken. Wie auch immer, das Stück ist nicht von mir, ich reiß mich nicht um solchen Mist. Laß uns improvisieren, Pops. Ich gehe ins Eßzimmer voran.

»Vater unser, wir danken Dir für Deinen Segen. Wir danken Dir für den reich gedeckten Tisch, daß Du uns als Familie zusammengeführt hast und in dieser schweren Stunde bei uns bist.« Es paßt wie die Faust aufs Auge, daß mein Vater mit schwerem italienischem Akzent spricht. Er sieht meine Mutter an, als wollte er sie fragen, ob er auch alles richtig gemacht hat; so war's doch abgesprochen, oder? Stellt euch mal einen Schauspieler vor, der gerade eine Szene nach Strich und Faden vergeigt hat und im nächsten Akt einen Monolog halten muß, der die Zuschauer erschüttern, rühren, bewegen soll. Ein Ding der Unmöglichkeit. Kein Grund, groß drauf herumzureiten, es handelt sich ja bloß um meinen Vater. Trotzdem eine nette Geste, der Tischsegen – reserviert für besondere Anlässe, Weihnachten, Thanksgiving und Selbstmorde. Ich notier's mir. Isabel starrt mich an, als würde ich meine Suppe mit dem Schwanz umrühren. Gar keine so üble Idee; daran hätte ich schon vor Jahren denken sollen, wenn mir mal wieder keine Beachtung geschenkt wurde. Wenn man beachtet werden will, schlägt Selbstmord einfach alles; andererseits ist Selbstmord so durchschaubar, daß er schon wieder an schlechtes Benehmen grenzt. Aber wir waren ja bei Tisch, und ich hätte mein Ding tatsächlich rausholen sollen, als ich neun war, statt meine Milch absichtlich zu verschütten, wie ich's manchmal gemacht habe. Eins steht jedenfalls fest – besser, eine Tracht Prügel zu kassieren, als links liegengelassen zu werden. Tja, da sitzen sie nun, meine Leute, Menschen mit dem Herzen auf dem rechten Fleck, und beißen sich auf die Zunge, weil sie Angst haben, sie könnten das Falsche sagen. Und wenn man nicht weiß, was man sagen soll, dann hält man am besten den Mund, stimmt's? »Amen.«

»Dann mal her mit der Schüssel«, sage ich. Scheiße, ich habe Hunger. Sechs verzweifelte Klauen greifen nach der Terrine, um sie mir herüberzureichen. Ich hab's einfach nicht drauf, die Leute unter Kontrolle zu bringen. Ich tauche die

Suppenkelle in den grünen Orkus, durchstoße die seltsam ledrige Haut an der Oberfläche. Vom wissenschaftlichen Standpunkt hat mir das noch nie eingeleuchtet. Das sieht doch einfach nicht gesund aus. Ich nehme einen Löffel. Die Lichter blinken, mein Körper glüht grummelnd vor, mein Selbsterhaltungstrieb springt wieder an. Auf einmal wird mir warm, richtig warm; ich setze mich aufrecht. Ich sehe meine Mutter an und lächle: »Ma, deine Suppe ist wirklich unschlagbar.«

Isabel fängt an, irgendwelche Sachen aus der Schule zu erzählen, und Mom ergreift die günstige Gelegenheit, um eifrig mitzuplappern. Sieht so aus, als würde Izzy der große Star bei der Schulaufführung von *Romeo und Julia*. Obwohl es Schwachsinn ist, die Kids Theater spielen zu lassen. Sie sind einfach zu jung. Sie bringen ihnen bei, eine Rolle zu spielen, bevor sie überhaupt wissen, wer sie selbst sind. Ich setze mich ein Stück zurück und stelle meinen Fokus neu auf das Gespräch ein; es funktioniert. Jetzt ist es, als würde ich Fernsehen gucken, und ich kann mich auf meine Suppe und meine Gedanken konzentrieren. Ich muß nur alle paar Minuten ein kleines Lächeln einschalten, dann ist alles cool. Daß meine Familie heikle Themen meidet wie der Teufel das Weihwasser, ist schon seit Ewigkeiten so. Da wird dieses gesagt, aber jenes gemeint, und man muß selbst rauskriegen, was Sache ist. Ich war schon immer gezwungen, mir meinen eigenen Reim auf die Dinge zu machen. Was soll das, wenn Leute im engsten Familienkreis pausenlos um den heißen Brei herumreden? Absolut deprimierend, wie sie da sitzen und verzweifelt versuchen, eine heile Familie zu sein, obwohl dafür gar kein Grund besteht, jedenfalls nicht aus meiner Sicht.

Laßt uns doch einfach miteinander reden, Leute. Über irgendwas, irgend etwas, das mit uns zu tun hat. Ich brauche keinen Priester oder Psychiater – ich will bloß spüren, daß meine Familie mich mehr liebt als ich mich selbst. Außerdem brauche ich einfach ein bißchen Zeit. Vielleicht kannst Du ja die Frage beantworten, Herr im Himmel – werden sie mir die Zeit geben?

»Schauspielerin zu sein, ist eine der größten Herausforderungen überhaupt«, erklärt Isabel. »Man versucht, einen Bewußtseinsstrom zu reproduzieren, um ihn gleichzeitig über das Unterbewußtsein zu interpretieren. Deswegen sind diese Sachen im Fernsehen, bei denen Lacher vom Band eingeblendet werden, auch echt das letzte.« Isabel gestikuliert herum und zieht eine intellektuelle Miene. Meine kleine Schwester, die mir auf den Schlafanzug gekotzt hat, als sie noch ein Baby war, hat sich anscheinend ausgiebig mit Dramentheorie beschäftigt. Nichts, was mich und mein Leben irgendwie weiterbringen würde. Mann, Mädchen, bleib, wie du bist. Verdammt, was schwätzen die denn da? Ich glaube, ich sollte weniger Energie aufs Zuhören verschwenden, aber es gefällt mir nicht, was ich da höre. Jesus, kaum läßt man seine Schwester mal ein Jahr allein, und schon hat sie sich in eine von denen verwandelt. Inzwischen sind jede Menge Typen hinter ihr her, auch nicht so mein Ding, wenn ich ehrlich bin – die machen sie bloß verrückt und arrogant, während ich einfach nur will, daß sie so wie früher ist. Ich hoffe, wir finden die Gelegenheit, mal ein paar Takte miteinander zu reden. Vielleicht hake ich noch mal bei ihrer Theorie ein. Hab ich das richtig verstanden? Der Schauspieler soll also seine Rolle psychoanalysieren? Hört sich nach ziemlichem Bockmist an, den man besser nicht in der Gegend herumposaunen sollte. Die Tussis, die dieses pseudointellektuelle Geschwätz absondern, sind meistens die, die man nach Partys am einfachsten ins Bett bekommt. Clamor blickt zu mir auf, als wollte er sagen, daß er diesen Scheiß rund um die Uhr ertragen muß, und mir wird klar, daß es ihm so wie mir geht – er hält das nicht länger aus! Ich stehe auf und sage, daß ich mal ’ne Runde mit dem Hund rausgehe, und alle seufzen so übertrieben erleichtert, daß die Kerzen auf dem Tisch zu flackern anfangen.

Ich bin Tausende von Malen mit Clamor unterwegs gewesen, und wir halten uns fast immer an dieselbe Route. Draußen ist es stockdunkel, man kann kaum die Hand vor den Augen sehen; genau die richtige Atmosphäre, um meine Gedanken schweifen zu lassen. Clamor ist es nur recht – er kann ganz gut auf Small talk verzichten. Klar, er hat nichts dagegen, wenn man sich mit ihm beschäftigt, aber sonst hängt er seinen eigenen Gedanken nach. Außerdem wird er wie alle Schäferhunde nie müde. Er steht drauf, mit mir um die Häuser zu ziehen, und ist mir vom Wesen her ziemlich ähnlich. Das Rasseln seiner Kette schüchtert die Hündinnen in der Nachbarschaft schon von weitem ein. Wir haben ihn kastrieren lassen, aber ich habe den Verdacht, es hat nicht funktioniert – er ist eben ein echtes Glückskind. Wenn ich mit Clamor im Sommer losziehe, ohne Hemd, braungebrannt und gut drauf, stürzen sich die Mädels immer sofort auf ihn, um ihn zu streicheln und zu küssen. Und ich? Nicht mal ein Seitenblick, Schätzchen? Das Schlimmste ist, daß er mich dann auch noch immer mit diesem dreckigen Grinsen ansieht. Ich hab mal gehört, Hunde seien farbenblind; er merkt trotzdem, wenn ich rot werde. Aber mittlerweile habe ich aufgehört, über meine Unzulänglichkeiten nachzusinnen. Er sieht einfach besser aus als ich, das ist alles.

Zusammen tauchen wir in die Finsternis ein, jeder von seinen eigenen dunklen Plänen getrieben; daß wir als Duo in die Stadt einfallen, macht unsere Schritte nur noch entschiedener. Nicht, daß unsere Stadt besonders gefährlich wäre, aber es kann nicht schaden, ab und zu einen Blick über die Schulter zu werfen. Tatsache ist, daß mir kein Mensch ein Haar krümmen wird, Clamor aber trotzdem seinen Zweck erfüllt – er ist einfach die perfekte Ergänzung zu mir.

Die Konturen der Nacht werden vertrauter und vertrauter, die Straßen schälen sich aus den Schatten, der Mond bricht durch die Wolken, und am Himmel verteilen sich die Sterne. Ist es egoistisch zu glauben, daß all diese Dinge nur für einen selbst da sind? Ist es egoistisch zu glauben, daß einem dieser Moment allein gehört, daß keine andere Menschenseele die Sterne betrachtet, daß die ganze Show exklusiv für einen selbst an den Äther projiziert wird? Das Universum verschwimmt, und ich sehe Leonia vor mir, ihre diamantene Anmut, die so lange währte, bis ich die Szene betrat, in ihren Rhythmus trampelte und sie ins Straucheln brachte. So wie ich es sehe, war es das Leben, das der Liebe in die Quere kam. Und dann kam der Tod dem Leben in die Quere – und stellte so die Liebe wieder her.

Plötzlich bleibt Clamor stehen. Wahrscheinlich hat er ein Eichhörnchen oder etwas ähnlich Aufregendes erspäht, also kümmere ich mich nicht weiter drum, auch wenn ich ebenfalls stehen bleibe. Ich ziehe an der Leine, aber Clamor macht keine Anstalten, sich zu rühren. Ich folge seinem Blick und sehe, daß er zu einem Fenster starrt, hinter dem ein winziges Nichts von Hündchen auf die Straße späht. Komm schon, Clamor, vergiß es. Clamor aber verharrt auf der Stelle und zieht eine Miene wie ein Klassenprimus, während der Köter hinter dem Fenster zu wedeln beginnt; schweigend halten sie Zwiesprache, haben sich aber anscheinend eine Menge zu sagen, jedenfalls mehr als ich und meine Eltern beim Abendbrot, von Isabel und ihrem Gelaber über die Schauspielkunst mal gar nicht zu reden. Da ich Bewegung brauche, um nachdenken zu können, bin ich für den Moment in Clamors Gedanken gefangen, in seinem vierbeinigen Groove. Nichts gegen ihn, aber ich hab keine Zeit, über Pudel zu grübeln. Das bringt's jetzt einfach nicht.

Ich betrachte das Haus genauer und sehe, daß hinter einem anderen Fenster ein hell loderndes Kaminfeuer brennt; erst auf den zweiten Blick bemerke ich, daß sich das Feuer in der Scheibe spiegelt. Ein bißchen ist es, als würde man zusehen, wie Wäsche in einem Trockner wirbelt, und ich starre wie hypnotisiert in das Flackern. Daß die Flammen so lodern und nicht anders, hat wieder mal mit Mathematik zu tun. Alles bloß Rechnerei. Feuer ist Wissenschaft, nicht Poesie. Wenn du dich lange genug konzentrierst, kannst du die Wahrheit erfahren, kannst du in jedem Knacken der Glut ihren Namen hören. Die Schatten der Flammen glänzen im Widerschein wie ihr Haar. Im Zentrum der Lohe versprüht ein Feuerball orangefarbene Kristalle, und wieder weiß ich, daß dieser Moment mir allein gehört. Jedes Züngeln bringt mich der Wahrheit ein Stückchen näher, jedes Flimmern, jedes Verlöschen. Selbstmord ist bloß ein Akt der Feigheit, und trotzdem kann ich nicht umhin, Leonias Mut zu bewundern. Merkwürdige

Logik; irgend jemand muß mir das schleunigst mal erklären. Irgendwie war die Sache mit Leonia wie dieser Hitchcock-Streifen, den ich letztens gesehen habe – ich war Feuer und Flamme für den Film, aber der Schluß war mir zu hoch. Auf einmal merke ich, daß Clamor mich anstarrt, als hätte ich sie nicht alle; der Hund hinter dem Fenster interessiert ihn nicht mehr, und er will weiter. Auf zu neuen Ufern, ich versteh das am allerbesten. Ich überspiele die Situation mit einem gekünstelten Lachen, beuge mich zu ihm herunter und kneife ihn in die Ohren – ganz sanft, ich würde ihm nie wehtun, Leute. Also weiter. Jetzt bloß nicht rot werden. Was soll das bedeuten, wenn einen der eigene Hund in Verlegenheit bringt? Hat man etwas richtig oder falsch gemacht?

Nicht weit von unserem Haus liegt dieser große Friedhof, gerade mal einen Steinwurf von dem Sackgassenschild entfernt. Was Immobilien angeht, haben sich meine Eltern wohl nicht gerade mit Ruhm bekleckert. Wer sonst kauft ein Haus mit Aussicht auf einen Totenacker? Oder gehörte das etwa mit zur Erziehung? Der Junge ist sechs Jahre alt? Na ja, ein bißchen Realitätssinn kann ja nicht schaden – über den Tod sollte man schon Bescheid wissen. So wie meine Eltern drauf sind, wundert es mich, daß sie mir vor dem Schlafengehen nicht Poe und Dylan Thomas vorgelesen haben. Zum Schluß machen Clamor und ich immer einen Abstecher auf den Friedhof, auch wenn meine Eltern nicht so drauf stehen, wenn der Hund zwischen den Gräbern pißt, schließlich soll man die Toten achten. Offen gesagt sind mir die Lebenden wichtiger, und wenn der Hund pissen muß und dabei zufällig sein Bein über irgendeinem Grabstein hebt, dann gibt's halt 'ne kurze Dusche für den Mann darunter. Ich behellige Clamor also nicht weiter, während er sein Vorhaben mit lässiger Miene in die Tat umsetzt.

Einmal, an Halloween, ich muß so etwa zwölf gewesen sein, wollte dieser eine Typ mich und ein paar andere Kids zwingen, allein über den Friedhof zu laufen; er hatte es immer auf Schwächere abgesehen. Er war ungefähr sechzehn und blökte groß rum, an Halloween wäre noch keiner lebend zurückgekommen – wer als erster gehen wollte? Alle weigerten sich, machten sich vor Angst fast in die Hosen, während der Brutalo uns allen kollektiv Prügel androhte, wenn auch nur einer von uns feigen Säcken kneifen würde. Ich weiß nicht, nach welcher Logik er vorging, aber er packte sich meinen Freund Robby und fing an, ihm die Scheiße aus dem Leib zu schütteln. Ich sagte, er solle sich wieder beruhigen, ich würd's machen. Was sollte der Scheiß? Ich war Tausende von Malen bei Nacht auf dem Friedhof gewesen, und es würde überhaupt nichts passieren, bloß weil Halloween war; okay, ich war jung, aber deswegen noch lange kein Idiot. Ich zog also los und war zehn Minuten später wieder zurück, grinste wie ein Pferd, während die anderen zu heulen anfingen und mich anfaßten, als müßten sie sich erst vergewissern, daß ich kein Geist war. Der Schläger war fast gelähmt vor Angst; er muß selbst geglaubt haben, was er da verzapfte. Ich war so aufgedreht, daß ich gleich noch 'ne Runde zwischen den Gräbern drehte, und als ich zurückkam, fingen die doch tatsächlich alle an zu klatschen. So ein Arschtyp. Wo ich gerade drüber nachdenke, frage ich mich, wieso diese Kerle sich nie mit Gleichaltrigen abgeben. Wahrscheinlich aus dem gleichen

Grund, weshalb Männer meistens Frauen heiraten, die zwei, drei Jahre jünger als sie sind.

Diesmal betreten Clamor und ich den Friedhof durch ein Loch im Zaun, und das Gelände tut sich vor uns auf. Das Dunkel hat seine eigene Sprache, und der Mond scheint über die Hügel und Ebenen von New Jersey; jedenfalls glaube ich, daß das da drüben New Jersey sein müßte. Das Gefühl für Orientierung und Entfernungen geht in so einer Nacht in Null Komma nichts flöten, selbst wenn man sich hier so gut auskennt wie ich. Wir marschieren wie immer die Anhöhe hinauf, und diesmal lasse ich Clamor das Tempo vorgeben. Er schnüffelt mal hier, mal dort, und wenn er mir nur ein bißchen ähnlich ist, gefällt es ihm hier, schon deshalb, weil keine Pudel oder angehenden Schauspielerinnen in der Nähe sind. Am besten ist die Stille – kein Wort, das stört. Nur der dunkle Himmel und eine Million Gräber, eins für jede Kammer meines Herzens, die Leonia für immer und ewig verschlossen hat.

Als wir fast oben angekommen sind, weicht der Nebel einem Nieselregen, aber wir tun so, als ob wir davon nichts bemerken. Wir müssen weiter. Die Windstille macht mich müde, und ich habe keine Kraft mehr, mich gegen die Erinnerungen zu wehren. Ich warte hier mit Clamor, bis der Himmel sich ausgeregnet hat; es ist mir schnuppe, wie naß ich werde. Laßt mich diesen Acker nach dem perfekten Grab für Leonia absuchen – aber selbst das ist völlig sinnlos, weil sich ihre Majestät in Rauch aufgelöst hat, per eigenem Dekret. Ich war nicht dabei, weil ihre Familie mich lieber ausblenden wollte. Aber ich war auch nicht besonders scharf drauf, auf Krematorium, dunklen Anzug und all das; Trauerfeiern sind keine

Partys, auch wenn das manche Leute zu glauben scheinen. In gewisser Weise war ein Grab wohl nicht gut genug für Leonia. Scheiße, diese ganzen Gräber – irgendwo muß Leonia doch liegen, aber wenn man anfängt, im Dreck herumzuwühlen und Staub aufzuwirbeln, kriegen sie einen am Arsch, irgendwie ja auch zu recht. Ich spucke aus; grüner Schleim segelt in hohem Bogen unter einer Laterne durch. Keine Panik, das kommt bloß von der Suppe. Demnächst muß ich meine Mutter doch mal fragen, was sie verdammt noch mal in ihre Suppe tut.

Ich kneife die Augen zusammen, um das Geschmiere auf dem nicht weit entfernten Lattenzaun zu erkennen. Ob ihr's glaubt oder nicht, irgend jemand hat dort mit schwarzer Farbe ein umgekehrtes Hakenkreuz und »Led Zep« hingesprüht. Ein umgekehrtes Hakenkreuz? Da sollte wohl die Absicht zählen, was? Wie auch immer, beides törnt mich gleichermaßen ab, dieses »Led Zep« eigentlich sogar noch mehr. Das Hakenkreuz hat der Typ dort doch bloß hingeschmiert, um zu provozieren. Ziemlich wahrscheinlich, daß er gar kein Nazi ist, sondern bloß ein Vollidiot. Mit der Led-Zep-Kiste wollte er allerdings ein echtes Statement abgeben. Was jemanden dazu treibt, mit einer Sprühdose auf den Friedhof zu ziehen, wird mir für immer ein Geheimnis bleiben. Na ja, demnächst wird der Zaun wahrscheinlich sowieso wieder gestrichen. Ich glaube, lange pack ich's nicht mehr, hier herumzuhängen; ich spüre den Haß, mit dem dieser Typ das hier hingesprüht hat. So wie das »p« am Ende von »Zep« aussieht, muß er wirklich verdammt übel drauf gewesen sein. Wenn man sich einen Moment richtig auf die beiden Graffiti konzentriert, geht einem auf, daß hinter dem »Led Zep«

entschieden mehr Haß steckt als hinter dem Hakenkreuz. Das »p« besteht nur aus Spitzen und Ecken, und am unteren Ende ist die Farbe verlaufen. Das Geschmiere strahlt etwas so durch und durch Unheilvolles aus, daß es mich baff macht. Irgendwann wird Robert Plant mal hier vorbeikommen, vielleicht um das Grab eines toten Verwandten zu besuchen, den Namen seiner Band in Verbindung mit dem Hakenkreuz sehen und sich fragen, warum zur Hölle er eigentlich in dieses verdammte Musikbusineß eingestiegen ist.

Fast hab ich's erwartet, daß es noch schlimmer kommt. Ich komme an dieser bronzenen Christusstatue vorbei, die mit ausgebreiteten Armen über ihre Schäflein wacht, und was sehe ich? Irgendein Idiot hat der Statue den Kopf abgesägt und mitgenommen. Ich versuche, mir einen Reim darauf zu machen, hinter die Logik der Aktion zu kommen. Sieht nach einem gefundenen Fressen für die Zeitungen aus: *Christus auf Friedhof guillotiniert!* Ich hocke mich neben Clamor in den Regen und blicke auf zu Jesus, der immer noch die Arme ausgebreitet hält, als wäre nichts geschehen. Ich kann mich nicht auf Leonia konzentrieren, weil mich der Anblick der kopflosen Statue verrückt macht, und ich spüre, wie mir die Wut vom Bauch in den Kopf steigt. Ich klammere mich an Clamors Leine – er darf nie ohne Leine sein, egal, wo man sich gerade befindet oder wie spät es ist, das ist Gesetz in New Jersey – und dann geht mir auf, daß es sich bei dem Sprüher und dem Wichser, der den Kopf geklaut hat, mit ziemlicher Sicherheit um ein und dieselbe Person handelt; ein Sixpack Michelob für 5.99 Dollar im Supermarkt um die Ecke, und die Sache war geritzt. Ich hasse Amerika. Amerika kotzt mich an. Es will mir nicht in den Kopf, warum jemand so etwas macht. Clamor sieht mich an, als wollte er gleich fragen, welche Laus mir über die Leber gelaufen ist; anscheinend hat ihm die Statue nie besonders viel bedeutet. Scheiß drauf, was rege ich mich hier über einen Bekloppten auf, der nach ein paar Dosen Alk den Vandalen rausläßt? Er hat doch bloß sein Ziel erreicht, wenn mich das sauer macht. Hoffen wir einfach, daß ihm der Kopf Glück bringt, daß er vor seinen Kumpels damit angeben kann, während im Hintergrund »Stairway to Heaven« läuft – ich kann es mir bildlich vorstellen. Und bei all den Bibelkreisen, die meine Mutter so besucht, kann es ja wohl nicht so lange dauern, bis die Statue einen neuen Kopf hat.

Ich sage, »Komm, Clamor«, und Clamor läuft los. Ich bin stolz darauf, wie er sich hier auskennt, wie stoisch er den Regen hinnimmt. Eine echt treue Seele. Die Stille hier draußen war wohl doch nicht so ganz das Richtige. Vielleicht wären wir besser auf den Golfplatz gegangen. Mehr Leute, mehr Leben. Weniger Tote. Das Thermometer muß um einige Grad gefallen sein, weil ich mit den Zähnen klappere, während Clamor mich hinter sich herzieht. Herrgott, es ist arschkalt hier draußen, Leute! Ich sehe zum Firmament auf; der Mond scheint, und der Winter ist im Anmarsch.

Unsere Beziehung war ziemlich einseitig. Wenn man eine Frau mies behandelt, überzeugt man sie am besten erst mal davon, daß sie es verdient hat; hinterher erzählt man ihr dann, daß man sie gar nicht mies behandelt hat. Wißt ihr was? Es ist ziemlich einfach, jemanden von etwas zu überzeugen, was er sowieso glauben will. Genau das lernt man doch bei diesen Vertreterschulungen. Die

Voraussetzung für einen Lacher ist Sympathie. Die Voraussetzung dafür, daß sich jemand wie ein Stück Scheiße behandeln läßt, ist Liebe. Diese ganzen Songwriter, die von dem schmalen Grat zwischen Liebe und Haß singen, haben keinen Schimmer. Die sind doch geistig im Mittelalter steckengeblieben. Ich kann mir nicht mal erklären, weshalb die englische Sprache zwei verschiedene Worte für diese Gefühle hat. Letztlich sind Liebe und Haß doch ein und dasselbe, nur daß man nie weiß, wer den Schwarzen Peter hat.

Als wir nach Hause kommen, sitzt Mom über der Zeitung; sie liest jeden Artikel, jedes Wort, jede Anzeige. Sie kennt die Welt besser als jeder andere, wenn auch ausschließlich aus zweiter Hand. Es ist sicherer so; kein Grund, ihr das unter die Nase zu reiben, auch wenn man unglaublich öde Träume haben muß, wenn man den lieben langen Tag unter der Decke der Anpassung verschläft. Mom sieht auf, freut sich, daß wir zurück sind, und steht auf, um mir ein Handtuch zu holen. Dad ist unten, gewissermaßen im Verborgenen, und sieht sich irgendein Match im Fernsehen an. Ich wechsel ein paar Worte mit Mom, während Clamor sich auf den Teppich haut. Ich gehe zum Regal und hole mir ein paar Alben von Mississippi John Hurt raus; vielleicht leg ich mich auch gleich aufs Ohr. Der Junge verzieht sich nach oben und hört noch ein bißchen Blues. Kein Grund zu meckern, oder?

Ich liege im Bett, höre leise Musik und blättere in *Lieder der Unschuld / Lieder der Erfahrung*. William Blake; genau meine Kragenweite, der Mann. Wie gesagt, ich stehe eigentlich gar nicht so sehr auf Gedichte, aber Blake hat mich schon einige Male weitergebracht. Wäre er nicht vor ein paar hundert Jahren gestorben, würde ich ihm Fanbriefe schreiben. Ich kann ihn jedoch nicht weiter würdigen, da Izzy jetzt zur Tür hereinkommt; sie wirkt fast ein bißchen ängstlich. Ich bin beinahe froh, daß sie nicht geklopft hat. Zuerst mal hätte das nicht zu ihr gepaßt – sie ist nicht der Typ, der vorher anklopft. Außerdem hätte ich in dem Fall wahrscheinlich so getan, als würde ich schon schlafen, weil mir nicht nach reden zumute ist. Meine Freundin ist tot, falls ihr es noch nicht mitbekommen haben solltet, Leute. Izzys kurzes, am Nacken ausrasiertes Haar rahmt ihren Kopf ein wie ein Helm. Sie sieht mich an, streckt ihren Zeigefinger aus und lächelt wissend, bevor sie sich zu mir herunterbeugt und sagt: »Ich hab noch was für dich – du bist doch morgen noch da, oder?« Ich zucke mit den Schultern. Hat sie's kapiert? Woher soll ich denn wissen, wer morgen wo sein wird? Aber Isabel läßt sich nicht aus dem Konzept bringen. »Morgen«, wiederholt sie, mit einem gewissen Nachdruck, als wollte sie mir drohen. Und weg ist sie.

Wenn meine Mutter ins Bett geht, ist mein Vater bereits in der zweiten oder dritten REM-Phase. Sie befinden sich zwar im selben Raum und im selben Bett, aber seien wir mal ehrlich: Haben sie das damals genauso gemacht, als sie sich gerade kennengelernt hatten? Damals hatten sie garantiert mehr Spaß. Leonia und ich hatten ebenfalls eine Menge Spaß, ganz besonders im Bett. Manchmal, wenn wir ins Bett gingen, kamen wir erst Tage später wieder heraus. Aber das änderte sich ziemlich schnell. Am Ende war es einfach nur traurig: Ich schlief mit ihr, sie spielte mir etwas vor, und nachher redeten wir darüber und suchten nach Entschuldigungen. Die Dinge ändern sich, aber alles passiert so langsam, so unmerklich, daß man gar keine Chance hat. Jede Menge fette

Fehler, von denen man überhaupt nichts mitkriegt, sozusagen.

Unten hat sich schon seit einer Weile nichts mehr gerührt, also gehe ich runter ins Bad, ohne den Blake, weil Mom gewöhnlich irgendwelche Zeitschriften da liegen läßt. Wir brauchen gar nicht um den heißen Brei herumzureden, ich fühle mich einfach nicht gut, alles andere als gut sogar. Keine Ahnung, ob ich das dem Rausschmeißer oder den Nachwirkungen des Whiskeys zu verdanken habe, aber mir ist, als hätte mich jemand durch den Wolf gedreht. Ich setze mich auf die Schüssel, verdammt niedrig angebracht, das Ding, man hockt praktisch fast auf den Fliesen. Ich komme mir vor wie im Kindergarten. Macht irgendwie sogar Sinn. Als ich vier war und zum ersten Mal auf der richtigen Toilette gesessen hatte, zollte mir mein Vater seine Anerkennung, indem er mir anschließend im Süßwarenladen einen Packen Baseballkarten kaufte – wo sind die verdammten Dinger bloß hingekommen, die müssen heute ein Vermögen wert sein. Das müßte jetzt die Suppe gewesen sein, und während ich so dahocke, muß ich daran denken, wie Clamor so etwas erledigt, ganz die Ruhe selbst, fertig und weiter. Ich dagegen habe höllische Schmerzen, es rumort und sticht, ich schwitze vor Anstrengung, während ich mich an der Klobrille festklammere; ich halte die Augen in stummer Angst geschlossen und lausche, wie die Magensäure in meinen Gedärmen arbeitet, auf irgendwelche Signale reagiert, die sie nicht richtig einordnen kann.

Mir ist, als ob ich gleichzeitig Kopfschmerzen und Fieber bekommen würde, und ich hoffe, daß meine Eltern und Isabel nicht mitbekommen haben, daß ich schon eine ganze Weile hier drin bin. Dieses Haus ist ein bißchen wie das Universum – was man auch tut, es wirkt sich auf eine andere Ecke des Kosmos aus. Mann, hier knirscht und knarzt es doch überall, und wahrscheinlich tut meine Familie kein Auge zu, während das Grollen meiner Gedärme durch die heimischen Fluchten hallt. Ich merke, daß ich hier ewig sitzen könnte, ohne jemals zu einem Ende zu kommen, aber manchmal muß einfach ein Schlußstrich gezogen werden. Ich wische mir den Hintern ab, und als ich einen Blick auf das Papier werfe, sehe ich, daß es dunkelrot ist, verschmiert mit Blutklumpen und allem anderen möglichen Zeug. Vor Panik bleibt mir fast das Herz stehen; ich schwitze noch mehr und spüre, wie mir Tränen in die Augen steigen. Ich schließe die Augen und lehne mich zurück, während die Schwerkraft das blutige Toilettenpapier zwischen meinen Schenkeln hindurch in das rosafarbene Wasser segeln läßt. Oh, Mann, das halte ich nicht aus. Blut? Ich hab gedacht, daß wär kein Thema mehr, ehrlich.

Als ich mich wieder beruhigt habe, stehe ich auf und sehe in den Spiegel. Es erinnert mich an die Fahrt mit dem Bus, und ich frage mich, warum ich überhaupt hierher gekommen bin. Habe ich geglaubt, meine Leute könnten mir irgendwie weiterhelfen? Komm schon, Mann, die trauen sich doch nicht mal, Leonias Namen in den Mund zu nehmen. Seien wir fair, ich hab's genausowenig getan – ich suhle mich lieber allein in meinem Selbstmitleid, was ja wohl die allermieseste Tour ist. Ich starre in den Spiegel, aber ich habe keine Widerstandskraft mehr. Ich versuche, keine Miene zu verziehen, aber meine Schultern sacken herunter, und mein Spiegelbild verschwimmt, fixiert mich mit einer Grimasse, in der sich Ekel und Verachtung mischen. Dieses Badezimmer kenne ich seit zwanzig Jahren, und ich fühle mich kein bißchen älter oder klüger, geschweige denn mit mir selbst im reinen, weniger sogar als früher, wenn ihr die Wahrheit wissen wollt. Als Kind hatte ich diese Probleme nicht. Ich betrachte mich weiter, aber eigentlich quäle ich mich nur noch, weil mich der Anblick mit jeder Sekunde mehr deprimiert. Und während ich mich anglotze, löst sich mein Gesicht auf, der Spiegel, die Badezimmerwand, und ich sehe meine Eltern Seite an Seite in ihrem Bett, wie sie die Wände anschnarchen und von ihren früheren Eroberungen träumen, Anschauungsobjekte A und B in Sachen Liebe und Haß, diesen beiden Worten, die doch nur ein und dasselbe bedeuten. Ihr glaubt, Leonia hat mich gehaßt? Na klar, deshalb hat sie sich ja umgebracht. Ihr glaubt, Leonia hat mich geliebt? Na klar, ihr Arschlöcher, genau das war der Grund, warum sie's getan hat.

Ich starre unaufhörlich in den Spiegel, denke an das faulige Blut, das seinen natürlichen Kreislauf verlassen hat, meinen Körper verseucht und da drinnen irgendwelche Scheiße anstellt. Ich schmecke das Blut in der Kehle, spüre es auf der Zunge. Es fließt durch die Rohre und die Abwasserkanäle von New Jersey, wahrscheinlich bis in den Atlantik. Übrigens, ich kann nicht schwimmen, ich hab's nie gelernt. Ich will euch keine Angst machen, aber je stiller es hier wird, desto deutlicher höre ich die Stimme des kopflosen Jesus, der mir sagt, daß er mich liebt, und gleichzeitig höre ich die Stimme des Teufels – da steht er, den Kopf des Heilands unter dem Arm –, die mir einflüstert, ich solle der Statue auch noch die Arme absägen, ja, obendrein soll ich auch noch irgendwelchen Müll an die Friedhofsmauer schmieren, ist doch nichts dabei, weil jener mir bekannte Gott, der Gott, den ich als Gott verstehe, Leonias wirre Gedanken in die Tat umgesetzt und dafür gesorgt hat, daß ich mich jetzt mit ihrem Vermächtnis herumschlagen darf. Gottes Stimme. Satans Stimme. Beide hören sich gleich an: zu schön, um wahr zu sein. Scheiße, und ich versuche mir einzureden, daß der Teufel sowieso keine Chance bei mir hat, im Leben nicht. Ich bin mir nicht sicher, ob Gott mir beisteht, ich will bloß, daß jeder in Rufweite Bescheid weiß, daß ich auf seiner Seite bin, damit das ein für allemal klar ist. Ich falle nicht gleich von ihm ab, nur weil die Dinge mal nicht nach meinem Gusto funktioniert haben. Alles läuft mal wieder auf den bösen Blick hinaus, eine Wiederholung meines Versuchs, mich selbst in Grund und Boden zu starren. Ich sehe durch meine Augen hindurch, jetzt sowieso kein großes Problem mehr, direkt in die finstersten Abgründe meiner Seele, die düstersten Windungen meiner Gedanken. Der Raum verdunkelt sich, während Gott und der Teufel um meine Gunst buhlen und ich darum kämpfe, nicht den Verstand zu verlieren. Ich muß mich selbst niederstarren, dann habe ich gewonnen.

Ich greife unter das Badezimmerschränkchen; dort habe ich sie versteckt, Leonias Pistole, und sie liegt gut in der Hand, fragt sich bloß, wer nachher hier aufwischen soll. Diesmal gewinne ich, lang und fett; seht einfach zu. War ich nicht kürzlich schon mal in dieser Situation? Ein jäher Schauder durchläuft mich, als ich aufsehe und den kalten Stahl in den Fingern spüre; Mann, Leute, ist das ein erhebendes Gefühl. Ja, stimmt, ich zittere am ganzen Körper, aber ich hab's auch nicht nötig, vor mir selbst die coole Nummer abzuziehen. Ich richte die Waffe auf den Spiegel, sehe den Lauf und den Hahn, je nachdem, wo ich gerade hinschiele; endlich mal eine Sache, die man wirklich drehen und wenden kann. Ich halte meine Hand so ruhig wie möglich und drehe langsam meinen Kopf, um nichts aus den Augen zu verlieren. Dieser Silberglanz, ich kann mich überhaupt nicht dran satt sehen. Einfach Wahnsinn, werft selbst mal einen Blick drauf! Wer hat sich diese Formen ausgedacht? Und warum gerade diese? Jesus, ist das abgedreht! Eine Pose, und schon bist du ein Held: Rambo, James Bond, wer immer du gerade sein willst. Die Waffe verlängert deine Phantasie. Sie eröffnet neue Welten, so wie sie andere für immer schließt. Aber warum sollte man eine Waffe mit sich herumschleppen, wenn man sie nicht benutzt? Wo soll da der Sinn sein? Ich bin kurz davor, ihn endgültig niederzustarren, er gibt gleich auf, er pfeift schon im dunklen Keller. Ach, ihr glaubt, ich bescheiße, weil ich die Pistole habe? Da habt ihr wohl recht, aber sonst hätte mein Spiegelbild mich schon lange abserviert. Aber ich sehe das nicht als Bescheißen. In der Liebe und im Haß ist alles erlaubt.

Wann habe ich zum letzten Mal Luft geholt? Also, wenn ihr mal vor dem letzten Atemzug steht, dann seht zu, daß ihr jedes vorhandene bißchen Sauerstoff tief in eure Lungen saugt. Beim letzten Atemzug geht es darum, wirklich Luft zu holen. Ich will nicht, daß mein Geruch weiter hier im Raum hängt, dieser Dunst von Erinnerungen und Erbsengestank und blutigem Klopapier. Ich packe die Waffe fester, reiße sie herum und stecke sie mir ohne Umschweife in den Mund, mache es genau so wie Leonia, als wäre es der größte, kälteste Metallutscher des gesamten Universums. Diese 38er lassen einen echt auf den Geschmack kommen. Ich presse den Lauf gegen meinen Gaumen, bis es weh tut. Seht ihr, wie sich die Sehnen an meinem Unterarm spannen? Zum ersten Mal seit langem gefällt mir mein Anblick wieder. So und nicht anders. Ich könnte von morgens bis abends mit einer Pistole zwischen den Zähnen herumlaufen – eine gelungene Ergänzung. Wäre Leonia jetzt hier, würde sie es wohl ein *Accessoire* nennen. Ich werfe einen verstohlenen Blick in den Spiegel; na, wer blinzelt jetzt wohl, mein Freund? Mein Zeigefinger schließt sich um den Abzug, und ich fühle die sanfte Kurve des Bügels, jede winzige Unebenheit. Mein Griff schließt sich weiter, aber immer noch nicht genug – Mann, wieviel Druck muß man eigentlich noch ausüben, bis das Ding losgeht? Soll ich das etwa noch extra berechnen? Es gibt keinen Ausweg. Da ist mein Finger, der es austestet, und dort der Hammer, der sich weiter spannt, da der Lauf und dort sein Abkömmling, die Kugel, die schon weiß, wo sie einschlagen und welches Muster sie mit meinem Gehirn an die Wände spritzen wird. Mit einem Mal sehe ich mir in die Augen, einfach so, und mein Spiegelbild erzittert, bis es fast völlig verschwimmt. Und wollt ihr mal die Krönung hören? Der Wichser schlägt die Hand vor die Augen und dreht sich weg, als könnte er sich das Ganze nicht länger mit ansehen. Er hat nicht den Mumm, den Tatsachen ins Auge zu sehen. Ich ziehe den Lauf zwischen meinen Lippen hervor und spüre, wie das Echo meines Herzschlags an meinem Gaumen widerhallt, genau da, wo die Mündung war, höre, wie sich das Echo an den Badezimmerwänden bricht. Ich grinse breit und fett, als hätte ich wirklich etwas hinter mich gebracht, und verstaue die Waffe wieder unter dem Schränkchen. Ihr wißt, was das heißt, oder? Es heißt, daß ich mal wieder gewonnen habe. Mal wieder. Von wegen, Mädchen. Das hätte dir wohl so gefallen.

3

DIE GITTER DES HIMMELS

Als ich meine Gitarre zertrümmert habe, meinte ich's auch so.

Pete Townshend, 1984

Über meinem Bett in New Jersey hängt dieses geniale Schwarzweißbild von Pete Townshend, wie er, beide Arme in der Luft, gerade dabei ist, seine Gitarre zu demolieren. Auf der Bühne herrscht das totale Chaos, überall Rauch und Trümmer, nur Pete sieht aus, als wäre er die Ruhe selbst. Aber wieso schlägt er die Gitarre in Stücke – das Ding hat doch eine Stange Geld gekostet. Früher habe ich geglaubt, es handele sich um einen unkontrollierten Gewaltausbruch (anfangs echt, später Pose), daß er seinen Frust abreagieren würde an etwas, das sich sowieso nicht wehren kann. Dann fällt mein Blick auf Leonias Abschlußfoto von der High School, das an der gleichen Wand hängt. Mein Blick schweift zwischen den beiden Bildern hin und her, zwischen Petes entschlossenem Ausdruck und Leonias leicht erschöpft wirkendem Lächeln – Mann, nur einen Augenblick früher, und der Fotograf hätte sie echt *gehabt*. Pete wirkt irgendwie triumphierend inmitten des Chaos, während Leonia, in ihrem Sweater und dem langen Kleid, eine nicht zu übersehende Traurigkeit ausstrahlt, als wäre diese Aufnahme bloß eine weitere Sache, die ihr das Leben schwer macht. Aber warum scheint ihre stille Schwermut Petes stoischer Miene so sehr zu gleichen? Ich komme nicht drauf, aber gleichzeitig weiß ich, daß eine Verbindung zwischen den beiden Fotos besteht;

genau deshalb habe ich sie auch an die gleiche Wand gehängt. Mein Vater pflegt zu sagen, daß hinter allem ein tieferer Sinn steckt, und in diesem Punkt stimme ich ihm ausnahmsweise zu. Man muß nur lange genug darüber nachdenken, dann kommt man auch irgendwann dahinter.

Und was diese Sache mit Pete Townshend und Leonia angeht, lege ich mich echt ins Zeug. Ich schließe die Augen, lasse mich aufs Bett sinken und frage mich, was mich überhaupt veranlaßt hat, dieses Foto von Pete an die Wand zu hängen. Die Who waren schon in Ordnung, »Squeeze Box« und so, aber das allein war es nicht. Ich glaube, der springende Punkt ist die Entschlossenheit, mit der Pete zur Sache geht. Ich muß mich damit identifiziert haben; vielleicht fand ich es auch nur einfach cool, daß jemand seine Gitarre in Stücke schlägt. Ich versuche, mir das Ganze vorzustellen, ein Zwei-Stunden-Konzert, nichts als feinster Rock'n'Roll, wahre Kunst, die damit endet, daß jemand das Instrument zertrümmert, das doch überhaupt erst die Magie erzeugt hat. Ganz ehrlich, warum? Normal wäre es doch, die Gitarre vorsichtig abzunehmen und im Koffer zu verstauen. Weshalb dermaßen ausflippen? Moment, ich glaube, jetzt hab ich's. Vielleicht hat er es deswegen gemacht, weil er sein Innerstes nach außen gekehrt, den Fans alles gegeben hatte. Und ihm das einfach nicht *genug* war. Ich öffne die Augen und richte meinen Blick auf Leonia.

Doch in diesem Moment platzt Hurrikan Isabel in den Raum, das Anklopfen schenkt sie sich, immer mit der Tür ins Haus, das sabbernde Ungetüm im Schlepptau; sieht fast so aus, als sei ich vom Regen in die Traufe geraten. So komme ich nie im Leben dazu, irgend etwas zu verarbeiten. Isabel kniet sich neben das Bett und beugt sich vor, als wollte sie mir ein Geheimnis verraten, von dem der Hund nichts mitkriegen darf. Das kann sie vergessen. Hunde werden erst recht neugierig, wenn man ihnen etwas verheimlichen will, wie man auch jetzt mal wieder feststellen kann – Clamor wird plötzlich hyperaktiv, drängt sich zwischen uns und schafft es doch tatsächlich, uns beide gleichzeitig mit seiner Monsterzunge abzuschlecken. Ich stoße ihn weg – liebevoll, versteht sich – und sehe meine Schwester an. Was zum Teufel ist so wahnsinnig wichtig? Der Sturm legt sich, und es sieht so aus, als könnten wir's jetzt ruhig angehen, eins nach dem anderen. Denkt doch mal nach, welche Leute euch mehr Angst machen – die Labertassen und die Brüllaffen, oder vielleicht doch eher die Typen, die einfach nur zuhören und alles mit kaltem Blick betrachten? Schenkt euch die Antwort; war bloß rhetorisch.

»Wie wär's, wenn wir ein bißchen rausgehen? Das bringt dich bestimmt auf andere Gedanken.« Habt ihr das gehört? Meine kleine Schwester meint, ich müßte auf andere Gedanken kommen. Leonia hat sich umgebracht, aber mit einem kleinen Spaziergang bringen wir das schon wieder ins Lot, ja, macht Sinn, klare Sache. Ein Spaziergang. Leonia ist tot und mein Leben ein Scherbenhaufen, und Isabel zieht eine Show ab, als würde sich alles nur um sie drehen. Immer im Mittelpunkt. Okay, ein Spaziergang löst mein Problem bestimmt nicht, aber danach läßt mich Isabel vielleicht endlich in Ruhe. Isabel, Leute. Hätte ich einen älteren Bruder, würde ich mich ein bißchen zurückhalten, gerade, wenn so eine Geschichte passiert wäre. Ganz ehrlich, was weiß sie denn schon?

Beugen wir uns also ihrem Diktat. Ich gehe die Treppe

hinunter und verziehe mich ins Bad. Ich schäle mich aus meinen Klamotten, häute mich fast wie eine Schlange und werfe einen Seitenblick in den Spiegel. Scheiße, bin ich mager, ein echtes Hemd; aber das macht mir nichts. Ich frage mich, wie das wohl ist, von oben bis unten mit Muskeln bepackt zu sein, aber daran läßt sich ja arbeiten. Ich zwinkere mir zu. Mein Spiegelbild weiß, wie ich es letzte Nacht ins Gebet genommen habe – ich kann hier mit erhobenem Haupt unter die Dusche gehen. Ich drehe das Wasser auf, und ein kleiner Strahl spritzt mir auf die Hand; es fühlt sich gut, aber auch irgendwie ungewohnt an, als würde plötzlich Schokoladenshake aus dem Duschkopf kommen. Duschen, ich hab fast vergessen, wie das ist, echt unglaublich. Ich steige geradewegs unter den Wasserstrahl, ohne auch nur eine Sekunde zu zögern, genauso so, wie ich früher im Urlaub ins Meer eingetaucht bin. Die meisten Leute gehen ganz langsam ins Wasser, um sich erst mal an die Temperatur zu gewöhnen; sie gehen bis zur Hüfte hinein, schneiden Grimassen und machen ein Riesentheater aus der Sache – unfaßbar! Los, einfach rein! Volle Pulle! Während ich unter der Dusche stehe, stelle ich mir vor, ich würde mir keinen Schmutz, sondern Tage von der Haut waschen, alles, was in letzter Zeit geschehen ist. Ich benutze Isabels Shampoo – verdammt, werft mal einen Blick auf das Preisschild, einfach lächerlich, wo das Zeug doch sowieso im Atlantik landet –, komplett mit Frischeduft, Zitrone oder so; unvorstellbar, daß Wissenschaftler ihre Zeit damit verplempern, diese Düfte zu entwickeln, gibt's eigentlich keine Krankheiten mehr, mit denen sie sich beschäftigen können? Der Geruch ist kräftig, ziemlich angenehm sogar, und ich reibe mir das Zeug in jede einzelne Zelle meines Skalps, in jede noch so winzige Strähne, nehme mir echt Zeit dabei. Ich will gut riechen, das letzte Mal ist schließlich schon eine ganze Weile her. Ich spüle mir die Haare aus. Die Strahlen tun weh, wo das Arschloch von Rausschmeißer meinen Schädel lädiert hat, und als das Shampoo meinen Körper herunterläuft, wäscht es die unsichtbare getrocknete Kotze mit sich fort, Sperma, Tränen, Blut, Speichel, Urin und Gott weiß was noch alles, auch wenn ich nicht weiter mit Seife nachhelfe. Eigentlich will ich sie gar nicht fortwaschen, die letzten Tage; ich will nicht, daß die Erinnerung an Leonia im Abfluß verschwindet. Scheiße, wo ich gerade dran denke, dieser Geruch nach Feuerwehrschlauch war doch eigentlich ganz in Ordnung. Hätte ich vielleicht gar nicht duschen sollen? Ich drehe mich um und lasse das Wasser über meinen Rücken strömen, zwischen meine Arschbacken, die ich dabei auseinanderziehe, so weit es geht. Hauptsache, das geronnene Blut geht weg, und damit ist die Sache dann hoffentlich auch gegessen.

Ich steige aus der Dusche und sehe mich im Spiegel an; er ist nicht beschlagen, weil ich nie besonders heiß dusche, und, Mann, ich will verdammt sein, wenn ich nicht gut aussehe! Genau richtig, wie die Haare abstehen, und ich fühle mich sauber, bereit, voll in den Tag durchzustarten. Ich habe keine Ahnung, worüber Isabel mit mir reden will; vielleicht hat es irgendwas mit dem Stück zu tun, in dem sie mitspielt, oder mit irgendwelchen neuen Freunden oder so. Lassen wir's auf uns zukommen. Mir egal, Leute, der Tag ist jung und ich für alles offen. Na ja, für fast alles; mit ihren Dramentheorien kann sie mich echt verschonen.

In meiner alten Kommode liegt noch ein abgetragenes schwarzes T-Shirt, ziemlich ausgebeult, genau wie ich's mag.

Immer noch die alte Jeans, die offen gesagt mal in die Waschmaschine müßte, aber ich geh ein paarmal tief runter in die Knie, und auch das ist im Lack. Ich klaue meinem Vater ein Paar weiße Socken und die Mütze, die er früher als Zeitungsjunge getragen hat – immer verkehrt rum aufsetzen, Leute, *immer* –, und schon bin ich wieder die Treppe hinunter. Mom lächelt, als sie mich mit der Mütze sieht, und zeigt auf die Bagels auf dem Tisch, aber ich hab jetzt keine Zeit; ich muß los. Ich weiß, daß manche Mütter es persönlich nehmen, wenn man ihr Essen verschmäht – und ich rechne ihr die Mühe auch hoch an –, aber eigentlich hab ich gar keinen Hunger, und, ich komme wirklich nicht gern drauf zurück, ehrlich gesagt geht mir schon die Muffe, wenn ich nur dran denke, was meine Verdauung mit den Bagels anstellen wird. Das Blut, ihr erinnert euch?

Draußen finde ich Isabel unter einem Baum; sie sitzt da wie eine Dreijährige, mit ausgestreckten Beinen, die Fußspitzen gen Himmel gerichtet. Ich weiß nicht, das sieht mir irgendwie gar nicht bequem aus, aber vielleicht trainieren die ja in der Schauspielklasse dauernd Spagat und solche Sachen. Sie hält die Augen geschlossen und atmet tief ein, während ein außerirdisches Lächeln um ihre Lippen spielt. Und ich dachte, wir wollten los, spazierengehen. Ich hab nicht vor, irgendeiner Tussi den ganzen Tag beim Atmen zuzusehen, auch nicht meiner Schwester. Aber aus irgendeinem unerfindlichen Grund reiße ich sie doch nicht aus ihrer Trance, sondern setze mich ihr gegenüber auf den Rasen. Sie gibt ein Bild des Friedens ab, völlig in Einklang mit sich selbst. Vielleicht sollte ich auch mal so einen Schauspielkurs besuchen; ich schaff's nie, solche Ruhe auszustrahlen. Entspannung ist eine gute Sache; allein, sich überhaupt entspannen zu können, wäre schon ein echter Pluspunkt.

Plötzlich muß ich an das Wort »Selbstmord« denken; ich wüßte gern, wie oft ich das Wort gegenüber Leonia benutzt habe. An einmal kann ich mich erinnern, nein, an zweimal sogar. Das eine Mal habe ich ihr gesagt, sie wäre der Typ Mensch, der seinen Abschiedsbrief vorher noch Korrektur liest. Mann, war das mies. Ich kann gelegentlich ein echtes Arschloch sein, insbesondere, weil ich manchmal dazu neige, jemanden nicht nur niederzumachen, sondern mit voller Absicht und kaltem Kalkül noch einen draufzusetzen. Das andere Mal, daß wir über Selbstmord gesprochen haben, war bei unserem zweiten oder dritten Date; ich erzählte ihr von meinem Cousin väterlicherseits und meiner Tante mütterlicherseits, die sich beide das Leben genommen haben. Wirklich traurige Geschichten, auch wenn ich den Cousin meines Vaters gar nicht kannte – er lebte in Italien – und mir meine Tante auch nicht besonders nahe stand. Ich war auf keiner der beiden Beerdigungen.

Ich betrachte Isabels Züge und hoffe, Selbstmord ist nicht vererblich. Oder ist es so wie beim Haarausfall, daß er jeweils eine Generation überspringt? Ich bin gegen ihn gefeit, Leute, darauf kann ich euch Brief und Siegel geben, aber für andere würde ich nicht die Hand ins Feuer legen. Tut mir einen Gefallen – falls ihr Isabel mal über den Weg lauft, dann bittet sie, euch genau das zu versprechen, was ich euch jetzt geschworen habe. Ich mein's ernst. Ich habe immer geglaubt, daß sich Täter und Opfer in gewisser Weise gleichen, und auf nichts trifft diese Theorie so zu wie auf Selbstmord. Ich kann mich nicht erinnern, ob ich das in einem Buch gelesen habe oder selbst drauf gekommen bin. Aber ehrlich gesagt bin ich auch gar nicht in der Stimmung, über Selbstmord zu reden. Sparen wir uns das für ein anderes Mal auf.

Ich stoße Isabel an, worauf sie die Augen öffnet, mich genervt ansieht und mit der flachen Hand auf den Rasen klopft. Ich hocke mich neben sie. Sie durchwühlt ihren Rucksack und wickelt ein Plastiktütchen aus einem anderen Plastiktütchen; ich kann nicht genau erkennen, was sie darin aufbewahrt, aber es sieht nach Pflanzenstengeln und Erde aus. Isabel grinst mich an, aber es wirkt einstudiert, nicht wie ein Lächeln zwischen Bruder und Schwester. Diese aufgesetzte Tour zieht mich bloß runter; daß meine Schwester hier einen auf Hollywood macht, paßt mir überhaupt nicht in den Kram. Es gefällt mir nicht. Laßt uns die Augen offenhalten.

»Mushrooms. Ich hab sie von 'nem Freund. Hast du schon mal welche genommen?« Isabel fragt nicht bloß einfach so; sie erwartet, daß ich nein sage, dann aber gleich voll auf die Idee anspringe. Eigentlich würde ich ihr das Zeug am liebsten wegnehmen und durch die Toilette spülen, aber was ändert das? Ändert das irgend etwas? Ich habe schon Schlimmeres gemacht, und wenn sie auf das Zeug steht, dann soll sie's doch nehmen, warum ihr irgendwelche Predigten halten? Sex, Drogen, Schreiben, Schlankheitskuren – alles Sachen, die man einfach antesten sollte, wenn man drauf abfährt, und wenn nicht, dann eben nicht, basta. Aber warum ihr jetzt Gewissensbisse machen und groß erzählen, daß sie die Finger davon lassen soll? Schwachsinn pur. Nein, ich habe noch nie Mushrooms eingeworfen, auch wenn die Gelegenheit schon ein-, zweimal dagewesen wäre. Ein alter Kumpel von mir hat seine Abschlußprüfungen auf Mushrooms geschrieben; in Mathe war er spitze, aber die mündliche Prüfung hat er versägt. Doch jetzt, wo ich gerade daran denke, frage ich mich, ob der Typ wirklich auf Mushrooms war. Ich meine, ich war nicht dabei, als er sie eingeworfen hat, und gewöhnlich glaube ich erst etwas, wenn ich es auch mit eigenen Augen gesehen habe. Aber versteht mich nicht falsch, ich will euch hier gar nicht erzählen, ich hätte noch nie Drogen genommen; in der Schule war leicht dranzukommen, und ab und zu hab ich was mit den anderen durchgezogen. Und Pilze – vielleicht hätte ich schon mal welche genommen, aber aus irgendeinem Grund ist es nie passiert. Trotzdem, mein Bauch sagt mir, ich sollte Izzys Angebot besser ablehnen. Ich weiß, daß sie mich nur gut draufbringen will, aber ich glaube nicht, daß ich jetzt auf den Trip gehen sollte, gerade mal eine Woche nach Leonias Tod. Wie soll ich ihr das erklären?

»Du willst Mushrooms einwerfen? Ich weiß nicht so recht; ich glaube, das wäre gegen das Andenken an die Toten.« Obwohl Leonias Tat eher ein Denkzettel für die Lebenden war. Ziemlich schwache Argumentationskette. Mein Logikprofessor hätte das wohl als folgewidrig bezeichnet. Fast ist es, als würde ich geradezu darum betteln, über Leonia zu reden. Isabel scheint das auch zu spüren.

»Andenken?« Bühnengeflüster. Offensichtlich haben meine Worte eine Saite in ihr zum Klingen gebracht; vielleicht sind auch nur diese Atemübungen schuld. »Ich würde mich geehrt fühlen, wenn jemand wegen mir so durcheinander wäre, daß er extra Pilze einwirft, um das Wesen meines Seins zu ergründen.«

Was? Solcher Scheiß geht wohl in den Köpfen vieler Mädchen vor, aber man muß schon ein ziemliches Miststück sein, diese Art Spielchen mit jemandem zu treiben. Macht ihr das Spaß, mich so unter Druck zu setzen? Ich weiß es nicht, ich find's einfach nur traurig; meine kleine Schwester ist auf dem besten Weg, ein Arschloch zu werden. Ich sehe zur Haustür hinüber und erblicke meine Mom, die hinter der Fliegentür steht und beobachtet, wie wir zusammen unter dem Baum sitzen und uns unterhalten. So ähnlich haben wir da wahrscheinlich auch früher gesessen, als Kinder, nur daß wir damals nicht über Mushrooms und Tote gesprochen haben; damals war Isabel auch noch nicht damit beschäftigt, irgendwelche Rollen zu spielen. Fast sehe ich die allgegenwärtige Leonia vor mir, wie sie uns von ihrer Loge aus zuschaut, alles im Auge behält, sich in bewährter Manier über jede Kleinigkeit ausläßt und sich einen darüber abgrinst, daß sie als Tote mehr Gewalt über mich hat als je zuvor. He, das könnte der springende Punkt sein, aber ich kann das einfach nicht akzeptieren. Warum hat sie mir nicht einfach ins Gesicht gesagt, daß ich mich verpissen soll, wenn sie die Nase von mir voll hatte? Und dieser Rhabarber, den Isabel eben von sich gegeben hat – wollte sie mir durch die Blume sagen, daß das so eine Art Kompliment ist, wenn sich jemand wegen einem umbringt? Soll ich mich etwa auch noch geschmeichelt fühlen? Jetzt aber mal halblang, das ist doch völlig absurd. Ich spüre, wie sich meine Miene verdüstert und mein Haß auf Leonia und ihre dreckigen Tricks dem Gefühl weicht, meine kleine Schwester beschützen zu wollen, wie die Faszination der Droge von mir Besitz ergreift, der Drang, die unbekannten Dimensionen der bekannten Welt zu erforschen. Ich greife nach dem Plastiktütchen. Ich verziehe keine Miene; ich will es jetzt. Aus dem Augenwinkel nehme ich wahr, daß Izzy ihren Blick auf mich geheftet hat. Wir wissen beide, daß nur ich der Lotse auf diesem Trip sein kann; so ist es immer gewesen, und genauso wird es auch jetzt sein.

»Nein!« Wieder dieses affektierte Flüstern; jemand sollte ihr mal sagen, daß das nicht gut kommt. »Laß es uns hiermit machen.« Sie zaubert ein Snickers hervor, hält es in die Luft und reißt die Verpackung ab. Ein Schokoriegel! Immer für Überraschungen gut, unsere Kleine! Kümmert es irgendwen, daß unsere Eltern in der Nähe sind? Die würden sowieso nicht schnallen, was wir hier tun. Schließlich injizieren wir uns das Zeug ja nicht. Von wegen Nadeln oder so; wenn zufällig jemand herguckt, wird er denken, daß wir uns einen Schokoriegel teilen. Und die Mushrooms? Pilze sind Pilze, so gut wie nicht voneinander zu unterscheiden. Mit chirurgischer Präzision bricht sie das Snickers in zwei gleiche Hälften, voll konzentriert, fast so wie Pete Townshend. Ich mache mir noch nicht mal besonders viel aus Schokolade, aber Ritual ist Ritual, es mag noch so bescheuert sein, es läuft immer gleich ab, in erprobter Art und Weise, also gar nicht erst drüber nachdenken – genauso funktioniert er doch, der American Way, nicht wahr? Was mich daran erinnert, daß meine Kinder, sollte ich je welche haben, mit Sicherheit von keiner Schulbehörde dazu gezwungen werden, ihren Treueeid auf die amerikanische Fahne zu leisten – das werde ich zu verhindern wissen. Meinen Dad haben sie mit einem Trick dazu gebracht, amerikanischer Staatsbürger zu werden; irgendeine Sache mit der Erbschaftssteuer. Mit dem Treueeid haben sie ihn seiner Wurzeln beraubt. Liebe zu Volk und Vaterland kann man nicht erzwingen. Das mit dem Snickers mache ich freiwillig – kein Problem.

Isabel hält mir die Tüte mit den Mushrooms hin, und ich beiße in mein Snickers, bevor ich zugreife und ein paar Pilze hinterherschiebe. Einfach so tun, als wär's Popcorn, das ist der ganze Trick. Ich schlucke alles herunter, während Isabel ihren Teil einwirft; dann mache ich mich über den Rest her. Ich vertilge den Rest meines Snickers, pfeife nach Clamor, und schon sind wir unterwegs. Der verlorene Sohn, die verlorene Tochter und der Schäferhund. Nur damit ihr's versteht – egal, was Sache ist, der Hund will immer mitkommen. Eine Menge Leute meinen, er sei zu wachsam, zu nervös, zu gesellig, und das kotzt mich immer wieder an. Er ist ein Schäferhund. Habt ihr mal drüber nachgedacht, wozu diese Hunde früher da waren? Glaubt ihr, die Hunde vergessen das über Nacht? Als ob man einem Hund so mir nichts, dir nichts seine Gewohnheiten austreiben könnte; liegt doch wohl auf der Hand, oder?

Wir trotten die Straße hinunter; die Mushrooms wirken noch nicht, und das ist im Moment auch ganz okay so. Kokain geht sofort in den Blutkreislauf; Pilze brauchen erst mal ein bißchen Zeit, um ihre Wirkung zu entfalten. Isabel will rüber in den Wood Park. Fangt gar nicht erst an, euch lustig zu machen oder irgendwelche Theorien aufzustellen, wie irgendwelche Landschaftsarchitekten auf diesen beknackten Namen gekommen sind, so nach dem Motto: »He, da stehen doch ein paar Bäume rum, also nennen wir das Ganze ›Wood Park‹.« Tatsächlich war da nämlich ein reicher Typ namens Wood, der eine Million oder so rausgerückt hat, nur damit sie den Park nach ihm benennen; ein noch blöderer Grund, die Anlage so zu nennen, wenn man sich das mal richtig überlegt. Mal im Ernst, wie irre muß man sein, um ein Wäldchen nach sich benennen zu lassen, insbesondere, wenn man sowieso ›Wood‹ heißt? Ich kapier's einfach nicht. Wie auch immer, wir sind zügig unterwegs, und Clamor hat anscheinend ebenfalls gemerkt, daß es in den Park geht. Jede Menge Angehörige der gleichen Spezies und des anderen Geschlechts; der Junge weiß eben, wo seine Prioritäten liegen.

Isabel tut ihr Bestes, um sich in den richtigen Groove zu bringen. Sie kann es kaum erwarten, endlich draufzukommen, dreht sich um sich selbst und bleibt stehen, um irgendwelche Blumen oder Bäume zu betrachten, macht lauter Sachen, wie sie wohl von einem erwartet werden, wenn man auf Droge ist. Aber wir sind noch nicht drauf, noch nicht. Sie stimmt sich schon mal ein, wie jemand im Flugzeug, der angeschnallt bleibt, obwohl gerade durchgesagt worden ist, daß die Maschine wegen einer Verzögerung erst in zwei Stunden starten wird. Aber ich mische mich nicht ein. Warum sollte ich ihr etwas vorschreiben – ist doch ihr Ding, wie sie draufkommen will. Ich spüre noch nichts, auch wenn ich ein bißchen schwitze, aber nicht, weil es warm wäre, sondern mehr, als hätte meine innere Maschine einen Gang hochgeschaltet. Ein bißchen ist es so, als hätten sich kleine leuchtende Eiskristalle auf meiner Stirn gebildet, und ich kann mir genau vorstellen, wie jede einzelne Schweißperle das Sonnenlicht einfängt und reflektiert, wie sich die einfallenden Strahlen aus der Atmosphäre in den Tropfen bündeln und brechen. Meine Stirn fühlt sich kühl an. Meine Achselhöhlen kribbeln, und ein Energiefeld umgibt meinen Körper, als bestünde ich aus lauter winzigen, umeinander rotierenden Teilchen, die nur eine Einheit auf Zeit bilden, für eben jene achtzig Jahre, die ich mutmaßlich auf diesem Planeten verbringen werde, es sei denn, ich entscheide mich vorher, die Segel zu streichen. Was ich, wie gesagt, nicht tun werde. Ich sehe nach Clamor, der links neben mir läuft, jetzt aber stehenbleibt, sich auf die Hinterbeine hockt, seine Ohren leicht anlegt und sich verstohlen umsieht, bevor er sein Geschäft verrichtet. Isabel bekommt nichts davon mit.

In unmittelbarer Nähe des Parks befinden sich die Feuerwache, das Sportzentrum, die Bibliothek, ein Schnapsladen und die Polizeiwache. Wenn man Lust hätte, könnte man sich *In einem anderen Land* ausleihen, sich besaufen, eine hypothetische Nutte aus dem Knast holen und anschließend noch ein paar spontane Körbe werfen. Ich hasse diesen Vorort, aber erinnert euch, was ich vorhin über den Haß gesagt habe, Leute, es bleibt eine zweischneidige Kiste. Wir flanieren durch den Park, der uns fast allein gehört, kaum jemand ist unterwegs, während die Sonnenstrahlen die Szenerie in sanftes Licht tauchen. Wir setzen uns ins Gras; Clamor streckt sich vor uns aus und läßt die Zunge heraushängen. Ich habe ein flaues Gefühl im Bauch, so als würde ich gerade mit einem Flieger abheben oder zum ersten Mal ein Mädchen küssen. Auf einmal sackt mir der Magen in die Kniekehlen, und ich gehe ab wie eine Rakete. *Zoom.* Mushrooms, Leute. Das war 'ne ganze Menge, was ich da vorhin eingeworfen habe. Ich lache und werfe einen Blick zu Isabel hinüber, die mich erwartungsvoll ansieht. »Bist du schon drauf?« fragt sie, aber ich lächle nur breit, ohne einen Ton zu sagen. Soll sie's doch erraten. »Neee«, sagt sie. Aber es stimmt, auch wenn sie's nicht glaubt. Ich grinse, sage aber weiter kein Wort. Sie sieht mein Lächeln, und jetzt fällt der Groschen. »Yeah?« Yeah.

Das Gefühl in meinem Bauch breitet sich spiralförmig aus,

bis es auch von meinen Beinen, meinen Händen und meinem Kopf Besitz ergreift. Jetzt weiß ich endlich, was es bedeutet, Drogen zu nehmen; es ist ein betörend gutes Gefühl, absolut horizonterweiternd und voll steuerbar. Gewissermaßen sind Mushrooms wie ein fettes Konto auf der Bank, von dem man sich jederzeit bedienen kann. Und das tue ich. Falls ihr noch nie Pilze angetestet habt, erwartet ihr jetzt wahrscheinlich, daß ich gleich von irgendeinem Gebäude springe, Käfer unter meiner Haut sehe oder mir eigenhändig die Augen auskratze, aber das sind bloß Ammenmärchen – so wild ist das Ganze gar nicht. Isabel macht wieder ihre Atemübungen und streckt ihren Rücken. Plötzlich ruft jemand ihren Namen, sieht so aus, als wäre es ein Mädchen aus ihrer Klasse, und Izzy schreit, »He, wir haben was eingeworfen!«, was mich schlagartig runterzieht. Schade, daß man dauernd von anderen Menschen enttäuscht wird, insbesondere von seinen Verwandten, aber in letzter Zeit schlägt Isabel einfach alle. Sie springt auf und läuft im Zickzack zu ihrer Freundin; es dauert ewig, als wollte sie erst durch den halben Park joggen. Das Ganze törnt mich irgendwie ab, da wir abgemacht hatten, uns in Ruhe abzuhängen und mal wieder miteinander zu reden, wogegen es jetzt so aussieht, als würden die beiden bis in alle Ewigkeit weiterquatschen. Typisch. Für mich ist das eine Riesenenttäuschung, und ich komme mies drauf, fühle mich wie ein blinder Schaffner in einem Expreßzug, der mit einem Affenzahn den Berg hinunterrast. Dann hebe ich noch ein bißchen von meinem Konto ab, lasse mich voll auf die Mushrooms und ihr Geheimnis ein, bis sich der Zug von einer mystischen Sekunde auf die andere in der Waagerechten befindet, bevor er schließlich abhebt, mit mir als einzigem Passagier, und die ganze Welt verwandelt sich in ein Karussell, das sich um die Sonne dreht. In der Mitte funkelt ein Ring, dessen Gleißen mich blendet; ich brauche ihn mir nur zu holen.

Während ich Isabel und das andere Mädchen beobachte, fallen mir diese fünf, wie die Orgelpfeifen aufgereihten Bäume am anderen Ende des Parks auf. Ein völlig abgefahrener Anblick, da keiner der Bäume dem anderen auch nur im entferntesten gleicht; obendrein scheinen sie von einer Sekunde auf die andere aus dem Boden geschossen zu sein. Ich bin mir sicher, daß ich diese Bäume nicht zum ersten Mal sehe, daß ich schon auf ihnen herumgeklettert bin und meine Initialen in ihre Rinde geschnitzt habe, aber es kommt mir vor, als ob ich sie noch nie *wahrgenommen* hätte. Okay, ich habe nicht besonders viel Ahnung von Bäumen, aber immerhin kann ich erkennen, daß es sich um fünf völlig unterschiedliche Exemplare handelt. Der Clou ist, daß sie in einer Reihe nebeneinander stehen. Irgend jemand muß das so geplant haben, als Gag oder so; Bäume wachsen nicht einfach zufällig in dieser Reihenfolge. Bäume bilden ihre eigenen Ghettos, so wie die Menschen auch; sie bleiben gern unter ihresgleichen, das ist eben ihre Natur. Laßt mich mal über die Zahl fünf nachdenken. Fünf Finger hat man an jeder Hand, ja, genau, jetzt hab ich's, diese Bäume sind die fünf Finger an der einen Hand des Parks. Aber wenn es die Finger sind, wo ist dann der dazugehörige Arm? Keine Ahnung, Leute, aber vielleicht komme ich noch drauf. Ich wünschte, ich könnte Isabel davon erzählen. Fünf? Fünf *Sinne!*

»Clamor, alter Junge, hast du das gesehen? Dieser Baum da drüben auf der linken Seite, siehst du, wie der leuchtet? He, jetzt hat er mir zugezwinkert. Und der andere daneben, riechst du, wie er duftet, nach Herbst und Ewigkeit?« Langsam wird mir alles klar, aber gleichzeitig macht es mich unendlich traurig, daß niemand außer mir das sehen kann, was ich sehe. Die Tränen verschleiern mir die Sicht. Leonia, siehst du, wie sehr ich um dich weine? »He, schau dir den an, wenn da der Wind durch die Äste pfeift, knistert er wie Aluminiumfolie, Mann, das tut einem ja in den Ohren weh ... He, Moment, der daneben, das ist der mit dem Tastsinn – ich kann ihn *fühlen*!« Worauf Clamor nur eine Augenbraue in einem perfekten Bogen nach oben zieht, eben genau so reagiert, wie jedes normale Individuum reagieren würde, wenn es sich dieses Geschwalle anhören müßte. Ich breche in bitteres Gelächter aus. Das ist einfach zuviel. In die Tränen des Frusts mischen sich jetzt Tränen des Glücks, der Freude über das Leben, diejenigen, die einem zur Seite stehen, und all das, was möglich ist. Clamor sieht mich lieber lachen als weinen, soviel steht fest. Er leckt mir die Tränen aus dem Gesicht und rammt mir die Schnauze in den Leib, weil wieder Spaß angesagt ist. Tja, selbst mein Hund weiß nicht so recht, was er von mir halten soll, Leute.

Und wie um alles noch komplizierter zu machen, taucht plötzlich eine pilzförmige Wolke über den Bäumen auf. Das könnte jetzt ein Überbleibsel aus dem Zweiten Weltkrieg sein, oder vielleicht eine Botschaft von Leonia und/oder Gott, ein nebulöses, mit Co-Autor verfaßtes Sonett, das mir ganz bestimmt nicht die Geheimnisse des Universums erschließt – oder winkt die Wolke bloß, und wenn ja, dann zur Begrüßung oder zum Abschied? Ich lege den Kopf in den Nacken, und der Himmel verwandelt sich in Millimeterpapier, alles wird Teil eines exakt berechneten Diagramms, in dem jedem einzelnen Elementarteilchen seine Bestimmung zukommt; jeder Dunstfetzen im Blau erschließt sich als logische Komponente eines methodisch angelegten Musters. Meine Hand liegt auf Clamors Rücken, und ich starre wie hypnotisiert auf die glänzenden Fellbüschel zwischen meinen Knöcheln, die mir ihre Struktur offenbaren, jedes einzelne Atom wird sichtbar, genau wie die gigantischen Täler und Schluchten in meiner Haut. Die frisch gestrichene Feuerwache erhebt sich blutrot über der Szenerie, auch sie Teil der göttlichen Koordinaten, und mit einem Mal fällt es mir wie Schuppen von den Augen, ist mir alles sonnenklar. Das Firmament – ein Koordinatensystem. Das Leben – ein Koordinatensystem. Hat man einmal kapiert, wie der Kosmos funktioniert, braucht man nur noch die Augen offenhalten. Ist 'ne ganz einfache Formel – macht bloß eure Matheaufgaben, Leute!

Ich ziehe Clamor zu mir heran und sehe ihm in die Augen. Ich kann mein Spiegelbild in seinen Pupillen erkennen; es ist, als würde ich verkehrt herum durch ein Fernglas spähen. Solltet ihr auch mal machen. In seinen Augen sehe ich die ganze Welt, all die Inseln und Ozeane. Habt ihr das auch schon mal gehört, daß man Hunden nicht in die Augen sehen soll? Vergeßt es, seht einfach hin, wo ihr gerade hinsehen wollt; es kommt nur darauf an, was ihr damit bezweckt, das ist alles.

Ich traue meinen Augen nicht, als ich zur anderen Seite des Parks hinübersehe. Da steht ein hagerer Typ, ungefähr mein Alter, von oben bis unten in elisabethanische Tracht geworfen; er trägt eine gegürtete Tunika und Trikothosen, und auf seinem Kopf sitzt ein völlig ausgeflippter, Robin-Hood-mäßiger Hut. Das muß Hamlet sein, wenn ihr mich fragt. Die Mushrooms kommen extrem gut, und ich weiß, das Auftauchen dieses Typs macht Sinn, da kommt noch was nach. Wo Isabel nur abgeblieben ist? Und ich komme einfach nicht drauf, was er da treibt, in einer Million Jahren nicht. Er hält die Augen geschlossen, steht mit ausgebreiteten Armen da und atmet langsam tief ein und aus. Atemübungen! Schon wieder einer? Was geht hier vor? Kaum kehrt man seinem Heimatort für ein paar Wochen den Rücken, schon fangen alle mit Atemübungen an. Sollte ich etwa auch damit anfangen? Einfach total bizarr, was hier abgeht, Leute; der Typ kriegt Gott sei Dank nicht mit, wie ich mir die Augen aus dem Leib glotze, da er voll in sein Ding vertieft ist. Mann, ich bin echt neugierig. Ich stupse Clamor an, und wir gehen zu dem Typen rüber – offen für alles, wie schon gesagt, einfach mal die Situation antesten. Wenn er meint, wir sollen uns verpissen, dann tun wir das, oder eben auch nicht – wir entscheiden das selbst, und keiner wird uns irgendwas vorschreiben.

Wir lassen uns ungefähr zehn Meter von dem Typ auf dem Rasen nieder, und jetzt sehe ich, daß der Bursche tierisch lange rote Haare hat, die ihm fast bis zum Arsch reichen. Wie schon gesagt, er sieht original nach Shakespearezeit aus, aber Moment mal – gab's damals überhaupt Leute mit roten Haaren? Ich weiß es nicht, Leute, und ihr wißt ja, wenn man von etwas keine Ahnung hat, läßt man sich besser erst gar nicht darüber aus. Erik der Rote, hatte der rote Haare? Na los, sagt's mir. Ich glaube, jetzt hat er Clamor und mich bemerkt, auch wenn er das mit keiner Miene verrät. Vielleicht hat er Wichtigeres zu tun, als sich mit uns zu beschäftigen. Er öffnet ein ziemlich ramponiertes Köfferchen und läßt es offen auf dem Rasen stehen. Dann holt er tief Luft, und das ganze Gelände bebt vor Erwartung – was zum Teufel hat er vor? Will er »Sein oder Nichtsein« deklamieren? Irgendwelche politischen Reden schwingen? Ich hoffe, er ist keiner von diesen Bibelbrüdern, das kann ich mir jetzt echt nicht geben. Er scheint sich auf seine Körpermitte zu konzentrieren; sachte berührt er seinen Bauch, als würde er vibrieren oder so, bevor er die Hand weiter an die Brust führt, dann an seine Kehle und schließlich an die Lippen. Er haucht einen Kuß über zwei seiner Finger und reckt sie gen Himmel, und ich sehe, daß er vor Leidenschaft zittert. Leise beginnt er zu singen, eine dünne Melodie, die durch den Äther zu mir herüberdringt und sich an meine Ohren schmiegt wie der Klang himmlischer Harfen. Der Gesang kommt aus einer anderen Dimension, führt mich geradewegs dorthin, und ich könnte für ewig da verweilen, so lange, bis die Galaxis implodiert, vielleicht sogar noch eine Nacht länger. Trotzdem, die Kadenzen seiner Stimme sind wirklich – so wirklich wie Zucker, Kieselsteine, eine Gottesanbeterin, die Meeresoberfläche. Die Töne perlen von seinen Lippen wie der erste Tropfen, der aus einer Kaffeemaschine in die Kanne fällt – einzigartige Klänge, die aus schwarzer Stille aufzusteigen scheinen. Unser Freund schließt die Augen, und seine Hände zittern, während sich seine Lippen so schmerzhaft verziehen, als würde er gleich die letzten ihm bekannten Worte hervorpressen, bevor sein Sprachschatz für immer versiegt. »*La donna è mobile*«, singt er, und ich lehne mich vor, während ich mit bebenden Lippen und weit aufgerissenen Augen zu ihm hinüberstarre und es nicht fasse, daß solche Schönheit auf unserem Planeten existiert; vor ein paar Jahren noch hätten ich und meine Kumpels dem Typ den Arsch aufgerissen, uns zumindest über ihn krankgelacht. Soviel Frieden und Reinheit um mich herum, ich pack's einfach nicht. Meine Welt stürzt in sich zusammen, um sofort wieder neu zu entstehen, als bessere Welt, garantiert. Der Sänger legt die Hände aneinander, Daumen an Daumen, und spreizt die Finger, eine Geste, wie um seine Gefühle im Zaum zu halten. »*Qual' piuma al vento.*« Seit meine Ex-Freundin sich eine Kugel in den weit aufgerissenen Mund geschossen hat, habe ich Gott gehört. Ich habe Satan gehört. Lauter Stimmen, die mich nur noch mehr verwirrt haben. Wer ist verantwortlich für diesen ganzen Wahnsinn, Gott oder der Teufel? Leonia, wo bist du? Siehst du diesen rubinroten Schimmer? Jetzt faltet der Opernsänger die Hände, wie um zu bitten, nicht den Worten, sondern der Stimmung Gehör zu schenken. Die Zeit dehnt sich in Erwartung der nächsten Zeile, lange genug, um mich an Pete Townshend denken zu lassen. Läßt sich alles in Worte fassen? »*Muta d'accento e di pensiero.*« Ein trauriges, wissendes Lächeln spielt um die Lippen des Sängers und färbt den Klang seiner Stimme; der Schmerz auf seinen Zügen erinnert mich irgendwie an den Sänger der Mulligans. Dieser Typ jedoch ist Rigoletto, der Hofnarr. Er ist der Herzog von Mantua, der Prinz von Dänemark, Jesus, Pete Townshend, der unbekannte Soldat. Leonia, meine Schöne. Er hat etwas zu sagen, Leute, deshalb läuft er auch am hellichten Tag in einer Tunika herum. Ich schüttle den Kopf, weil ich einfach nicht blicke, was ich hier eigentlich tue, starre in meinen Schoß – ich sitze hier mit gekreuzten Beinen, wie ein Indianer – und fange an, wie ein Schloßhund zu heulen, lasse meinen Tränen freien Lauf, wie ein wunderschönes Gedicht sind sie, wie kunstvolle

Graffiti, etwas, das einem bleibt, wenn man von allen verlassen worden ist.

Aus purer Gewohnheit, vielleicht aber auch durch einen Wink der Fügung greife ich nach meiner Harmonika, die ich schon fast vergessen hatte. Ich krame sie aus der Tasche, ohne irgend etwas durch den Tränenschleier erkennen zu können. Ich werfe einen Blick zu dem Opernsänger hinüber. Er sieht aus wie ein verschwommener roter Dämon. Ich setze die Harmonika sacht an die Lippen. Ich kenne die Farbe seiner Klänge; ich kenne sie genau. Ich hauche in mein Instrument, und während seine Stimme gen Himmel strebt, hüllt der Klang meiner Harmonika die Silben in durchsichtiges Papier, umschmeichelt sie, ohne sie zu ersticken. Unsere Töne steigen in die Luft, um am Firmament miteinander zu verschmelzen. Es ist das vielleicht erste Mal in meinem Leben, daß ich völlig unbefangen an etwas herangehe, etwas tue, ohne mir dabei selbst über die Schulter zu sehen. Ich bin einfach nur ich selbst, nicht irgendeine Rolle, die ich spiele, das ist alles. Weiß meine Schwester, was das heißt? Als der Song zu Ende ist, so etwa drei Wochen später, wie es scheint, sehe ich zu ihm auf, und er schenkt mir ein schmales, herzliches Lächeln. »Danke«, sagt er. »Danke.«

Aus dem Augenwinkel erspähe ich Isabel, die ganz in der Nähe barfüßig im Gras liegt und sich auf ihre Ellbogen stützt. War sie die ganze Zeit über dort? Mit ziemlicher Sicherheit, weil auch ihr Tränen über die Wangen strömen. Der Opernsänger sieht mit einem Blick zu ihr herüber, als wäre sie die leibhaftige Verkörperung des Ewigweiblichen. Galant verbeugt er sich vor ihr. Isabel schüttelt nur den Kopf, immer noch völlig erschüttert, in Tränen aufgelöst. Ich krieche zur ihr, und wir halten uns aneinander fest und weinen, als könnten wir nie wieder aufhören. Ich weine um die Oper, um die Kunst und um Giuseppe Verdi, ich weine um meine Heimatstadt und den Park. Ich weine wegen meiner Schwester, die mich vor einer Stunde sitzengelassen hat, um mit irgendeiner Bekannten zu quatschen. Am allermeisten weine ich um Leonia, weil sie tot ist, weil ich sie so sehr geliebt habe, weil ich sie immer noch so sehr liebe; das müßt ihr mir einfach glauben.

Ja, Weiberherzen sind trügerisch. Ich bin der Sohn eines italienischen Einwanderers, Leute, und keiner muß mir groß erklären, was die Worte aus dieser Arie bedeuten. Aber ich wüßte auch Bescheid, wenn ich der Sohn eines Außerirdischen oder eines Höhlenmenschen wäre. Selbst Clamor weiß Bescheid; es handelt sich schließlich nicht um ein Phänomen, das ausschließlich auf Italien beschränkt ist. Der Opernsänger läßt die Schultern sacken, läßt den Kopf um den Nacken kreisen und beginnt erneut mit seinen Atemübungen. Ich lasse Isabels Hand los, die ich eben noch umklammert habe, als ginge es um mein nacktes Leben. Den Moment festhalten; als ob das möglich wäre. Ich gehe zu dem Opernsänger hinüber, bleibe vor seinem Koffer stehen und sehe ihm offen in die Augen, so wie ich es bei den meisten Leuten mache. Ich greife in meine Tasche und fördere die Harmonika abermals zutage. Ich halte sie für einen Moment fest und blase noch einmal hinein, bevor ich die Hand ausstrecke und sie in seinen Koffer fallen lasse. Mit einem dumpfen Laut schlägt die Harmonika auf, und das ist völlig okay so. Manchmal gibt es einfach nichts weiter zu sagen, da sind Worte völlig fehl am Platz. Aber ich will mich jetzt nicht so ohne weiteres davonmachen, deshalb sage ich, so ernst und respektvoll wie eben möglich: »*Grazie, Signore.*« Ganz weich kommt es über meine Lippen, so wie bei meiner Harmonika. Leute, ich wünschte, wir könnten uns mal einen Abend zusammensetzen, dann würde ich euch erklären, wie sehr mir das am Herzen lag. Wieder lächelt er mich schüchtern an, wie ein verlegener Engel, und schließt die Augen. Das war's zwischen uns, und damit überlasse ich ihn wieder seiner eigenen Welt. Ich pfeife nach Clamor, zerre Isabel vom Rasen hoch, und schon brechen wir zu neuen Ufern auf.

Gemächlich flanieren wir durch die altbekannten, aber heute doch irgendwie anders wirkenden Straßen. Izzy und ich reden, scheinen ausnahmsweise wirklich miteinander zu reden, über Regeln und Logik und Moral, auch wenn es sich nicht lohnt, darüber groß ins Detail zu gehen; nicht, daß wir weltbewegende neue Erkenntnisse gewonnen hätten. Solche Gespräche bringen es nur, wenn man sich voll und ganz auf den anderen einläßt. Und genau das tun wir auch. Ich hätte nie geglaubt, daß wir uns so gut verstehen, immer noch voll drauf auf den Mushrooms und überwältigt von dem elisabethanischen Intermezzo, auch wenn keiner von uns beiden bislang davon gesprochen hat.

Wir gehen die Hauptstraße hinunter, und es sind eine Menge Leute unterwegs, auch wenn alle aneinander vorbeihetzen, ohne sich gegenseitig die geringste Beachtung zu schenken. Den Leuten reicht es, auf ihrem ganz persönlichen Millimeterpapier von Punkt A nach Punkt B zu kommen, mehr wollen sie gar nicht. Ein paar Meter von uns entfernt läuft ein fetter, irisch aussehender Typ mit knallrotem Gesicht; er hinkt ein bißchen, und ich frage mich, ob er behindert ist, oder vielleicht ein Kriegsveteran oder ein ehemaliger Fußballspieler.

Den behalten wir mal im Auge, da kommt bestimmt noch was. Ich stoße Izzy an und nicke mit dem Kopf in Richtung des Typen. Sie geht sofort drauf ein; das ist einer der Gründe, warum ich so auf meine Schwester stehe. Sie akzeptiert es einfach, ohne mir irgendwelche Löcher in den Bauch zu fragen. Unser rotgesichtiger Freund hinkt über das Pflaster, und in diesem Moment brettern sieben Kids auf Rollerblades an uns vorbei. Nichts passiert, aber ungefähr zehn Sekunden später taucht noch ein Nachzügler auf, ein pechschwarzer Junge, der offenbar den Anschluß an seine Kumpels verloren hat. »Aus dem Weg, du Wichser«, brüllt er und verpaßt dem Iren einen Stoß, daß dieser über die halbe Straße torkelt, bevor er das Gleichgewicht verliert und sich voll auf die Schnauze legt. Der schwarze Junge ist nur noch ein Punkt in der Menge, aber sein Gegacker dringt wie Revolverschüsse an meine Ohren. Clamor gibt ein betroffenes Bellen von sich, aber der Junge ist auf und davon. Sogar ich bin für den Moment ein bißchen geschockt, obwohl ich ein paar gute Meter entfernt stand. Der Ire krümmt sich vornüber und schnappt nach Luft; sein Gesicht ist dunkelrot angelaufen. Er tut mir leid, und ich wünschte, der schwarze Bursche hätte mich angerempelt; ich weiß, wie man solche Dinge regelt.

»Alles in Ordnung mit Ihnen, Sir?« Kein großer Akt. Ist doch okay, mal nachzufragen, oder? Er sieht zu mir auf, völlig von der Rolle, und sein Gesicht nimmt die Farbe gebrannten Tons an. Oh, Mann, und mit einem Mal geht mir auf, daß ich ihm jetzt noch zusätzlich die Pappnase aufgesetzt habe. Dabei wollte ich das gar nicht. Ich schwör's, es war einfach nur 'ne spontane Frage. Er sieht mich dermaßen aufgebracht an, als wäre ich das Arschloch, das ihn von den Beinen geholt hat.

Okay, Leute, ich versteh's ja – schlimm genug, was passiert ist, da braucht es wirklich nicht noch jemanden, der seinen Senf dazugeben muß. Und dann passiert etwas Merkwürdiges. Er schüttelt sich, so wie Clamor, wenn er aus dem Regen kommt, oder jemand, der gerade aus einem lebhaften Traum erwacht, und starrt leer aus der Wäsche. Er spricht mit abgehackter, kindischer Stimme, in einem undefinierbaren Akzent.

»Ich hätte ihm in den Arsch treten sollen.« Ich kann die Worte sehen, wie die des Opernsängers, doch diesmal sind es gefährliche rote Laser, die die Luft durchtrennen. Seine Wut trifft mich genauso unerwartet wie vorhin die Schönheit der Oper. Gift und Galle. Er reckt die Schultern wie ein trotziges Kind. Dann nickt er und fügt im Brustton der Überzeugung hinzu: »Und ich hätt's auch getan.«

Ich sehe ihn bloß an, kann es nicht fassen. Ein toller Plan. Will dir einer was, dann zahl es ihm doppelt zurück. Schon wieder 'ne mathematische Formel, Leute. Ein Problem mit Gewalt lösen; allein die Idee törnt mich völlig ab. Ich sehe dem Iren hinterher, wie er die Straße hinunterhinkt, und finde es plötzlich gar nicht so schlecht, wie das Ganze gelaufen ist; er hat sein Gesicht gewahrt, klargestellt, daß er mit seinen Problemen allein fertig werden kann. Er glaubt, daß ich ihm das abgenommen habe. Der Typ steht echt im Wald, wenn ihr mich fragt. Ich schüttle den Kopf, verwundert und traurig über sein seltsames Gebaren, und werfe einen Blick zu Isabel hinüber. Ihre Augen leuchten. Wir sind wieder mal auf einer Wellenlänge.

»Merkwürdiger Typ! Er wollte uns zeigen, daß er keine Angst hat, obwohl er echt geschockt war. Aber wieso? Es kann ihm doch völlig schnuppe sein, was wir denken.« Mann, das ist Isabel, wie ich sie kenne und liebe, genauso war sie früher auch. Sie hebt zu einem weiteren Wortschwall an, aber im selben Moment fahre ich ihr in die Parade.

»Warte mal, Izzy, laß uns das logisch angehen. Er hat doch bloß so reagiert, weil wir ihn angesprochen haben, stimmt's? Das ist doch grotesk. Und jetzt stell dir mal Clamor vor. Es ist mir eben aufgegangen. Er hätte genauso reagiert.«

»Wie meinst du das?« Sie will meine Erklärung hören, und ich würde sie ihr auch geben, aber mir schießen gerade tausend Gedanken gleichzeitig durch den Kopf. Ich bringe nichts Zusammenhängendes heraus, weil es einfach so viel zu sagen gibt, Tausende von verschiedenen Worten, die man in Millionen Variationen zusammensetzen kann, eine echt verführerische Auswahl, der man nie gerecht werden kann. Ich will ihr alles erklären, Wort für Wort, egal, wie lange es dauert. Ich bin total frustriert. Kein Wunder, daß unser rotgesichtiger Freund verbal versagt hat; es gelingt einem eben nie, die genau richtigen Worte zu finden. Denkt mal drüber nach – für jedes Wort, das ihr den lieben langen Tag über benutzt, laßt ihr Dutzende von mindestens ebenso brauchbaren einfach links liegen.

»Wenn Clamor an einen Laternenpfahl pißt, reckt er das Bein, so hoch es geht, und warum? Um den anderen Hunden zu zeigen, wer der Boß ist. Ist doch klar, warum sich der Typ so aufgeblasen hat. Eben deshalb – aus dem gleichen Grund.«

»Du meinst, das war so 'ne Art Urinstinkt?« Aha, das alte Frage-und-Antwort-Spiel, genau wie früher. Isabel ist ganz groß im Fragen stellen. Ich steh eigentlich überhaupt nicht so drauf, wenn mich jemand löchert, aber in Isabels Fall habe ich kein Problem damit.

»Wir haben überhaupt keinen Grund, uns über ihn aufzuregen, verstehst du? Sein Vater hat es schon so gemacht, genauso wie sein Großvater, und das Ganze kann man zurückverfolgen bis in die Zeit, als die Menschheit noch auf allen Vieren herumgekrochen ist. Darauf basiert die ganze Zivilisation. Boxkämpfe, Weltkriege, der Kampf der Titanen. Und es geht immer so weiter, selbst wenn es sich bloß um einen fetten alten Sack und ein paar Kids auf Rollerblades handelt.« Isabel krümmt sich vornüber vor Lachen. Ihr Mund steht offen wie ein Scheunentor, und ich breche ebenfalls in Gelächter aus, nicht weil ich irgend etwas Komisches gesagt hätte – so war es auch nicht gemeint –, sondern weil sie sich einfach nicht mehr einkriegen kann. Echtes Lachen ist ansteckend, genau wie echte Traurigkeit. Alles Echte ist irgendwie anstekkend, wenn man mal kurz drüber nachdenkt. Das Problem ist nur, daß man echte Gefühle so selten zu spüren bekommt.

Wir müssen wohl einen ziemlich merkwürdigen Anblick bieten, so wie wir da stehen, Arm in Arm, und uns halbtot lachen, an einen hellblauen Briefkasten gelehnt, in den jemand die Worte »Fuck You!« eingeritzt hat. Diesmal aber, und das ist der springende Punkt, atmen die Worte nicht den zähneknirschenden Haß, mit dem dieser Led-Zep-Fan sein Credo auf dem Friedhof verewigt hat. Es wirkt fast satirisch, wie eine Parodie auf die übliche Zerstörungswut. Diesmal kann ich darüber lachen. Der Typ auf dem Friedhof hatte Schaum vorm Maul; dieser hier hat dabei gegrinst. Aber wo liegt der Zusammenhang? He, Moment, jetzt hab ich's! Der fette Ire, Clamor, wie er sein Bein hebt, unser junger Graffitikünstler – alle markieren sie ihr Gebiet. Jeder hat seine eigene Art und Weise, der Umwelt zu zeigen, daß er beachtet und respektiert werden will; letztlich geht es uns doch allen darum. Ist doch irre, wie sich manchmal eins zum anderen fügt; alles macht Sinn, wenn man mal richtig drüber nachdenkt.

Wir wollen gerade auf die andere Straßenseite, und jetzt kommt der Hammer. Da drüben steht Nicole, eine Verflossene von mir, in ein Gespräch mit einem Verkehrsbullen vertieft. Eine Ex-Freundin, auch das noch! Scheiße, ich hasse Kleinstädte. Jetzt fragt ihr euch wahrscheinlich, was ich an Frauen mit so beknackten Namen finde. Aber Nicole ist eigentlich ganz okay. Manchmal denke ich sogar an sie, und dann habe ich für einen Moment mal wieder dieses flaue Gefühl in der Magengegend. Sie ist in Ordnung, aber ich habe jetzt null Lust auf Small talk mit ihr; der Punkt kommt auf meinem Wunschzettel gar nicht vor. Die einzigen lebenden Organismen, die noch widerlicher als Kakerlaken sind, dürften wahrscheinlich Ex-Freundinnen sein. Mal abgesehen davon haben Leonia und ich nie Schluß gemacht – auch so eine Sache, die ihr nicht vergessen solltet.

»Scheiße, Izzy, das ist Nicole da drüben. Tu bloß so, als würdest du sie nicht bemerken.«

»Oh, Mann! Sie sieht ja toll aus! Jetzt hab dich nicht so, sag einfach mal Hallo.« Und wißt ihr was? Während ich mich hier die ganze Zeit über als großer Bruder aufspiele, ist mir total entgangen, daß Isabel eine ziemlich clevere Nummer ist, um einiges erwachsener, als ich ihr zugestehen will. Sie hat völlig recht. Ich setze also meine Maske auf – Isabel macht das von morgens bis abends – und gehe mit meiner Schwester und unserem Monsterhund zu Nicole hinüber. Ob der

Bulle merkt, daß ich auf Mushrooms bin? Keine Sorge, Leute. Alles im grünen Bereich.

Plötzlich dreht sich Nicole in unsere Richtung, und als sie mich erkennt, formen ihre Lippen ein großes O, während sie gleichzeitig die Augen aufreißt, so weit es geht. Gott noch mal, kann sich überhaupt niemand mehr normal verhalten? Sie stößt einen spitzen Schrei aus und schlingt die Arme um mich; fühlt sich ziemlich gut an. Der Cop entschuldigt sich, was mir ebenfalls bestens in den Kram paßt. Ja, Mann, mach dich vom Acker, hier gibt's nichts zu sehen. Ich hasse die Bullen. Aus irgendwelchen unerfindlichen Gründen fängt Isabel an, Nicole über Clamor vollzuquatschen, bevor ich auch nur ein Wort sagen kann; die drei ziehen ihre Show ab, während ich die Rolle des Zuschauers übernehmen darf. Mag sein, daß es bloß an den Mushrooms liegt, aber ich kriege genau mit, wie nervös und befangen Nicole ist, auf was für eine scheißverlogene Tour Isabel ihr kommt und wie sehr sich Clamor über die unverhofften Streicheleinheiten freut. Bekloppptes Getue; dieses Affentheater halte ich echt nicht aus. Nach einer Minute oder so packe ich mir Clamors Leine und verabschiede mich. Die beiden Mädels legen so viel übertriebene Enttäuschung in ihre Blicke wie nur eben möglich, auch wenn ich nicht sagen könnte, ob das nun daran liegt, daß ich die Biege mache, daß ich Clamor mitnehme oder daß sie nun gezwungen sind, ihr Gequatsche allein fortzusetzen; egal, darüber kann ich mir auch ein andermal Sorgen machen. Clamor und ich machen uns über die Magnolia Street auf den Heimweg. Unterwegs bemerken wir zwei Eichhörnchen, die sich gegenseitig einen Baum hochjagen, so dermaßen wild und selbstvergessen, daß man nicht sagen kann, ob sie's miteinander treiben oder sich gegenseitig an die Kehle wollen – das alte Lied von Liebe und Haß –, und wir beide, Clamor und ich, fahren im selben Moment herum, im exakt gleichen Tempo, im genau gleichen Winkel. Cool, was? Irgendwie fühle ich mich Clamor näher als Nicole. So etwas wäre mit ihr nie passiert. Das war was Besonderes.

Trotzdem, ich kriege sie nicht aus dem Kopf, und meine Gedanken wirbeln herum, daß mir fast schwindelig wird. Okay, wir waren mal für ein paar Monate zusammen, aber das ist lange her, was hat sie sich also so? Sah fast so aus, als würde die Sache mit dem Opernsänger einen Wendepunkt in meinem Leben darstellen, aber ich habe nach wie vor die gleichen Probleme, die mit ihren Raubtierrachen nach mir schnappen. Dabei habe ich gedacht, ich könnte endlich mit mir ins reine kommen. Na ja, woher sollte ich auch wissen, daß mir irgendwelche Ex-Freundinnen über den Weg laufen? Leonia beendet alles mit einem Knall; Nicole bringt kein Wort heraus. Meine süße Michelle ist bloß noch ein Name, eine Erinnerung, eine Geschichte, die nur mir etwas bedeutet. Alle erzählen mir dauernd, meine Einstellung zur Liebe sei zynisch. Mom und Dad mögen mich, und trotzdem sitzen sie nur stumm um den Tisch herum. Isabel versteht mich, aber nur, wenn sie etwas eingeworfen hat. Hat irgendeines dieser Beispiele auch nur im entferntesten mit Liebe zu tun? Mann, meine Gedanken springen fast aus den Gleisen, und Bilder von verschiedensten Frauen tanzen vor meinem inneren Auge, Schnappschüsse alter Freundinnen, eingeklebt ins Fotoalbum meiner Seele. Das Highschool-Foto von Leonia. Lächelnde Gesichter, die sich in müde, angewiderte Mienen verwandeln, in haßerfüllte, abschätzig grinsende Grimassen, begleitet von panischen Schreien, die in meinen Ohren widerhallen. Und zum x-ten Mal für heute treten mir Tränen in die Augen, während ich mir den Kopf zerbreche, welche alte Freundin ich anrufen könnte, nur um wieder mal in Ruhe mit jemandem zu reden. Irgendeine Freundin, von mir aus irgendeine nette Bekannte, Hauptsache eine Frau. Ein Königreich für ein verdammtes X-Chromosom, das meine Wellenlänge hat. Habe ich überhaupt eine Ahnung, was Frauen wollen? Eigentlich schon, die ganzen Salamis schlage ich doch allemal. Immerhin hatte Michelle jede Menge Auswahl, und so atemberaubend gut sehe ich nun auch wieder nicht aus. Also, weshalb ist sie gerade mit mir abgezogen? Wenn ihr dafür eine Erklärung habt, dann sagt mir doch noch, wieso Nicole mir die kalte Schulter gezeigt hat, und wo ihr schon dabei seid, warum Leonia zum Abschluß unbedingt noch die Nachbarn wekken mußte.

Leute, es geht mir gar nicht darum, euch die ganze Verantwortung aufzuhalsen; ist ja nicht euer Problem. Es ist bloß so, daß mich die ganze Scheiße wahnsinnig macht und ich sonst niemanden zum Reden habe. Von allen Frauen, die je die Schnauze voll hatten von mir, haben Leonia und Michelle es am effektivsten gemacht; sie haben dafür gesorgt, daß ich sie ganz bestimmt nicht wiedersehe. Nicole dagegen könnte ich jederzeit wieder treffen, obwohl ich bis vor ein paar Minuten im Leben nicht auf die Idee gekommen wäre. Um die Idee geht es auch nicht; ich *muß* sie sehen. Ich muß endlich wieder Ordnung in meine Gedanken bringen. Woraus sich die schwierigste Frage von allen ergibt: Habe ich überhaupt den blassesten Schimmer, wie ich das anstellen will? Ihr habt mir jetzt lange genug zugehört, um zu wissen, daß ich mich durch jede Krise hindurchbluffen kann; ich labere mich einfach um meine Probleme herum. Aber ab jetzt müßt ihr mir das sagen, okay? Dieser Selbstbetrug kann nicht so weitergehen. Ich könnte jetzt einfach in die psychologische Mottenkiste greifen und euch erklären, daß Nicole deswegen so reserviert war, weil sie immer noch unserer alten Beziehung hinterhertrauert. Verdammt noch mal, kann ich das wieder mal auf Liebe und Haß schieben? Das wäre wohl ein bißchen sehr einfach, Leute. Sieht so aus, als hätte ich euch einen vom Pferd erzählt, was den Unterschied zwischen Liebe und Haß angeht. Das erinnert mich an diesen Typ, der immer von seinen älteren Brüdern verprügelt wurde. Wenn er dann heulend zu seiner Mutter gelaufen kam, sagte sie jedesmal: »Die tun das nur, weil sie dich lieben.« Soviel Scheiße auf einmal, kann man das glauben? Aber wir sind immer noch bei der gleichen Lektion. Ja, behandelt die Leute, die ihr liebt, doch mal genauso wie die Leute, die ihr haßt. Und dann tut mir einen Gefallen – verdammt, ich muß endlich mal auf den Punkt kommen – und macht euch klar, wohin euch das gebracht hat. Wenn ich meine Matheaufgaben richtig gemacht habe, wahrscheinlich genau dorthin, wo ich mich jetzt befinde.

4
OBJET TROUVÉ

Well, my feet, they finally took root in the earth
But I got me a nice little place in the stars
But I swear I found the key to the universe
In the engine of an old parked car.

Bruce Springsteen, »Growin' Up«

In order to get in a word with you
I had to come up with some excuse.
It just struck me kind of funny.

Bob Dylan, »Idiot Wind«

Als ob ich's nicht geahnt hätte! Verdammt noch mal, die Szene kenne ich doch noch aus Highschool-Zeiten, wie ich hier unten im ungeheizten Keller an Dads Schreibtisch sitze und die Wählscheibe des alten Telefons betätige. Das Ding braucht ewig für die sechs Nummern, in der Zwischenzeit überschlagen sich meine Gedanken, und bevor der Rufton kommt, habe ich schon wieder aufgelegt. Mann, es ist genau wie damals, wenn ich irgendwelche Mädchen überreden wollte, mit mir auszugehen, obwohl ich meistens sowieso nur die halbe Nummer wählte, weil mir bis dahin garantiert irgendein bizarrer Grund eingefallen war, warum es sowieso nicht klappen würde, *klick*. Verdammt, was mache ich, wenn Nicoles Mutter drangeht, ihr älterer Bruder, oder, noch schlimmer, sie selbst? Ich spüre genau, daß ich's nicht drauf habe, daß mir sowieso nicht die richtigen Worte einfallen, und so sitze ich, immer noch nicht richtig runter von den Mushrooms, vor Dads Schreibtisch, friere mir den Arsch ab – noch nicht mal einen Teppich gibt's hier – und fühle mich wieder wie dreizehn, ganz bestimmt nicht das Alter, in dem man irgendwelche Probleme löst. Sechs Nummern, zum tausendstenmal, und wieder muß ich an das Echo der Waffe denken, daran, wie die Nachbarn wohl in ihren Betten hochgefahren sind. Der Urknall sozusagen.

Und während meine Gedanken in diese und jene Richtung abschweifen, muß ich für einen Moment wohl völlig weggedriftet sein, da ich plötzlich merke, daß ich gerade die letzte »2« von Nicoles Nummer gewählt habe, jedenfalls dröhnt mir dieser dumpfe Ton ins Ohr, der unmißverständlich anzeigt, daß es gerade bei jemand anderem klingelt, und mein rechtes Handgelenk zuckt, als wollte es mir mitteilen, doch besser aufzulegen und die Sache auf sich beruhen zu lassen. Aber wenn es erst mal klingelt, dann zieh ich das Ganze auch durch. Telefonterror ist nicht mein Ding. Mal im Ernst, was ist, wenn sie den Anruf zurückverfolgen oder so? Zurückverfolgen? Ist meine Ex-Freundin seit neuestem bei der CIA? Ach, scheiß drauf, und jetzt höre ich, wie das Klingeln abbricht und der Hörer am anderen Ende abgenommen wird, im Hintergrund läuft ein Fernseher, die üblichen eingeblendeten Lacher; was ist eigentlich so scheißlustig an diesen Sendungen? Dann die sanfte Stimme Nicoles – »Hal-lo?« – Betonung auf der ersten Silbe, dazu dieses latente Glucksen, und bei der zweiten Silbe kann man förmlich sehen, wie sie ihre Top-40-Mähne nach hinten wirft, den Hörer zwischen Ohr und Schulter geklemmt, während ihre Hände mit irgend etwas Wichtigerem beschäftigt sind.

Oh, Nicole. Ich vermisse sie, ziemlich sogar. Heute mittag, das war nicht wirklich sie. Ihr denkt jetzt bestimmt, ich habe sie nicht mehr alle, aber die Art, wie sie gerade in den Hörer gesprochen hat, erinnert mich daran, warum ich mich damals eigentlich in sie verknallt habe. Mit Haut und Haar, und auch wenn ich das damals gar nicht so gesehen habe, weiß ich es jetzt im Nachhinein ganz genau. Ich muß aufpassen, daß mir das nicht wieder passiert. Okay, das sind jetzt ziemlich große

Worte, aber ich habe sie wirklich geliebt, auch wenn ich mir das nie habe anmerken lassen. Mann, ich könnte mich bis in alle Ewigkeit dafür ohrfeigen, wie ich sie behandelt habe. Es scheint so 'ne Art Instinkt von mir zu sein, es anderen zu besorgen, bevor sie mich verletzen können – auch so etwas, womit ich schleunigst aufhören sollte. Gebt mir Bescheid, wenn ich demnächst mal wieder zu weit gehe. Bin ich Leonia die ganze Zeit über auf diese miese Tour gekommen? Ich hoffe nicht, schon weil ich es gar nicht wollte; das war auch nicht der Kern des Problems. Allein der Gedanke frustriert mich schon. Und jetzt läßt mich Nicole hier am ausgestreckten Arm verhungern, verdammt noch mal, wenn ich nicht langsam die Initiative ergreife, ist das Ganze gelaufen. Stille. Soll ich einfach auflegen? Ist es sowieso zu spät? Scheiße, verfolgt sie etwa gerade den Anruf zurück? »Hal-lo?« Noch eine Sekunde länger, und ich hab verloren. Es muß doch einen Unterschied zwischen Liebe und Haß geben, weil ich Nicole kein bißchen hasse. Mich selbst vielleicht, aber nicht sie. Ich räuspere mich. Ich schließe die Augen und schicke ein Stoßgebet zu den Göttern, mich mit Charme und Charisma auszustatten, mich die richtigen Worte finden zu lassen. Ich sehe, wie sich mein Gesicht auf Dads Brieföffner spiegelt, und plötzlich kommt es mir vor, als würde ich gerade versuchen, das Mysterium meines Lebens mit demselben verdammten Zehn-Dollar-Telefon zu lösen, mit dem ich schon als Vierjähriger gespielt habe. Wollt ihr mithelfen, die Lösung zu finden? Also, hier das Rätsel: auf der einen Seite ich, den Hörer am Ohr, am anderen Ende Nicole, freundlich und gut gelaunt, etwa eine halbe Meile entfernt. Ein Königreich für den, der mir sagt, wie es jetzt weitergehen soll.

»Nicole? Ich bin's.« Gar nicht so übel! Je weniger man sagt, desto geringer die Chance, daß derjenige am anderen Ende merkt, wie unsicher, wie ratlos man ist. Ich komme mir vor wie der Bremser auf einem schneller und schneller dahindonnernden Expreßzug, der verzweifelt versucht, das Ding zum Stoppen zu bringen, während der Oberschurke die Knöchel der entführten Schönen mit gordischen Knoten aus Stacheldraht an die Gleise fesselt, in aller Seelenruhe, weil sowieso kein edler Retter auftauchen wird.

»He, Süßer! O Gott! Mom, rat mal, wer dran ist?!« Was wollte ich mir eigentlich mit diesem Anruf beweisen? Sieht ganz so aus, als hätte ich einen Riesenfehler begangen; ich habe ja nun nicht angerufen, damit sie das halbe Haus an den Apparat holt. Trotzdem, sie hat etwas, was ich brauche. Die richtigen Antworten. Könnt ihr euch schon mal ein paar Fragen für mich überlegen, Leute? Ach ja, falls ich demnächst bei euch anrufe, und das könnte ja durchaus mal passieren – kommt bloß nicht auf die Idee, euch nebenbei mit irgendwelchen Leuten bei euch im Wohnzimmer zu unterhalten, während mir hier der Hörer am Lauscher klebt. Oder meint ihr, mir würd's besonders gefallen, irgend jemanden mit ins Gespräch einzubeziehen, den ich gar nicht sprechen wollte. In dem Fall legt ihr besser auf und ruft mich zurück, wenn ihr bereit seid, euch auf mich zu konzentrieren. Das ist die Art von Gespräch, die ich führen will, bevorzugt mit einem Mädchen. Mit jemandem, der keine Angst hat, sich auf mich einzulassen, klar? Wie kommt es, daß Michelle mir genau das geben konnte, was ich brauchte? Lag wohl am Alkohol. Das richtige Timing scheint mir auch wichtig zu sein. Wohingegen mich Nicole echt auf die Palme treibt mit ihrem

Gekreische; sie führt sich auf, als wäre ich der Typ von der Lottogesellschaft, der ihr gerade mitgeteilt hat, daß sie sich ab jetzt als Millionärin bezeichnen darf, was sie aber ohnehin schon ist, ihr Vater jedenfalls – er ist Erfinder und macht irgendwas mit Metallegierungen, wenn ich mir das richtig gemerkt habe.

»Ich wollte nur fragen, ob du heute abend schon was vorhast – ich meine, können wir uns vielleicht auf 'ne Stunde treffen?« Es muß an den Mushrooms liegen, daß meine Stimme so tief klingt; irgendwie intelligenter als sonst. Jeder einzelne Konsonant hallt in meinen Gehirnwindungen nach. Ich schmecke die Worte auf meiner Zunge und meinen Lippen. Eine lange Pause. Keine Antwort. Scheiße, hab ich's wieder vermasselt? Noch eine Ex-Flamme, die mir zeigen will, was eine Harke ist? Willkommen im Club. Wie versteinert sitze ich vor dem Schreibtisch.

»Uns treffen? Na klar.« Ihre Worte beweisen einmal mehr, wie wenig ich alles im Griff habe. Im Grunde hat sie genau das mit mir gemacht, was ich mit X-Man getan habe. Sie hat die Kontrolle, und jetzt weiß ich, wie die Kehrseite der Medaille aussieht; nicht, daß es mir gefallen würde. Okay, ich kann verstehen, daß sie mit ihrer Antwort gezögert hat, aber mußte sie unbedingt so lange warten, bis meine Selbstzweifel Funken sprühen? Sie hat mich mit meinen eigenen Waffen geschlagen; so sieht's also aus, wenn jemand den Spieß umdreht. Soll ich mein Gesicht wahren, indem ich ihr sage, daß mich solche Machtspielchen völlig unbeeindruckt lassen? Besser nicht, schon deshalb, weil ich mir das selbst nicht abnehme. So schaffe ich's bestimmt nicht, jemandem etwas vorzumachen, schon gar nicht jemandem wie Nicole.

»He, cool. Wollen wir uns um zehn am Golfplatz treffen? Am Eingang?« Der Golfplatz ist gleich bei ihr um die Ecke. Früher haben wir uns auch immer dort getroffen. Ich stehe auf Spaziergänge, so wie wir sie immer gemacht haben, schon als wir noch gar nicht fest zusammen waren und uns vor Verlegenheit kaum ins Gesicht zu sehen trauten. Nicht daß ihr glaubt, wir hätten die meiste Zeit nur miteinander geknutscht. Meistens haben wir geredet, über die Schule, Kunst und Philosophie – wenn ich's mal recht bedenke, eigentlich fast nur über die Schule -, und es war schön, einfach jemanden zum Reden zu haben. Wieso konnte ich mich nicht an diese Momente erinnern, als wir Nicole auf der Straße getroffen haben? Gefesselte Jungfrauen, feixende Fieslinge und führerlose Züge auf dem Weg in den Abgrund – beschäftige ich mich eigentlich nur noch mit negativen Dingen?

»Um zehn? Na klar.« Jetzt hat sie dieselbe Karte noch mal gespielt, aber diesmal hat es nicht funktioniert. Eben hatte sie mich noch voll am Haken, aber diesmal hängen bloß Schlick und Algen an der Angel. Und wir wissen beide, daß sie's klar vergeigt hat. Beide haben wir das leichte Beben in ihrer Stimme vernommen, so wie ich vorher fast zu stottern angefangen hätte. Jetzt weiß ich, daß wir auf demselben Level sind, daß wir beide ein bißchen Angst haben. Nicht, daß mir das einen besonderen Triumph verschaffen würde, aber jetzt weiß ich wenigstens, daß ich ihr immer noch etwas bedeute, daß es nicht so laufen wird wie heute auf der Straße, als meine Schwester und der Hund dabei waren. Endlich werde ich ein paar Antworten bekommen. Aus irgendeinem Grund fühle ich mich plötzlich wie elektrisiert. Sie wird mir helfen, mich selbst zu erkennen. In ein paar Minuten auf dem Golfplatz.

»Okay, Nicole, am Eingang. Ungefähr in 'ner halben Stunde.« Dann lege ich als erster auf. Und, bin ich jetzt wieder obenauf? Eben habe ich noch gesagt, daß ich sie liebe, und jetzt fordere ich sie zu einem verbalen Sparring heraus, bei dem es nicht mal einen Ringrichter gibt, nur die beiden Kombattanten. Hört einfach weiter zu, okay? So wie ich es sehe, habe ich die erste Runde mit einem Punkt Vorsprung gewonnen – der Gürtel aus Narrengold und ein Haufen Blech sind mir wohl schon mal sicher.

Gerade ist mir eingefallen, daß ich mich ein bißchen mißverständlich ausgedrückt habe. Wenn ich vom »Golfplatz« rede, denke ich nicht an handybewaffnete Zahnärzte in Pepitaklamotten, die auf perfekt getrimmten Fairways den Ball abschlagen. Früher war es tatsächlich ein gepflegtes Gelände mit achtzehn Löchern, aber das ist lange her. Vor fünfzehn Jahren gab es eine Abstimmung, bei der sich alle Nichtgolfer unseres Ortes dafür aussprachen, den kompletten Golfplatz einzuebnen und statt dessen an die fünfzig Häuser hochzuziehen. Knapp über fünfzig Prozent waren für die Wohnsiedlung, und wegen der paar Stimmen mehr mußten die Grünflächen, die Bäume und sogar ein Teil des Sees dran glauben. Tja, jetzt haben wir diesen Spielplatz aus Asphalt, dazu eine Reihe reicher Leute, die in der Zwischenzeit zugezogen sind. Die Wertsteigerung von Immobilien ist ja bekanntlich enorm; coole Sache, was? Da sie sich sowieso nicht für Golf interessierten, wollten die Leute statt dessen wahrscheinlich einfach ein paar fette Geschäfte machen. Ist ja auch in Ordnung, bloß daß sie dabei die Tiere und die Natur vergaßen – Hunderte von Bäumen wurden abgeholzt – und der Golfplatz jahrelang wie ein Kriegsschauplatz aussah. Jahrelang, bis all diese hübschen anonymen Einfamilienhäuser unseren Ort verschönerten. Jetzt haben wir nur noch den Wood Park, um ein bißchen grüne Luft zu atmen. Das Beste an der Geschichte aber ist, daß das Viertel jetzt »Hillside« heißt, nur daß sich das nie durchgesetzt hat, nicht mal bei den Leuten, die dort wohnen. Ist ein Lacher, oder? Scheiß drauf – die Gegend hieß »Golfplatz«, als sie noch ein Golfplatz war, und sie wird weiter »Golfplatz« heißen, selbst wenn da irgendwann nur noch Sozialwohnungen stehen.

Ich verlasse das Haus mit fliegenden Fahnen – »Bis später«, rufe ich noch, als auch schon die Tür hinter mir ins Schloß fällt –, wie immer, wenn ich eine Verabredung habe, nur daß Clamor ausnahmsweise zu Hause bleiben muß. Ich weiß, daß es uns beiden das Herz bricht, mal abgesehen davon, daß Nicole bestimmt nichts gegen seine Gesellschaft einzuwenden hätte, aber es geht nicht anders, heute nacht kann ich keine Ablenkung gebrauchen. Ich weiß, daß er bis ins Mark verletzt ist, aber ich kann es nicht ändern. Es tut mir leid, sogar weh, daß ich ihm den Spaß verderben muß, aber in erster Linie will ich ihm das geplante Treffen ersparen; er würde sich nur zu Tode langweilen. Wer will schon zwei Leuten zuhören, die seit Ewigkeiten nicht mehr zusammen sind und irgendwelche Sachen wiederkäuen, an die sie sich sowieso nicht mehr richtig erinnern können? Es kommt mir immer wieder so vor, als würde ich ein früheres Ich von mir aus der Distanz betrachten, einen verwirrten jungen Typ, der, retrospektiv gesehen, fast alles falsch gemacht hat. Ist irgend jemand anderer Meinung? Aber Clamor weiß 'ne ganze Menge, macht bloß nicht den Fehler, ihn zu unterschätzen, Leute. Als ich letzte Nacht nach Hause kam, leckte er mich von oben bis unten ab, aber sein Blick schweifte dauernd zur Tür, als ob Leonia gleich nachkommen würde. Solche Momente vergißt man nicht, egal, wie viele Gedichte man schreibt oder wie viele Sitzungen beim Psychiater man hinter sich hat, und erst recht egal, wie viele Mädchen man noch kennenlernt, die einem das Herz weiter zerstückeln.

Ich lasse die Sackgasse hinter mir, ohne mich noch einmal umzudrehen oder den unvermeidlichen Spähern hinter den Fenstern meines Zuhauses irgendeine Beachtung zu schenken. Ich kümmere mich einfach nicht darum. Ich weiß, daß sie mir alle nachblicken und sich fragen, ob ich mir hoffentlich auch nichts antue. Ich könnte sie problemlos beruhigen, indem ich ihnen zuwinke und lächle, aber ich muß jetzt die fiese Fresse der Nacht niederstarren, den Sternen und der schwarzen Tristesse beweisen, daß ich kein Weichei bin; man muß es ihnen immer wieder aufs Neue zeigen. Außerdem ist das meine Rolle für heute nacht, und die kann man nicht einfach so anknipsen. Bei mir geht das nicht so reibungslos. Ich laufe erst zu Hochform auf, wenn ich plötzlich im Rampenlicht stehe. Jetzt noch mein Text. Zu spät; ich habe alles vergessen, nicht den blassesten Schimmer, was Sache ist, aber wartet einfach mal ab, was für ein Bluff mir heute einfällt, und drückt mir die Daumen, daß das Publikum mich nicht gleich durchschaut.

Ich gehe durch die Straßen und zwischen den Häusern entlang, wo all die zugereisten Idioten leben. Ich glaube, ich bin ein paar Minuten zu früh dran, aber ich laufe einfach weiter. Ich hinke ein bißchen – dieser Rausschmeißer hat mich doch ziemlich erwischt –, und wenn die Kopfschmerzen nicht bald verschwinden, muß ich wohl mal zum Arzt gehen, wenn ich wieder in New York bin. Ich weiß, der Rausschmeißer hat einfach seinen Job gemacht, wollen wir bloß hoffen, daß davon keine irreparablen Schäden bleiben. Irgendwie fehlt mir das Geräusch von Clamors Hundehalsband, dieser gewisse Rhythmus, auch wenn ich ganz gut allein klarkomme. Vielleicht trägt Nicole eine Halskette, die mich dafür entschädigt. Ich weiß nicht, ob ich mir ein goldenes Herz wünschen soll. Meine Indianerkette kennt ihr ja; stumm schmiegt sich der Anhänger an meine Brust. Ihr erinnert euch, ja?

Ich betrete den Golfplatz, habe aber noch ein paar Minuten, bis ich an unserem Treffpunkt bin. Ich schalte einen Gang runter, weil ich hinter mir einen verdächtig langsam fahrenden Wagen wahrnehme. Zuerst denke ich, es ist jemand, der mich kennt, oder ein paar Nachtgestalten, die auf Ärger aus sind, aber dann sehe ich aus dem Augenwinkel, daß es bloß zwei Kids sind, die vom Rücksitz eines Kombiwagens die Wochenzeitung vor die Haustüren werfen; die Zeitungen fliegen durch die Luft, als hätte jemand Raketen an ihnen befestigt. Scheiße, jetzt reißen die mich aus meinem Groove, aber Straßen sind öffentlich, da läßt sich nichts machen. Der Typ hinter dem Steuer – wahrscheinlich der Vater von einem der beiden – hat die Innenbeleuchtung angeknipst und liest eine der Zeitungen, während er den Wagen haarscharf an mir vorbeilenkt. Mach die Augen auf, Wichser – ich bin nicht scharf drauf, plattgefahren zu werden, egal in welchem Tempo. Der Wagen entfernt sich, und mit ihm das Geräusch der aufschlagenden Zeitungen, das von den umstehenden Gebäuden widerhallt.

Früher habe ich auch Zeitungen ausgetragen, aber mich hat niemand irgendwohin gefahren, soviel steht fest. Und von wegen einmal wöchentlich – ich mußte jeden Tag nach der Schule los und jede Auffahrt persönlich hochlaufen, um die Zeitungen in den Briefkastenschlitz zu stopfen. Diese Kids machen einfach 'nen kleinen Ausflug mit Daddy, ballern die Dinger durch die Gegend und schließen wahrscheinlich Wetten ab, wer die meisten Garagentore trifft; ist ihnen doch schnurz, wo das Zeug landet. He, macht einfach Spaß, alles kein Problem, und zehn, fünfzehn Minuten später können sie sich ihre Kohle abholen. Ich dagegen mußte die Käseblätter im Topzustand abliefern, bei jedem Wetter, als wollten sich die Leute die Titelseite anschließend einrahmen lassen. Sonntags zog ich immer frühmorgens los – einfach toll, wenn alles noch dunkel war bis auf die Ampel an der Broad Avenue. Wenn die Ampel auf rot sprang, verwandelte sie sich in das glühende Auge eines Aliens, der mich auf meiner Tour beobachtete. Und ich mußte die Zeitungen bis Punkt sieben ausgeliefert haben, sonst würde die Invasion der Außerirdischen beginnen. Das Schicksal New Jerseys lag in meinen Händen, vielleicht sogar das der ganzen Welt. Ich weiß, es klingt ziemlich bescheuert, aber so konnte ich wenigstens die Zeit totschlagen. Einmal hatte ich ein Haus ausgelassen, worauf anschließend dieser DeLorenzo bei uns zu Hause anrief und ich zwecks Schadensbegrenzung bei ihm antanzen mußte; er flippte völlig aus, als wäre er höchstpersönlich auf Seite eins abgebildet.

Ich sag dem Arschloch also, er soll sich beruhigen, sprinte runter in die Stadt und kaufe ihm eine Zeitung von meinem eigenen Geld. Es waren bloß ein paar Cent, aber er strahlte über das ganze Gesicht, als hätte ich ihm einen Mercedes vor die Tür gestellt; der Wichser denkt wahrscheinlich heute noch daran. Trotzdem, es tut gut, sich daran zu erinnern, daß es ein Leben vor Leonia gab, vor Nicole, vor jener Zeit, als ich anfing, mich für Mädchen zu interessieren. Ich hoffe, ich habe auch noch ein paar Erinnerungen neueren Datums, und gleichzeitig geht mir auf, daß ich Frauen eigentlich total uninteressant finde. Während mir die Sache mit diesem DeLorenzo nicht aus dem Kopf geht. Habe ich wirklich geglaubt, ich würde damit durchkommen?

Und da vorn am Eingang zur Siedlung steht Nicole, die Ellbogen angewinkelt, die Hände in ihren Manteltaschen vergraben. Genauso hat sie früher ausgesehen, und für einen Moment kommt es mir vor, als würde ich eine fünf oder sechs Jahre alte Schwarzweißaufnahme betrachten. Sie steht unter der Laterne und sieht aus, als wäre ihr kalt, als bräuchte sie jemanden, der sie jetzt in den Arm nimmt. Ich frage mich, warum sie schon da ist, aber vielleicht liegt das nur daran, daß ich mich immer verspäte. Ich trage keine Uhr, Leute, so was brauche ich auch nicht – ich weiß sowieso, daß ich grundsätzlich zehn Minuten später dran bin, falls euch das irgendwie einleuchten sollte. Sie sieht einfach umwerfend aus in ihren schwarzen Leggings, so wie damals, wenn wir zu irgendwelchen Footballspielen gegangen sind – ihr war eigentlich immer kalt –, oder wenn wir bei ihr im Wohnzimmer saßen und darauf warteten, daß ihre Mutter endlich ins Bett ging.

Die Laterne scheint heller zu strahlen in ihrem Lächeln, nicht umgekehrt, und dem gibt es nichts hinzuzufügen, außer vielleicht, daß diesmal alles stimmt, alles echt ist, ganz anders als heute vormittag in der Stadt, ganz anders als damals auf dem Flur in der Schule, als wir die ganzen abgegriffenen

Klischees durchgegangen sind, bevor wir uns trennten – ich schreib dir mal, und laß uns Freunde bleiben. Nichts als persönliche Beleidigungen für einen Typ wie mich.

Manches ändert sich wohl nie«, sagt Nicole und zeigt auf ihre Uhr, während sie ihr Gewicht auf ihre Fußspitzen verlagert und mir zur Begrüßung eine winzige Nuance entgegenkommt; ihre Stimme klingt sanft, fast ein bißchen zärtlich, da bin ich mir ganz sicher. Sie hat recht, Leute, ich bin mal wieder zu spät, aber das will ich jetzt nicht vertiefen, denn wenn wir jetzt mit solchem Geplänkel fortfahren, kommen wir nie auf einen grünen Zweig. Meine Eltern und ich beim Abendbrot, das war doch wohl Beweis genug. Auf den Begrüßungskuß hat sie verzichtet – klare Gesprächsgrundlage, oder?

»Laß uns da lang gehen.« Ich strecke meinen linken Arm aus, halte ihr meine Hand hin, so wie ich es bei unseren ersten Verabredungen gemacht habe, wenn wir im Kino oder auf irgendwelchen Partys waren; obwohl das selten war. Aber Umarmungen und Küsse sind heute nicht angesagt; ich wollte ihr nur die Richtung signalisieren, den Hügel hinauf, weg von den Laternen. Ich berühre sie lediglich am Schulterblatt, keine extrem intime Geste, kein Grund für Mißverständnisse. Wenn ich jetzt nicht die Richtung vorgebe, wandern wir die ganze Nacht auf unseren eigenen gedanklichen Pfaden, und wahrscheinlich werden sich unsere Wege nicht einmal kreuzen. Scheiße, plötzlich bereue ich, Clamor nicht mitgenommen zu haben. Er wäre jetzt optimal und überhaupt kein Störfaktor; nach all den Jahren sollte ich ihm wohl ein bißchen mehr Vertrauen entgegenbringen. Egal, da wir ja nur miteinander reden wollen, ist es eigentlich ziemlich egal, welchen Weg wir nehmen, oder? Keine Angst, wir bleiben nicht an jeder Ecke stehen, um uns irgendwelche Sehenswürdigkeiten zu zeigen. Hier gibt's sowieso nur häßliche Häuser.

»Ich hab mich echt gefreut, dich mal wieder zu sehen. Isabel hat mir erzählt, ihr hättet Mushrooms eingeworfen.« Nicole lacht. »Wenn ich mich recht erinnere, wolltest du doch schon immer Pilze antesten.« Scheiße, Isabel. Langsam glaube ich, sie hat die Mushrooms nur genommen, um damit anzugeben. Mann, das deprimiert mich. Ich will hier nicht den großen Drogenguru spielen, aber mir ging es vor allem darum, mit ihr auf eine Ebene zu kommen; eine Sache, die ausschließlich uns beide angeht, und was macht meine Schwester, posaunt alles in der Gegend herum. Ich kann nur hoffen, daß sie wenigstens den Opernsänger damit verschont hat – Mann, ich wäre ihr echt dankbar dafür. Das Problem ist, daß Nicole in diesem amüsierten, leicht herablassenden Ton mit mir spricht, *ts-ts*, wenn ihr versteht, was ich meine, und mich das ziemlich abtörnt, weil ich nun echt nicht scharf drauf bin, daß mir irgendeine Ex-Freundin auf diese Tour kommt, während ich mir den Arsch abfriere und versuche, die richtigen Antworten auf all die Fragen zu finden, die mir im Kopf herumschwirren, als wäre ich gerade in einer dieser verdammten Gameshows im Fernsehen. Ich meine, wie soll ich ihr von der Sache mit Leonia erzählen, wenn wir auf total verschiedenen Wellenlängen sind? Ich glaube, sie spürt das auch, weil ihr aufgesetztes Lächeln verschwindet und sie – heiliger Jesus – mit einem Mal wie eine erwachsene Frau aussieht. Ihre Züge entspannen sich. Sie trägt eine runde Brille, aber ich kann die Gläser nicht sehen, nur die silberne Fassung. Der Anflug eines Stirnrunzelns huscht über ihr Gesicht, als würde sie gerade an etwas denken, das ein bißchen weh tut, als wollte sie endlich den Schutzschild oberflächlicher Konversation durchbrechen, den jeder um sich herum aufbaut, ich sowieso, um andere Leute auf Abstand zu halten. Hat jemand ihr von Leonias Selbstmord erzählt? Soweit mir bekannt, stand nichts davon in der Zeitung, aber Neuigkeiten verbreiten sich hier ziemlich schnell, und es wäre ja auch möglich, daß Isabel es ihr gesteckt hat, so wie die Sache mit den Mushrooms. Obwohl, nein, auf die Art würde Izzy sich nicht wichtig tun. Sie ist okay, auch wenn sie sich meistens wie ein Kleinkind verhält. Nicole schürzt die Lippen so, als hätte sie etwas besonders Wichtiges zu sagen. Leise und reserviert dringen ihre Worte durch die kalte Luft. »Bevor wir über irgend etwas anderes sprechen, wollte ich dir noch etwas sagen.« Mein Magen zieht sich zusammen. Hmm. Das hört sich nicht gut an. Hat ihr doch jemand davon erzählt?

Tja, Leute, dem Klang ihrer Stimme nach zu urteilen, hätten wir genausogut gleich auf den Friedhof gehen können. Das Eröffnungsgeplänkel ist vorbei, und ihre Grabesstimme läßt mich bis ins Innerste frösteln. Mein Herz sackt mir in die Hose, mein Mund ist plötzlich so knochentrocken, daß ich kaum schlucken kann. Ich bleibe stehen, lasse mich auf der Bürgersteigkante nieder und klopfe neben mich auf den Asphalt. Sie setzt sich neben mich. Friert sie sich auch dermaßen den Arsch ab? Keine Sorge, mit der Zeit wird einem automatisch wärmer. Entweder das, oder man vergißt einfach, daß einem kalt ist. Sie sieht mir in die Augen, und ich kann sehen, daß sie Angst hat vor dem, was sie mir sagen wollte.

Und ein Rückzieher ist nicht mehr drin, dafür hat sie sich zu weit vorgewagt. Ich glaube, ich bin inzwischen völlig von den Mushrooms runter. Aus der Ferne ertönt das Jaulen eines kleinen Hundes. Nicole holt tief Luft, auf eine so intensive, weibliche Weise, wie ich es noch nie gesehen habe.

»Ich weiß, es ist schon länger her, seit wir das letzte Mal miteinander gesprochen haben. Aber da ist etwas, was ich dir schon die ganze Zeit sagen wollte, seit unserem letzten Tag auf der Schule.« Ach so? An dem Tag haben wir uns auch zuletzt gesehen, wo ich gerade dran denke; danke für den Hinweis, das hatte ich total verdrängt. »Und es gibt auch einen Grund dafür. Ich hab mit einer Menge Leute über dich und das alles geredet, und ich bin froh, daß ich endlich mit dir darüber reden kann.« Mann, das klingt ja, als würde sie vom Blatt ablesen. Das hat sie garantiert zu Hause geprobt, aber vielleicht hat sie mir ja etwas zu sagen, was mich weiterbringt; warum also sollte ich mich dagegen sträuben? »Süßer, ich habe lange gezögert, aber ich muß es dir einfach sagen. Sieh mich an.«

Der Ton, in dem sie das sagt, trifft mich wie eine Ohrfeige, und ihre Worte reißen mich mitten aus meinen Träumen, was immer ich auch geträumt haben mag. Ein leiser Schwindel ergreift Besitz von mir, als mir aufgeht, was sie mir sagen will, ja, leider bin ich mir sogar ziemlich sicher, was das angeht; der Golfplatz beginnt sich um mich zu drehen, und mein Kopf pendelt hin und her, während ich ihren Blick vermeide und in einen Gully starre. Sie könnte jetzt anfangen, von allem möglichen zu reden, noch ist nichts konkret, aber ich weiß einfach, was jetzt kommt – allein die Betonung der einzelnen Worte spricht Bände. »Ich hab's dir nie erzählt, aber ...« Wieder holt sie tief Luft, während ich weiter auf den Asphalt starre und genau weiß, welche Worte sie wählen wird. Alles ergibt sich ganz logisch, als würde man einem Mathematiker dabei zusehen, wie er eine komplexe Gleichung an einer Tafel löst – er kennt das Ergebnis bereits, er füllt nur noch die Lücken aus, damit man es schwarz auf weiß sehen kann.

Und diese Gleichung löst sich wie im Schlaf, Leute. Ich weiß, was Nicole sagen wird, und am liebsten würde ich mein Gesicht mit beiden Händen festhalten, nur um ihrem Blick nicht länger auszuweichen. Na, wo stehen wir jetzt – habt ihr mitgerechnet? Tiere, Ex-Freundinnen, Opernsänger, Busfahrer, Supermarktkunden: Scheiße, Leute, seht ihnen allen in die Augen, weicht nicht aus, kümmert euch einfach nicht darum, wie sie reagieren. Ich weiß, was Nicole sagen wird; es steht bereits fest, auch wenn ich darum bete, daß es ihr doch nicht über die Lippen kommt. Ich bitte, bete, flehe. Nein! Bitte! Sprich es nicht aus! »Ich hatte eine Abtreibung, zwei Monate nach unserer Trennung.« Jetzt ist es raus – genau, was ich vorausgesehen hatte. Ich kann nicht mal erklären, warum ich es wußte; es hatte mit ihrer Stimme zu tun – vielleicht spricht man von Abtreibungen nur auf eine bestimmte Art und Weise. Das Gitternetz des Universums explodiert in tausend Stücke, als hätte jemand einen Golfball durch die Mosaikfenster von St. Peter's gejagt. Wieder so ein Moment, den man ohne Umschweife dem Teufel ankreiden kann, noch ein unerhörtes Gebet, das Jahre zu spät gesprochen wurde, die nächste Gelegenheit für mich, dem Echo von Leonias höhnischem Gelächter zu trotzen, das über die Aschenfelder und die weiten Meere hallt.

Und werft mal einen Blick auf Nicole, wie sie, lauter Geheimnisse in ihrem Herzen, da sitzt und aussieht, als hätte sie die Augen geschlossen, nur daß sie eigentlich an sich herunterstarrt und regungslos ihre Unterlippe fixiert. Sie will nicht anfangen zu weinen – das hat sie sich wahrscheinlich den ganzen Tag über vorgenommen –, was mich noch härter trifft. Sind sie erst mal da, kann man die Scheißtränen nicht einfach zurückhalten; da kann man anstellen, was man will. Laß ihnen einfach freien Lauf. Ihre Lippen zittern immer stärker, bis es fast schon lächerlich aussieht, dann beginnen sie zu fließen, zu strömen, um die Trauer mit sich fortzuwaschen, wenigstens ein bißchen davon; einen Teil davon wird sie für immer in sich behalten. Ihr Mund verzieht sich zu einer furchtbaren Grimasse, während sie versucht, noch einen Satz mehr hervorzupressen, bevor sich die Schleusen voll und ganz öffnen. Eine Flut gequälter Laute bricht aus ihr heraus: »Ich wollte nicht, daß du es weißt!« Und zum billionsten Mal in meinem Leben sickern Tränen, Speichel und Rotz in meine Schulter, die ganze Trauer eines Mädchens, das ich nur glücklich machen wollte, eine Trauer, für die größtenteils ich verantwortlich bin. Es macht mich völlig fertig, noch fertiger, als ich ohnehin schon bin. Und nirgends ist eine Schulter, in der ich mein Gesicht vergraben könnte.

So sitzen wir da und halten uns fest, völlig aufgelöst, als würden wir zum ersten Mal miteinander Schluß machen, mit allem, was dazugehört; damals, als wir uns getrennt haben, hat keiner von uns eine Träne vergossen. Aufgeschobene Trauer potenziert sich bloß, so lange, bis sie irgendwann aus einem herausbricht. Aber eine vergeigte Highschool-Beziehung und ein *Baby*, ein Kind, Mann, das sind zwei völlig verschiedene Paar Stiefel. Bis eben noch habe ich geglaubt, Leonias Anblick auf den blutverschmierten Fliesen sei der dunkelste Moment meines Lebens gewesen, aber so ganz stimmt das jetzt nicht mehr. Natürlich hat mich das bis ins Mark getroffen, aber gleichzeitig kamen all diese anderen Gefühle in mir hoch: Eifersucht, Wut, Erleichterung, Bewunderung, bis schließlich die Trauer die Oberhand gewann. Diesmal gibt es keine anderen Gefühle, nichts als blanke Trauer. Trauer um Nicole, die jemand Besseren als mich verdient gehabt hätte, Trauer um ihre Mutter, die sie wahrscheinlich an meiner Stelle in die Klinik fahren mußte, und Trauer um das ungeborene Kleine, mit meinen Eigenarten und Nicoles Unschuld und Schönheit, unser vereintes Wesen, ein Klumpen Blut und Dreck auf einem Operationstisch. Die Tränen strömen weiter.

In unser Schweigen eingehüllt, denken wir an dieselben Dinge, an all das, was wir aufs Spiel gesetzt haben, in chronologischer Reihenfolge, zur selben Zeit. Sie hat lange gebraucht, um ihre Trauer mit mir teilen zu können. Ich habe mich nach einem solchen Moment gesehnt, nach echten, wahren Gefühlen, aber mein eigenes Kind ist ein extrem hoher Preis dafür. Ich bin einfach total am Ende. Ich erinnere mich an diese irische Sage, von der mein ewig betrunkener Englischlehrer mal erzählt hat, von diesem Mädchen namens Dierdre, die jemanden gegen ihren Willen heiraten sollte. Auf dem Weg zur Kirche schlug sie ihren Kopf so lange gegen eine Mauer, bis sie tot war. Er verstand das wohl als den ultimativen heroischen Akt oder so. Das leuchtet mir ein, weil Leonia ihr Schicksal selbst in die Hand genommen hat; dafür muß man sie bewundern. Nicole hat über ein anderes Schicksal bestimmt; man kann nur Mitleid mit ihr haben.

Die beiden Mädchen machen mich dermaßen fertig, daß ich mich langsam wie ein Heroinabhängiger fühle, der in der Gosse vor sich hinvegetiert und nur noch darum bettelt, daß der ganze Wahnsinn ein Ende nimmt.

Hört zu, Leute, fangt jetzt bloß nicht an, mich für meine Sicht der Dinge zu hassen; das ist das letzte, was ich jetzt brauchen kann. Würde ich in euren Schuhen stecken, wäre ich wahrscheinlich auch kurz davor, aber ihr könnt mich nicht so einfach im Regen stehen lassen. Glaubt mir, es bricht mir schier das Herz, während ich hier sitze und sie festhalte. Falls ihr noch nicht schlecht über mich gedacht habt, dann fangt ihr wahrscheinlich gerade damit an, aber, und darüber denkt bitte mal kurz nach, für mich ist das alles um einiges schwieriger zu verdauen als für euch. Ihr steckt schließlich nicht in meiner Haut, und hätte ich einen, bloß einen einzigen Wunsch frei, dann den, daß all das nie passiert wäre, auch wenn das überhaupt nichts entschuldigt. Und wenn es denn unbedingt passieren mußte, dann würde ich mir wünschen, daß es nicht mit Nicole passiert wäre. Glaubt mir das einfach, falls überhaupt einer von euch in der Lage ist, das zu verstehen.

»Nicole, bitte. Warum hast du mich denn damals nicht angerufen?« Seht ihr, das liest sich jetzt wie ein Vorwurf, obwohl ich es kein bißchen so meine. Meint ihr, mir würde in dieser Situation etwas Besseres einfallen, so aus heiterem Himmel? Ich will ihr doch bloß sagen, daß ich auf ihrer Seite bin, daß ich auf jeden Fall für sie dagewesen wäre, wenn ich etwas davon gewußt hätte. Wenigstens diesmal könntet ihr mir ins Gesicht sehen, um euch davon zu überzeugen, und in just diesem Moment nimmt Nicole ihr Gesicht von meiner Schulter und starrt mir geradewegs in die Augen. Wie das Kaninchen auf die Schlange, falls ihr mal davon gehört habt.

»Ja? Und was hätte das gebracht? Na los, was hättest du getan? Mir vielleicht ein Taxi zur Klinik bestellt, wie du's immer versprochen hast? Es war dein Fehler! Deiner!« Ja, sie hat recht, und obendrein hat sie jetzt die verbalen Schlagringe ausgepackt, die Fakten und Wahrheiten auf den Tisch gebracht, während ich mit auf dem Rücken gefesselten Händen in meiner Ecke verharre, und mit jeder Silbe, jedem Atemzug schnellen ihre Fäuste durch die frostige Luft, brechen meine Rippen, zermalmen meine Wangen und schlagen mir die Zähne aus, bis nichts mehr von mir übrig ist. Ein ungleicher Kampf, und sie macht keine Anstalten, aufzuhören. »Das mußt gerade du fragen! Du hättest mich doch erst mal zum Bluttest geschickt, bloß um sicherzugehen, daß es auch bestimmt von dir ist, bevor du auch nur ein nettes Wort, einen verständnisvollen Satz von dir gegeben hättest! Das weißt du selbst ganz genau!« Ja, und bis zu einem gewissen Punkt stimmt das auch, aber das sind Dinge, die ganz tief in mir drin und nicht für den Rest der Welt bestimmt sind. »Ich weiß, du meinst, das ginge dich alles nichts an, und das kann ich akzeptieren, auch wenn es mir schwer fällt. Aber tu bloß nicht so, als würde dir das irgend etwas ausmachen. Ich hätte nie gedacht, daß du so mies sein kannst.«

Was für ein Ausbruch, Leonias Wutanfällen durchaus ebenbürtig. Obwohl Leonia meist alles in sich hineinfraß und man nur die Spitze des Eisbergs zu sehen bekam. Aber jetzt ist Schluß, ich hab's satt, Abtreibung und was sonst noch alles hin oder her; sie ist kurz davor, den Bogen zu überspannen. Noch ein Wort gegen mich, und sie kriegt alles zurück. Okay, alles meine Schuld, aber deswegen bin ich nicht ihr Fußabtreter. Ich könnte jetzt einfach die Leonia-Kanone auffahren und ihr damit ein verdammt schlechtes Gewissen machen, aber nur weil ich es könnte, heißt das ja noch lange nicht, daß ich's auch tue, oder?

»Es tut mir leid«, stößt Nicole hervor, vergräbt ihr Gesicht wieder an meiner Schulter, und mit jedem Schluchzer sickern neue Tränen in meinen Mantel. Sieht so aus, als hätte ich all das abbekommen, was sich in den letzten vier Jahren bei ihr aufgestaut hat. Wißt ihr, ich glaube, eigentlich wollte sie mir das völlig nüchtern erzählen, aber dann kam diese ganze Lawine aus Schuldgefühlen und Trauer dazu, und jetzt bin ich selber völlig verstört. Okay, noch vor zwei Wochen war ich total von der Rolle, aber deswegen noch lange nicht fähig, mir das Leben zu nehmen, weder mir noch jemand anderem. Und nun stellt sich heraus, daß ich eben doch dazu fähig, sogar total und hundertprozentig verantwortlich für den Tod zweier Menschen bin. Zwei vielversprechende Leben, einfach nicht mehr da. Und das geht voll und ganz auf mein Konto.

Nicole ist aufgestanden und geht den Hügel hinauf, weg von der Laterne, deren Schein ihre Züge so mystisch wirken ließ. Ich folge ihr, wobei ich peinlich genau darauf achte, wo ich hintrete, um jedes Geräusch zu vermeiden, das sie aus ihren Gedanken reißen könnte. Nicht, daß ich irgendwelche Phrasen dreschen wollte, aber ich fühle mich wie ein verdammter Idiot, mehr als je zuvor; selbst während meiner Kotzorgie auf dem Bürgersteig im Village bin ich mir nicht annähernd so lächerlich vorgekommen. Ich fühle mich so überflüssig und nutzlos wie noch nie; mir ist, als hätte ich vergessen, wozu meine Arme da sind, warum ich überhaupt etwas angezogen habe, als ich aus dem Haus gegangen bin. Gut, daß ich mich in letzter Sekunde doch noch dagegen entschieden habe, Dads Mütze aufzusetzen, sonst würde ich mir wirklich wie ein verdammter Clown vorkommen. Na los, sagt's mir – wieso greifen andere Leute eigentlich nie so tief in die Scheiße wie ich? Und zu allem Überfluß geht mir auf, daß sie mir im Grunde nur einen Gefallen tun wollte. Sie hat mich bei der Abtreibung ausgesperrt – sie hat alles allein gemacht, weil sie mein Leben nicht noch mehr verkomplizieren wollte. Sie hätte eine Märtyrerin sein können. Aber hat sie mir wirklich einen Gefallen getan, oder wurde ich einfach nicht gebraucht? Und während Nicole ihre Schritte beschleunigt und sich weiter von mir entfernt, muß ich daran denken, wie heikel Abtreibungen sind; ich schicke ein stummes Gebet zum Himmel, daß der Arzt alles richtig und nichts in ihr kaputtgemacht hat. In genau diesem Moment dreht Nicole sich um, als hätte sie mich gehört, als könnte sie meine Gedanken lesen; Tränenstreifen schimmern auf ihren Wangen, und plötzlich weiß ich, daß alle Gebete umsonst sind, weil sie nie wieder so wie vorher sein wird, egal, wie perfekt sie es gemacht haben.

Ein kalter Wind ist aufgekommen, und ich laufe Nicole hinterher, ohne im entferntesten zu wissen, was ich tun soll, wenn ich sie eingeholt habe. Sie verlangsamt ihr Tempo, und ich schlinge die Arme um sie und halte sie fest. Sie sieht mich an und schüttelt den Kopf. »Ich muß jeden Tag dran denken. Es gab einfach keinen Grund.« Ich nicke, einen Kloß im Hals, wie ich ihn noch nie gespürt habe. Ich frage mich, wo ich an dem Tag war, als Nicole ihre Abtreibung hatte. Was für Ängste muß sie ausgestanden haben, während sie mit nacktem Unterkörper auf dem Operationstisch lag? Jesus, an jenem Tag bin ich wahrscheinlich mit ein paar Freunden durch die Bars gezogen; möglich, daß ich irgendeine Frau ohne Kondom gevögelt habe und ihn lieber drinlassen wollte, so wie bei Nicole. Ein zerstörtes Mädchen, ein totes Baby, und nicht zu vergessen die Wunderfrau aus Asche – und mir fällt nichts Besseres ein, als nach Hause zu kommen und das bedauernswerte Opfer zu spielen. Nicole wäre eine wunderbare Mutter gewesen, scheißegal, wie jung sie damals war. Sie wär's einfach gewesen; ihr solltet sie mal kennenlernen, Leute. »Mein armes Baby«, murmelt sie, ohne daß ich sagen könnte, wen sie meint, mich, sich selbst oder unser namenloses Baby. Ich werde sie nicht danach fragen, nicht jetzt. Ich sehe sie an, und ich weiß, daß ich alles von vorn bis hinten versaut habe, und sie lächelt, schenkt mir das ehrlichste, schönste, schiefste Lächeln, das ich je gesehen habe. Ihre Augen schimmern, aber das würden sie auch, wenn sie nicht geweint hätte. Nein, mit den Tränen hat das nichts zu tun. Was für ein Lächeln.

Die letzte Kluft zwischen uns verschwindet, als sie ganz nah an mich herantritt und die Arme um mich legt; ja, sie umarmt mich, auch wenn sie sich dabei nicht an mich schmiegt. Ganz sanft legt sie die Arme um meinen Körper, gerade so, daß ihre Hände mich berühren. Sie hat mich spüren lassen, was ich ihr angetan habe, und jetzt tröstet sie mich, nicht um mir zu zeigen, daß alles wieder in Ordnung ist, sondern einfach, um mir zu sagen, daß sie mich wirklich, ja, wirklich liebt, wenigstens in einem nostalgischen Sinn, und daß ich ihr immer noch sehr viel bedeute. Ich kann nur hoffen, daß sie in Zukunft bei der Erwähnung meines Namens – falls er überhaupt mal erwähnt wird – nicht gleich kotzen muß, daß sie dann einfach nur müde lächelt, die Augen niederschlägt und zum nächsten Thema übergeht. Mehr verlange ich gar nicht. Nicole löst ihre Umarmung – ich wünschte, sie würde mich noch länger festhalten –, und ihre Hand gleitet in meinen Nacken. Sie zieht mein Gesicht ganz nah an ihres, drückt mir einen Kuß auf die Lippen, und um meine Augen tanzen Funken. Sie muß es bemerkt haben, weil sie mir, immer noch Tränen in den Augen, ein strahlendes Lächeln schenkt, bevor sie, wohl so als Joke, leicht ironisch die Brauen hochzieht. Verdammt, sie hat's immer noch drauf, das kann ich euch sagen, Leute. Sie imitiert einen Telefonhörer, indem sie den Daumen und den kleinen Finger ihrer Linken ausstreckt – sieht offen gesagt mehr nach Dads altem Telefon als nach ihrem Schnurlosen aus –, was wohl heißen soll, daß wir am Ende unseres Wegs angekommen sind, daß für den Moment alles gesagt ist und wir demnächst mal wieder telefonieren sollten, jedenfalls, was sie angeht.

Ich könnte jetzt behaupten, daß das ein ziemlich kurzes Treffen war, aber offen gesagt weiß ich gar nicht, wie lange es gedauert hat. Früher waren wir manchmal bis zum Morgengrauen unterwegs, durchgefroren bis auf die Knochen, aber glücklich. Sie wendet sich ab und geht langsam über die Straße; ein ganz kurzer Blick über die Schulter, für den Bruchteil einer Sekunde, und ich kann ihr Gesicht im Profil sehen, während sich das Licht einer Laterne in ihren Augen spiegelt. Ihre Gestalt verschwimmt, und plötzlich sehe ich Leonia an ihrer Stelle; meine Probleme haben sich verdoppelt, multipliziert, potenziert, reproduziert, und die von mir erhofften Antworten verwandeln sich in ein Labyrinth neuer Rätsel und Reime, durch das ich wie eine Marionette taumele, gelenkt von zwei mythischen Frauen, die an den Fäden meiner Schuldgefühle ziehen. Das nächtliche Treffen mit der heutigen Puppenspielerin endet damit, daß ich ratlos an der Straßenecke stehe. Gedanken und Erinnerungen jagen durch meinen Kopf, während ich ihr hinterhersehe und vergebens auf ihre Rückkehr hoffe.

Tja, und was glaubt ihr, was ich jetzt mache? Ihr könnt ja mal raten, aber ihr habt euch geschnitten, falls ihr glaubt, daß ich den nächsten Spritladen ansteuere oder in der *Voice* nachsehe, wo die Mulligans heute spielen. Plötzlich muß ich an die Pistole unter dem Badezimmerschrank denken und daran, wie ich es mit Michelle in dem Treppenhaus getrieben habe, aber ich verscheuche diesen Quatsch sofort. Warum soll ich mich schon wieder von so einer Scheiße fertigmachen lassen? Ich weiß, man kann das nicht einfach unterdrücken; ich will nur nicht, daß ich ein Opfer dieser Gefühle werde. Okay, jeder macht Fehler, aber warum mußte es ausgerechnet Leonia und Nicole treffen, die tollsten Frauen, die mir je über den Weg gelaufen sind? Und Michelle. Ich frage mich, was ich Michelle mit dem goldenen Herzen angetan habe. Wie habe ich sie infiziert, welche unauslöschbare Erinnerung hat sie jetzt? Was wird sie nie wieder vergessen? Ich wollte es euch eigentlich nicht sagen, und mir ist klar, daß ihr mich dafür hassen werdet, aber – mal abgesehen davon, daß ich keine Ahnung habe, ob sie irgendwie vorgesorgt hat – natürlich hatte ich an dem Abend kein Kondom dabei. So, jetzt ist's raus. Ich bin nicht hier, um euch irgendwelche Lügen aufzutischen.

Die Finsternis meiner Seele wirft ihre schwarzen Schatten

über die Finsternis der Nacht, und eine trüb flackernde Laterne geht mir dermaßen auf die Eier, daß ich mich abwende und einfach losmarschiere, egal wohin. Ich kürze meinen Weg durch irgendwelche Vorgärten ab, ohne mich um das Kläffen fein frisierter Schoßhündchen und das Gebell der Hausbesitzer zu kümmern. Der Wind ist noch kälter geworden, und ich raffe den Mantel enger zusammen, taste mit halb abgefrorenen Fingern nach weiteren Knöpfen, Hauptsache, ich habe etwas zu tun, was mich ablenkt. Normalerweise hält mich Clamor auf solchen Spaziergängen auf Trab und reißt mich aus meinen Gedanken; heute kommt es mir vor, als würde ich mich im Schneckentempo bewegen. Ich komme in eine Sackgasse; links ein kleines unbebautes Grundstück mit ein paar Bäumen, das die lokalen Zementmischer wohl übersehen haben. Und da will ich jetzt sein. Ich will dorthin zurück, wo ich einst war, bevor Leonia sich umgebracht hat, bevor mein ungeborenes Kind gestorben ist, bevor Isabel zur Zicke wurde, bevor ich mich in Michelle verknallt habe, oh, Mann, aber wie. Das Eingeständnis tut weh, aber so ist es. Ich springe über eine kleine Mauer und lande auf dem Grundstück mit den Bäumen. Der Boden unter meinen Timberlands ist hart wie Beton. Unter einem der Bäume erspähe ich eine leere Flasche Jack Daniels; mein Magen krampft sich zusammen wie eine Faust, und ein Würgen dringt aus meiner Kehle. Trotzdem kann ich mir ein Grinsen nicht verkneifen. Ich bin stolz darauf, daß mein Körper so reagiert; das ist doch schon mal ein Anfang. Das könnte der erste Schritt sein, um ein neuer, besserer Mensch zu werden. Na ja, vielleicht nicht neuer oder besser, bloß nüchterner und weniger bedrohlich für mich und andere. Eine graue Katze mit Augen wie M&M's

rennt an mir vorbei, und ich verliere den Faden. Mann, das nervt. Katzen.

Das letzte Mal, daß ich ein paar Tage ohne pausenlosen Streit und Ärger verbracht habe, war in Italien. Das wär jetzt was, zusammen mit meinem durchgeknallten Cousin auf der Spanischen Treppe in Rom zu sitzen und ein paar Stücke zu spielen, »Just Like Tom Thumb's Blues« oder so was. Ich taste nach meiner Harmonika; das wäre jetzt so ein Moment, in dem ihr Klang tausendmal mehr ausdrückt als alles, was ich auf Englisch oder Italienisch sagen könnte. Manchmal fehlen einem die Worte, und da nützt es auch nichts, wenn man zwei Sprachen spricht. Aber ich habe meine Harmonika ja dem rothaarigen Opernsänger im Park geschenkt. Scheiße, ich hätte das Teil echt gern wieder, aber andererseits wollte ich ja, daß er sich an unsere Begegnung erinnert. Ob er die Harmonika behalten hat? Was meint ihr?

Ich gehe zu der Whiskeyflasche hinüber. Am besten wär's, sie würden gleich einen Totenschädel mit gekreuzten Knochen auf dem Label abbilden. Der Grund für meine Probleme bin ich selbst; der Whiskey sorgt bloß dafür, daß sie immer größer werden. Durch die Bäume fällt der Schein einer Laterne auf ein paar Büsche, unter denen eine kleine Schachtel liegt. Auf allen vieren hole ich die Schachtel; fragt mich nicht warum, Leute, wahrscheinlich suche ich immer noch nach den richtigen Antworten. Okay, der Whiskey löst die Rätsel des Universums bestimmt nicht, das wissen wir jetzt, aber vielleicht gibt uns diese Schachtel ja einen Anhaltspunkt. Ich halte sie in den Laternenschein und sehe, daß ich einen echten Fund gemacht habe – es ist ein Ohrstecker mit einem kleinen eingefaßten Diamanten. He, wieso läßt jemand so was hier liegen? Die Verpackung sieht uralt aus, als würde die Schachtel schon seit Ewigkeiten hier vor sich hingammeln. Vielleicht lag sie hier schon herum, als der Golfplatz noch ein Golfplatz war, bevor die Baufirmen unseren Ort und unsere Aussicht für immer verändert haben. Der Ohrring selbst ist in Topzustand, sieht wie neu aus, wahrscheinlich noch nie getragen, und der Stein reflektiert das Licht jedesmal anders, während ich ihn im Schein der falschen Sonne hin und her drehe. Ja, alles paßt zusammen – ab jetzt ist das mein Ohrring! *Objet trouvé!* Voll in die Schatzkiste gegriffen! Genau wie ich's gesagt habe, Leute; die Antworten kommen wie von selbst, wenn man erst mal mit dem Fragen aufgehört hat. Die ganzen Fragen bringen einen bloß durcheinander, lenken einen nur davon ab, die Augen aufzuhalten. Ihr kennt vielleicht dieses Sprichwort, daß es nur eine dumme Frage gibt, nämlich die, die man nicht stellt. Totaler Schwachsinn! Die einzigen dummen Fragen – und das gilt für die meisten – sind die, bei denen einem die Antwort am Arsch vorbeigeht. Und ich will diesen Ohrring tragen, auch wenn ich eigentlich gar nicht der Typ dafür bin. Okay, ich trage diesen Anhänger unter meinem Hemd, ganz nah an meinem Herzen, wo ihn niemand zu sehen kriegt. Mit diesem Ohrring ist es was anderes; ich will mir jetzt auf der Stelle ein Loch machen lassen. Und ich weiß auch von wem; sie hat das bestimmt schon mal gemacht. Sie kann es, und sie wird es auch tun, wenn ich sie darum bitte. Bleibt nur die Frage, ob ich es riskieren kann, jetzt noch mal bei Nicole vorbeizugehen.

Den Ohrring zwischen Daumen und Zeigefinger, mache ich mich auf den Weg – zehn Minuten Fußweg, kein Akt –, und es ist mir absolut scheißegal, ob ihre Mutter den Koller kriegt oder ihr Vater bereits mit durchgeladener Schrotflinte auf mich wartet. Als ich vorhin mit Nicole telefoniert habe, klang ihre Mutter eigentlich angenehm überrascht, wenn ich das richtig deute, was ich im Hintergrund gehört habe. Ehrlich gesagt habe ich keine Ahnung, wie spät es ist, aber wahrscheinlich schlafen ihre Eltern schon. Ich kann das nur für sie hoffen. Seit vier oder fünf Jahren war ich nicht mehr dort. Mann, ich hätte nicht geglaubt, daß sich die Dinge so ins Gegenteil verkehren. Ich hatte gehofft, Nicole könnte mir helfen, wieder ein Stück weit auf die Beine zu kommen, aber es liegt wohl auf der Hand, daß sie das erst mal selbst schaffen muß.

Ich bleibe vor der Auffahrt stehen, taste nach meinem Reißverschluß, um sicherzugehen, daß er auch zu ist, und putze mir die Nase; genauso wie früher als Teenie, als es mir so unglaublich wichtig war, was die Leute von mir dachten. Versteht mich nicht falsch – im Grunde ist mir das immer noch wichtig, aber inzwischen ist mir klargeworden, daß der erste Eindruck bei den Leuten zählt. Nicoles Eltern haben jedenfalls eine ziemlich deutliche Meinung von mir, soviel steht mal fest. Das Haus ist stockdunkel bis auf den Schein des Fernsehers, der sich im Wohnzimmerfenster spiegelt und die rückwärtige Veranda in orangefarbenes Licht taucht. Sieht ganz so aus, als würde Nicole beim Fernsehen noch über ein paar Dinge nachdenken – die Glotze hilft einem meistens weiter. Spiegel tun's auch, wie ich inzwischen herausgefunden habe.

Ganz leise klopfe ich an die Tür. Es ist scheißkalt hier draußen, und ich trete von einem Bein aufs andere, um mich einigermaßen warmzuhalten. Die Vorhänge hinter der Tür teilen sich; ich starre in ihre ungläubigen, jadegrünen Augen, und wie so viele Male zuvor schlägt mir das Herz bis zum Hals. Die Vorhänge schließen sich wieder, und ein ganzes Meer von Schuldgefühlen steigt in mir hoch, bevor ich nach einer Ewigkeit, ebenso lang wie die Pause am Telefon, drei Schlösser klicken höre und sich die Tür einen Spalt öffnet. Nicoles Augen lächeln, als sei sie froh, daß ich noch vorbeigekommen bin – sie hat mich doch wohl nicht erwartet, oder? Sie umarmt mich, und diesmal meint sie es auch so. Ich fühle den grauen Stoff ihres Pullovers, und als wir uns wieder loslassen, sehe ich, daß sie immer noch dieselben schwarzen Leggings wie vorhin trägt. Ihr Haar riecht nach Aprikosenshampoo; wahrscheinlich die gleiche sauteure Marke, die Isabel auch benutzt.

»Nicole, du mußt mir einen Gefallen tun.« Ich erkenne meine eigene Stimme kaum wieder; heiser und müde klingt sie, schwach und außer Atem. Ich halte den Ohrring hoch und tippe an mein linkes Ohrläppchen. Sie legt den Kopf leicht schief, so wie es Clamor immer macht, wenn er etwas zum ersten Mal sieht. Eine Sekunde später dämmert ihr, worauf ich hinauswill. Sie wirft den Kopf zurück und lacht. Ich brauchte nichts zu sagen, und sie wußte sofort Bescheid, Leute! Na, sind wir auf einer Wellenlänge? Was meint ihr?

Ich setze mich auf den heruntergeklappten Klodeckel und sehe zu, wie Nicole ein Streichholz anreißt und es unter eine lange, dicke Nähnadel hält. Ein vernünftiger Gedanke – ich will zwar den Ohrring, aber deswegen muß ich mir ja noch lange keine Infektion einfangen. Und, hat das irgendwas zu bedeuten? Dann hält sie die Flamme an den Ohrstecker, bevor sie das Streichholz ausbläst und schmale Rauchfäden nach oben steigen. Was solche Aktionen angeht, kann man voll und ganz auf Nicole zählen; ich wußte, daß sie es für mich tun würde. Die meisten anderen Mädchen bräuchte man gar nicht erst zu fragen – sie würden einem bloß sagen, daß man es lieber beim Juwelier machen sollte. Nicole kennt mich, zumindest gut genug, um zu wissen, daß es hier um mehr als nur ein Loch in meinem Ohr geht.

»Weißt du, Süßer, das Ohr besteht aus zwei Membranen. Dazwischen ist bloß Luft, wie bei einem Ballon.« Wo hat sie das denn her? »Das Ganze dauert vielleicht 'ne Zehntelsekunde, mehr nicht. Schnell und schmerzlos. Alles klar?« Ich nicke gespannt. Eigentlich bin ich sogar froh darüber, daß sie mir weh tun kann; das geht in Ordnung. Soll sie doch mit mir anstellen, was sie will. Verdammt, wenn's nach mir ginge, könnte Leonia sich gleich das andere Ohr vornehmen. Laßt uns Schmerzen austeilen. Ich mache hier einen auf Märtyrer, ohne das Geringste befürchten zu müssen, ist ja bloß ein kleiner Stich, so wie bei der Tetanusimpfung – eigentlich habe ich so gut wie gar nichts gespürt –, und als ich in den Spiegel sehe, drückt Nicole, die Zungenspitze zwischen ihren Lippen, gerade an meinem Ohrläppchen herum. Ein dünne, dunkelrote Spur Blut rinnt mein Ohrläppchen und meinen Hals hinunter. »*Ta-da!*« Nicole wirkt wie verwandelt; zusammen lächeln wir unsere Spiegelbilder an. Sie läßt mein Ohr los, das sich etwas geschwollen anfühlt; der falsche Diamant glitzert in meinem Ohr. Ich löse meinen Blick vom Spiegel, und unsere Blicke treffen sich, nicht über irgendeinen Umweg oder auf irgendeiner Glasfläche, sondern unmittelbar und wirklich, und ich strecke meine Hand nach ihr aus. Wenn ihr mal mit jemandem auf einer Wellenlänge sein wollt, solltet ihr das auch mal ausprobieren, Leute – eine Nadel im

Ohr, so einfach ist das. Eine Menge Leute haben mir unzählige Gefallen getan, aber der hier schlägt alles. Ich drehe mich hin und her, betrachte mich aus allen Blickwinkeln, aus jeder Richtung. Bin ich ein neuer Mensch? Ja. Ein neuer Mensch. Vielleicht sogar ein besserer, aber das müßt ihr mir sagen.

5

WEHR DICH DEINES NAMENS

Was ist ein Name? Das, was Rose heißt,
Würd gleich süß unter anderm Namen duften.

William Shakespeare, Romeo und Julia

Späte Einsichten sind der wahre Durchblick. Ihr könnt es drehen und wenden, wie ihr wollt, aber natürlich konnte ich diese ganze Scheiße – die Sache mit den Mushrooms, Nicoles Abtreibung – nicht voraussehen. Auf einmal kam die Lawine ins Rollen, das war alles. Ihr meint also, es wäre schon von vornherein eine Schnapsidee gewesen, nach Hause zu fahren? Nun, durchaus möglich. Es würde mich kein bißchen überraschen, wenn ihr damit recht hättet; aus der jetzigen Perspektive gibt's da wohl nichts zu deuteln. Stimmt, als besonders gelungenen Schachzug kann man meine kleine Odyssee wohl nicht bezeichnen – aber ob mich New York City irgendwie weitergebracht hätte? Was soll ich dort? Laßt mich zu meiner Verteidigung anführen, daß ich ja nicht auf Ärger aus bin; es ist eher so, als würde ich das Unheil magisch anziehen, wie irgendein teuflischer Magnet. Ich gehe nichtsahnend über eine Straße, völlig in meine Gedanken versunken, und – zack! – aus heiterem Himmel taucht eine meiner Ex-Freundinnen auf. Dann rufe ich sie an, frage sie, ob sie Lust auf einen Spaziergang hat, ohne einen Hintergedanken oder sonst was, und kurz darauf stellt sich heraus, daß sie diese üble Geschichte auf der Pfanne hat. Nichts als Probleme, und ich mittendrin. Wo ich gerade dran denke, wer ist eigentlich auf die Idee gekommen, daß mir ein paar Tage zu Hause ganz gut tun würden? Nicht, daß ich das jemandem vorhalten wollte, aber ein großer Geist scheint das wohl nicht gewesen zu ein. Seit wann findet man zu Hause die richtigen Antworten? Vom Regen in die Traufe, und dann mit Volldampf ins Inferno. Manchmal fragt man sich hinterher, welcher Teufel einen eigentlich geritten hat, sich auf so was einzulassen; im nachhinein kommt es einem einfach nur noch beknackt vor, daß man das Ganze überhaupt in Erwägung gezogen hat. Vielleicht habe ich ursprünglich geglaubt, meine Rückkehr nach Hause würde zu so einer Art spirituellem Erwachen führen, daß ich ein paar Dinge klarer sehen würde, aber jetzt geht mir plötzlich siedend heiß auf, daß mich auf der Flucht vor meinen aktuellen Problemen nur die Geister der Vergangenheit eingeholt haben, die deshalb so schwer zu verscheuchen sind, weil sie ihren Spuk schon seit Ewigkeiten treiben – also kann man's auch gleich bleiben lassen, jeder Versuch ist sowieso von vornherein zum Scheitern verurteilt. Mann, das erinnert mich an diesen Typ, den ich von der Uni her kenne; er spricht weder mit seinen Eltern noch mit seiner Schwester, und auch nicht mit seinen alten Freunden von der Highschool. Er meint, daß man damit nur permanent seinen kaputten Beziehungen hinterherläuft. Ich habe ihn eigentlich immer für ziemlich kalt und herzlos gehalten, aber wie sich jetzt herausstellt, liegt er damit vielleicht gar nicht so falsch. Sie haben ihn enttäuscht, und so sorgt er dafür, daß sie dazu keine weitere Gelegenheit bekommen. Wie auch immer, ich denke nicht, daß ich so weit gehen werde – seine Einstellung gefällt mir nicht besonders, aber auch wenn ich ihm mal ziemlich Kontra gegeben habe, begreife ich jetzt, wie es dazu kommen konnte. Warum noch mit Leuten reden, die einen bloß immer weiter in den Orkus ziehen? Sicher eine bedenkenswerte Maxime, aber offen gesagt glaube ich nicht, daß mir dann noch sonderlich viele Leute die Tür einrennen würden, um ein bißchen Spaß mit mir zu haben.

Ich sprinte die Treppe hinunter in den Flur, wo Clamor bereits auf mich wartet – bloß Clamor, sonst läßt sich niemand blicken. Tja, mit der Wiedersehensfreude ist es wohl vorbei; das Empfangskomitee hat sich vertagt. So einfach findet man heraus, wem man wichtig ist, Leute; man muß nur einen Tag länger zu Hause bleiben. Was das wohl zu bedeuten hat, wenn ein Hund dein treuester Anhänger ist? Ich schätze mal, daß man auf dem richtigen Weg ist. Morgens, wenn die Sonne durchs Fenster scheint und sein Fell leuchten läßt, sieht Clamor immer am besten aus. Ich werfe ihm einen Hundekeks zu, um mich auch weiterhin seines Wohlwollens zu versichern – als ob das irgendwie nötig wäre –, worauf er sich den Keks schnappt und abzieht. Braves Hundchen.

Tja, Leute, ich habe noch nicht mal die Zeitung aufgeschlagen, geschweige denn den ersten Happen Frühstücksflocken zwischen den Zähnen, als meine Ma hinter mir auftaucht und anfängt, Zeter und Mordio zu schreien. Heilige Scheiße! Den Ohrring hab ich total vergessen, und sie grabscht wie wild an meinem Ohr herum, während sie pausenlos wiederholt, wie rot es ist, obwohl mir der Stecker gut stehen würde, mein Gesicht wäre ja geradezu wie gemacht dafür, was auch immer sie damit sagen will. Nun, sagt sie, sie sei vielleicht keine große Schmuckexpertin, aber deswegen wüßte sie trotzdem, wenn etwas wirklich gut aussieht. Verdammt, soviel mütterliches Einverständnis kann einem wirklich den letzten Spaß verderben. Insbesondere, als sie beginnt, an meinem

Ohr herumzuzupfen und es von oben bis unten mit Alkohol abreibt. Ist doch überhaupt nicht notwendig; Nicole hat die Nadel schließlich sterilisiert, oder? Genauso muß man's machen, Flamme drunter und fertig. Als ich heute morgen aufgewacht bin, habe ich den Ohrring nicht mal gespürt, aber jetzt, wo Ma dieses Affentheater veranstaltet, fängt mein Ohr doch ein bißchen zu pochen an, und innen brennt es ein wenig. Ich sehe genau vor mir, wie der Fremdkörper mein Gewebe durchbohrt, und bei dem Gedanken wird mir auf einmal ein bißchen übel.

Selbst mein Bagel schmeckt jetzt nach Alkohol; ich wende mich ab und herrsche sie an, endlich mein Ohr in Ruhe zu lassen. Ohne auch nur im mindesten darauf einzugehen, fängt sie an, ich solle doch noch einen Tag länger bleiben (aber *mindestens*, um sie richtig zu zitieren), jedenfalls dürfe ich Isabels Aufführung auf keinen Fall versäumen; anschließend könne ich ja nach New York zurückfahren, aber Isabel sei es sehr wichtig, daß ich sie in ihrer Rolle als Julia sehe. Oh, Mann, ich wußte von Anfang an, daß es darauf hinauslaufen würde. Keine Chance, um die Sache herumzukommen, ob es mir nun paßt oder nicht. Und auch noch eine Tragödie; da bin ich extra von New York hierher gekommen, um den Tragödien für ein Wochenende zu entfliehen, und jetzt soll ich mir auch noch eine ansehen. Okay, Leute, sie ist meine Schwester – na und? Ich stehe nicht auf Theaterstücke. Alles, was ich darüber weiß, ist das, was ich in der Schule gelernt habe, nämlich daß Aristoteles mal gesagt haben soll, der Zuschauer selbst müsse Teil der dargebotenen Illusion werden. Ach ja? Und? Ich will Teil von überhaupt nichts werden. Außerdem, warum soll ich jetzt auch noch dafür bezahlen, wo ich mir

Isabels Auftritte doch jederzeit gratis ansehen kann? Ich habe sie doch erst gestern in Hochform erlebt, oder? Ja, so stelle ich mir eine seriöse Schauspielerin vor; eben noch auf Mushrooms, jetzt bei uns auf der Showbühne. Wenn sie genug eingeworfen hätte, könnte das sogar ihre Performance veredeln. Aber den Löwenanteil hatte ich ja, und dementsprechend länger war ich auch drauf. Na ja, wen kümmert's? Was halte ich mich hier mit solchen Lappalien auf?

Erinnert ihr euch, was ich euch über Gefallen erzählt habe – daß es mir manchmal vorkommt, als würden mir pausenlos Gefälligkeiten erwiesen, ohne daß ich mich je dafür revanchiere? Insbesondere was die letzten Tage angeht, trifft das voll und ganz zu. Selbst wenn die Leute mal nicht direkt auf mich zukommen, finde ich garantiert irgendeine Möglichkeit, sie so zu manipulieren, daß sie genau das tun, was ich von ihnen erwarte. Meistens ist es kinderleicht – absolut kein Problem. Aber wer tut schon etwas für einen, ohne dafür nicht auch etwas zurückbekommen zu wollen? Ich habe kein Problem damit, Ma oder Isabel einen Gefallen zu tun, aber diese Aufführung ist nun wirklich nicht das, was ich für heute nachmittag im Sinn hatte. Drei Stunden Herumsitzen, ich weiß doch genau, daß ich dabei nur ein Opfer meiner Grübeleien werde; ich habe richtiggehend Angst vor meinen eigenen Gedanken. Na ja, irgendeine Ausrede könnte ich schon finden, aber manchmal ist es das einfach nicht wert, und ich will auch niemandes Gefühle verletzen. Dad ist den ganzen Tag auf dem Tennisplatz, wie jeden Sonntag; danach sieht er sich wahrscheinlich irgendein Footballspiel mit ein paar Freunden an. Habt ihr mal überlegt, daß einen ein Footballspiel genau null weiterbringt? Danach ist man drei Stunden älter, das ist alles.

Da Dad also ausfällt, sieht es ganz nach einer Sache zwischen Ma und mir aus. Wie gesagt, kein Akt für mich. Den Bagel in der einen, die Zeitung in der anderen Hand, sage ich ihr, daß ich mir das Stück anschauen werde, worauf sie lächelt und mir verrät, daß Isabel schon bei der Anprobe ist und sich darauf freut, mich zu sehen. Bei der Anprobe? Muß das jetzt sein, dieses gestelzte Gerede? Anscheinend verbringt sie ein bißchen zuviel Zeit mit ihrer Tochter, was dieses geschraubte Theatergequatsche angeht. Schlimm genug, daß meine Schwester so redet, aber wenn die eigene Mutter auch noch damit anfängt, wird es langsam zappenduster. Noch so eine deprimierende Talfahrt auf dem Achterbahnritt durch meine Heimatstadt. Bei der Anprobe, hm? Und in diesem Stil soll das jetzt für den Rest des Tages weitergehen? Der Stamm fällt nicht weit vom Apfel, oder was? Okay, betrachten wir's mal so rum – das Gute daran ist, daß wir schweigend auf unseren Plätzen sitzen und für ein paar Stunden Shakespeares Worten lauschen werden. Für ein paar Stunden? Selbst das weiß ich nicht so genau. Wann war ich eigentlich das letzte Mal im Theater?

Ich stehe wirklich auf Shakespeare, aber das heißt nicht, daß ich ihn in- und auswendig herbeten könnte, auch wenn ich das eine oder andere seiner Stücke gelesen habe. Dabei war Shakespeare beinahe schon mal erledigt für mich, in der sechsten Klasse, als wir bei diesem einen Lehrer *Der Sturm* lesen mußten. In der sechsten! Hatte der sie nicht alle? Letztes Jahr habe ich noch mal versucht, das Stück zu lesen, und wieder kein Wort verstanden. Ich kapiere einfach nicht, was die Leute nötigt, einem Shakespeare auf diese Weise einzutrichtern; glauben die wirklich, ein Elf- oder Zwölfjähriger würde das irgendwie schnallen? Damals, als wir das Ding für die Schule lesen sollten, habe ich schon auf der ersten Seite aufgegeben; ich erinnere mich genau, wie ich das Buch quer durch den Raum gefeuert und statt dessen eine Sitcom im Fernsehen angesehen habe. Ich hatte kein schlechtes Gewissen; die Typen im Fernsehen konnte ich wenigstens *verstehen*. Und dann ist da noch diese andere Sache, die mir Shakespeare gründlich verdorben hat. Irgend jemand hat mir mal erklärt, daß die Leute im elisabethanischen England in Wirklichkeit gar nicht in Versen und poetischen Bildern gesprochen haben. Das war echt 'ne kalte Dusche für mich. Mal im Ernst, wie kommt jemand auf die Idee, in Reimen zu schreiben, obwohl kein Mensch so redet? Nachdem ich zum ersten Mal etwas von Shakespeare gelesen hatte, versuche ich mir vorzustellen, wie das alles vor vierhundert Jahren gewesen sein mochte. Ich malte mir aus, wie die Leute nach der Vorstellung hinter die Bühne gingen und ihm in Reimen gratulierten, aber so war es natürlich überhaupt nicht. Wahrscheinlich laberten sie genauso ödes Zeug wie ich, auch wenn sie sich vielleicht eine Spur gewählter ausdrückten. Verdammt – noch so eine schlechte Angewohnheit, die ich mir demnächst mal abgewöhnen sollte. Erst mal höre ich auf, über andere Leute herzuziehen, dann mit dem Saufen, und zum Schluß kümmere ich mich um meine Ausdrucksweise, okay?

Später mußte ich mal ein Referat über Shakespeares *Globe Theater* halten – alles lief okay, bloß daß mich der Wichser eine Note schlechter einstufte, weil ich in irgendeinem Zusammenhang das Wort »unachtlos« benutzt hatte. Der Typ geierte geradezu nach solchen Fehlern; Pech gehabt. He, jetzt fällt mir wieder ein, wann ich zum letzten Mal im Theater war – vor ein paar Jahren, in *Macbeth*, mit diesem schwarzen Mädchen, auf das ich damals scharf war. Das Stück wurde in irgendeinem Theater in Harlem aufgeführt; die Handlung hatten sie ebenfalls ins moderne Harlem verlegt. Zugegeben, gar keine so üble Idee, aber die armen Schweine vergeigten das Ganze nach Strich und Faden. Irgendein Hiphop-Typ aus dem Ghetto, der den Dolchmonolog als Rap brachte; das konnte nur voll in die Hose gehen. Das Schlimmste aber war die Schlacht am Ende, als alle plötzlich mit Maschinenpistolen statt mit Schwertern aufeinander losgingen. Ich dachte echt, mir platzt die Birne, als diese Typen das Feuer eröffneten. Ein Wahnsinnsgetöse, Leute – stellt euch mal vor, die Nachbarn in unserem Haus hätten *das* zu hören bekommen. Aber der Lärm kam bloß vom Band, auch wenn die älteren Leute allesamt die Flucht ergriffen. Im Nu war der halbe Saal leer.

Wenn ihr glaubt, so ein Besuch zu Hause würde einen echt runterziehen, solltet ihr mal an eurer alten Schule vorbeisehen. Tiefer kann man nicht sinken, soviel steht fest. Ich habe die Schule schon gehaßt, bevor ich sie überhaupt von innen gesehen hatte; ich haßte jede einzelne Minute, die ich dort verbringen mußte, und im Rückblick verspüre ich nichts als Abscheu und Verbitterung. Abgesehen von meinem gestrigen Treff mit Nicole habe ich jeden Kontakt zu Lehrern oder ehemaligen Mitschülern abgebrochen. Und denkt doch mal kurz an mein Gespräch mit Nicole; meint ihr im Ernst, ich hätte Lust, danach noch jemanden wiederzutreffen? Damit hab ich's echt nicht eilig – für meinen Geschmack sind erst mal genug alte Wunden aufgerissen worden. Trotzdem, gut möglich, daß ich dem einen oder anderen alten Bekannten über den Weg laufe; Vorsicht ist angesagt. Bei solchen Events lassen sich immer alle möglichen Leute blicken, die unbedingt mal wieder gesehen werden wollen. Mir steht absolut nicht der Sinn danach, zum Beispiel diesem Schleimer zu begegnen, der die Abschiedsrede für unseren Jahrgang gehalten hat; es interessiert mich weder, wie er hieß, noch sein Notendurchschnitt oder was für eine Tanzpartnerin er beim Abschlußball hatte. Ich will mir einfach das Stück ansehen, meine Zeit absitzen und Isabel beobachten, und sobald der Vorhang fällt, mache ich mich vom Acker, kein Anlaß, dort noch länger herumzuhängen. Obwohl es mit diesem Plan wahrscheinlich schon von vornherein Essig ist, weil meine Mutter in tausend Ausschüssen sitzt; hier im Ort kennt sie jeder Hinz und Kunz, deswegen ist es ziemlich absehbar, daß wir allen möglichen Leuten über den Weg laufen, auf die ich momentan gut verzichten kann. Dem einen oder anderen ist vielleicht sogar zu Ohren gekommen, daß sich meine Ex-Freundin umgebracht hat. Ein ideales Thema, um ins Gespräch zu kommen; ich kann es mir lebhaft vorstellen. »Eine schreckliche Geschichte – sagen Sie, wie fühlt man sich eigentlich nach so einer Sache?« Ihr glaubt jetzt vielleicht, ich wollte euch verarschen, aber ihr kennt die Leute hier ja auch nicht – Holzauge sei wachsam, die ziehen dauernd solche Nummern ab. Falls ihr übrigens glaubt, ich würde Worte wie »Protagonist« oder »Denouement« in die gepflegte Konversation einflechten, kennt ihr mich immer noch nicht gut genug; in dem Fall hätte ich echt versagt, euch klarzumachen, was hier wirklich Sache ist.

Die Vorstellung fängt irgendwann um Mittag herum an, ich habe also nicht mehr den ganzen Tag Zeit. Erst mal muß ich meinem Vater noch ein paar Klamotten klauen, dann ist Duschen angesagt, auch wenn ich den Gang unter die Brause lange nicht so nötig wie gestern habe. Zunächst esse ich aber mal meinen Bagel auf und lese den Rest der Zeitung. Nichts als schlechte Nachrichten, international, national, regional und lokal. Um den Ernst der Lage wirklich zu erfassen, muß man sich das Ganze mal so herum vorstellen: Also, nehmen wir mal an, du stößt mit jemandem in der U-Bahn zusammen – einfach so, rein zufällig –, und derjenige sieht dich so an, daß du weißt, jetzt ist Ärger angesagt. Normalerweise sieht man weg und tut so, als hätte man die fiese Fresse nicht bemerkt, richtig? Aber vielleicht ist es einer dieser Tag, an denen man nicht einfach so den Schwanz einkneifen will – voller Augenkontakt, schalt 'nen Gang runter, Alter. Tja, und dem Typ ist vielleicht auch irgendeine Laus über die Leber gelaufen, und auf einmal geht das Geschubse los. Schon ist die Schlägerei im Gange, und wenn der eine zufällig 'ne Waffe dabei hat, liegt der andere plötzlich tot auf dem Boden. Genau so funktioniert Politik, nur auf einem globalen Level. Natürlich geht es mir restlos am Arsch vorbei, was irgendwelche Bekloppten in der U-Bahn treiben; wenn es aber um die Typen geht, die an den Schalthebeln sitzen, sieht das Ganze völlig anders aus. Deshalb lese ich morgens auch die Zeitung – die Nachrichten sorgen dafür, daß ich auf der Hut bin.

Ich setze eine finstere Miene auf und sehe zu, daß mir keiner von hinten ein Messer zwischen die Rippen stößt. Soll bloß keiner versuchen, mir zu nah auf die Pelle zu rücken.

Wie auch immer, nach dem Kaffee und dem Bagel bleibt nur der morgendliche Gang ins Bad; nicht, daß ich nachher während der Vorstellung aufs Klo muß, allein der Gedanke an die alte Schultoilette törnt mich völlig ab. Dem gehe ich lieber in meinen eigenen vier Wänden nach – wer eigentlich nicht? –, und ich erklimme die Treppe nach oben, als wäre es eine brüchige Planke, unter der bereits die Haie auf mich warten. Ich werfe nicht mal einen Seitenblick in den Spiegel, hole tief Luft und setze mich hin. Jetzt kann ich nur noch warten. Ohne Vorwarnung kommt alles aus mir heraus; die Schmerzen waren definitiv schon schlimmer, aber ich spüre wieder dieses charakteristische Stechen, und erneut steigt mir der Geruch von Blut in die Nase. Ihr habt keine Ahnung, wie sehr ich mich nach dem Gestank ganz normaler Scheiße sehne, aber wieder rieche ich nichts als Schweiß und Blut. Ich warte noch eine Minute und starre die Wände an; ich will jetzt nicht schon wieder schlecht draufkommen. Als ich mir schließlich doch den Hintern abwische, werfe ich einen verstohlenen Blick auf das Papier, und wieder – sorry, daß ich euch das nicht ersparen kann – ist es über und über mit Blut verschmiert. Beim zweiten Mal ist nicht mehr ganz soviel Blut da; sieht schon leicht besser aus, aber eins sag ich euch, wenn das noch ein paar Wochen weiter anhält, muß ich wohl doch mal zum Arzt gehen. Irgendwas stimmt da nicht, ganz klar, aber da diesmal keine Blutklumpen dabei sind, kann es nicht ganz so schlimm sein. Clamor kratzt an der Tür, und ich denke, daß er vielleicht irgendwas Ungewöhnliches gewittert hat – würde mich nun wirklich nicht überraschen –, aber vielleicht spürt er auch bloß, daß etwas nicht in Ordnung ist, möglich auch, daß ich bloß meine Sitzung überzogen habe, jedenfalls reißt er mich endlich aus meinem Selbstmitleid. Ich beeile mich und ziehe die Spülung, um die verräterischen Spuren zu beseitigen. Und jetzt endlich Schluß mit der ganzen Scheiße!

Ich bin seit Monaten nicht mehr Auto gefahren; nun habe ich mal wieder die Gelegenheit. Gewöhnlich drehe ich das Radio an und gondele einfach durch die Straßen. Bis zur Schule sind es allerdings nur drei Minuten, irgendwelchen Unsinn werde ich also nicht anstellen können, mal abgesehen davon, daß meine Mutter neben mir sitzt. Hat mich doch einiges an Überredungskunst gekostet, den Wagen überhaupt steuern zu dürfen; sie tut gerade so, als hätte ich in der Zwischenzeit das Fahren verlernt, als würde ich den Wagen gleich gegen die nächste Mauer setzen. Klar, daß sich die Fahrfreude stark in Grenzen hält, wenn man die zwanzig Meilen nicht überschreiten darf und alle paar Meter an irgendeinem Zebrastreifen in die Eisen steigen muß. Trotzdem ein gutes Gefühl, mal wieder hinterm Steuer zu sitzen; Mr. Cool kann ich auch ein anderes Mal spielen. Ich lenke den Kombi meiner Eltern die Straße hinunter. Mag sein, daß das nicht gerade euer Traumauto ist, aber für mich gibt es keinen besseren Wagen. Urbequem und anonym; wir haben ihn schon seit Ewigkeiten. Ich richte mich schon mal auf *Romeo und Julia* ein, versuche mich an irgendwelche Szenen, irgendwelche Zeilen zu erinnern und komme langsam in einen guten Groove – irgendwie scheinen meine Gedanken beim Fahren zu fliegen –, als meine Mutter sich räuspert, um das nächste Thema aufs Tapet zu bringen.

»Schatz, ich kann verstehen, wenn du nicht drüber reden willst.« Dramatische Pause, wie bei Isabel abgeschaut. Ich unterbreche sie nicht, werfe bloß einen Blick in den Rückspiegel, aber da ist auch nichts, was mich irgendwie ablenken könnte; ich muß wohl oder übel zuhören. »Aber ich habe da letztens einen sehr interessanten Artikel gelesen.« Super, Ma, schick mir doch gelegentlich 'ne Kopie, wenn's dir nichts ausmacht. Ich will nicht unhöflich sein, aber sie sollte jetzt wirklich nicht mit diesem Thema anfangen, wo ich mich gerade auf das Stück einstimmen will. *Romeo und Julia* kann man sich nicht einfach so ansehen; man muß schon ein bißchen vorbereitet sein, sonst braucht man sich gar nicht erst auf die Kiste einzulassen. »Wußtest du, daß Frauen häufiger als Männer, äh, Selbstmordversuche unternehmen, aber mehr Männer tatsächlich dabei zu Tode kommen?« Verdammt. Meine Mutter hat echt Nerven, Leute. Wie ein Speer bohrt sich ihre unschuldige Frage in den Heliumballon meiner Gedanken. Zack! Plötzlich herrscht Totenstille zwischen uns, während ich an einer Kreuzung stoppe und ostentativ nach allen Richtungen Ausschau halte. Mittlerweile hat Ma offenbar gemerkt, daß Suizidstatistiken jetzt nicht das prickelnde Thema sind, und macht genau das, was alle Mütter – alle Frauen, was meine Erfahrungen angeht – in so einer Lage tun; sie macht alles nur noch schlimmer, indem sie die Situation dadurch zu retten versucht, daß sie vom Hundertsten ins Tausendste kommt. »Na ja, was ich sagen wollte, war, daß Frauen normalerweise Schlaftabletten schlucken oder sich die Pulsadern aufschneiden, während Männer gewöhnlich Schußwaffen oder ähnliches benutzen.« Herrgott noch mal, mit jedem Wort macht sie nur noch mehr kaputt. Ich will nicht zu hart mit ihr ins Gericht gehen, aber für diese Aktion gab es nun wirklich keinen, absolut nicht den geringsten Grund, schon gar nicht zu diesem Zeitpunkt. Wir wollten uns die Aufführung ansehen, das war alles.

Aber so ist das nun mal mit mir; ich bin sauer auf meine Verwandten, wenn sie nicht über Leonia reden, und wenn sie's dann doch tun, bin ich gleich noch mehr angefressen. Mein Fehler. Total unfair, sie so zu behandeln; für sie ist es schließlich auch nicht gerade einfach, mit der Situation umzugehen. Okay, ab jetzt werde ich versuchen, alles etwas weniger verbissen zu sehen, was nicht heißt, daß wir das Ganze hier jetzt lang und breit ausdiskutieren; davon hat sowieso niemand etwas, und Leonia wird davon auch nicht wieder lebendig.

Ich biege nach links auf den Schulparkplatz ab und setze den Wagen rückwärts in eine Lücke. Ich starre weiter durch die Windschutzscheibe, aber jetzt ist Schluß, ich kann meine Mom nicht länger im luftleeren Raum hängen lassen, zur Hölle, sie ist schließlich meine Mutter. »Weißt du, was diese Statistiken aussagen, Mom? Sie sagen aus, daß Leonia es nicht bloß versucht hat; sie wollte sterben, verstehst du?« Jetzt starrt meine Mutter durch die Windschutzscheibe, ohne noch ein Wort zu sagen; lediglich ein Nicken bringt sie zustande. Ich bin ziemlich erleichtert, weil wieder Klarheit zwischen uns herrscht. Ich stehe dazu, was ich gesagt habe – Sterben ist keine Kunst. »Ich würde den Artikel trotzdem gern mal lesen.« Kann nicht schaden, so was hinzuzufügen, Leute, so schlagen wir den Bogen zurück zum Anfang und wenden uns neuen Dingen zu. Stimmt, ich reagiere manchmal ein bißchen empfindlich, wenn Leonias Name fällt, rein instinktiv, aber deswegen darf sie nicht zum Tabu werden. Ich will nicht, daß die Leute so tun, als hätte es sie nie gegeben, was aber auch nicht heißt, daß sich jemand über sie auslassen darf, wie es ihm gerade paßt. Wenn hier einer über sie urteilt, dann ich. Das ist immer noch mein Job.

Mom und ich gehen über den Parkplatz. Ich schlurfe neben ihr her; wer genau hinsieht, kann erkennen, daß ich ein bißchen hinke. Ich habe nicht die geringste Erklärung für dieses leichte Humpeln. Auf irgendeine frühere Verletzung ist es meines Wissens nicht zurückzuführen, aber andererseits mache ich es auch nicht absichtlich. Ich weiß bloß, daß ich mein eines Bein schon immer leicht nachgezogen habe, aber da ich nie darauf angesprochen werde, scheinen es alle für normal zu halten. Meine Mom trippelt in mustergültiger Haltung neben mir her; so wie wir nebeneinander herlaufen, jeder in seinem eigenen Rhythmus, geben wir wohl ein ziemlich merkwürdiges Paar ab. Ich muß an Clamor denken, der instinktiv immer das richtige Tempo drauf hat. Er weiß, was Sache ist. Ich und er haben den passenden Groove; mit Mom klappt es einfach nicht. Na ja, was erwarte ich eigentlich – mit Mom bin ich ja auch nicht pausenlos unterwegs. Offen gesagt so gut wie nie, was wohl heißt, daß wir noch eine Menge dazulernen müssen.

Als wir schließlich vor dem Typ stehen, der die Eintrittskarten verkauft, geht meine Laune schlagartig in den Keller. Ich will euch jetzt nicht die Vorfreude auf das Stück verderben, aber am liebsten würde ich seinen Arsch nach draußen schleifen und ihm dieses überhebliche Grinsen aus der ziegenbärtigen Fresse schlagen. Es handelt sich um einen dieser Kulturheinis, die sich für was Besseres halten; in seinem grünen Cordblazer, den schicken Schühchen und dem kunstvoll um den Hals drapierten Paisleytuch sieht er einfach ekelerregend affig aus. Mit einem Hemd wie meinem könnte er das Ruder vielleicht noch mal herumreißen, aber darum müßte er mich erst mal schön und lange bitten. »Sieben Dollar, bitte«, raunzt er mich an, worauf meine Mom einen Zwanziger hervorkramt. Sieben Dollar? Was zur Hölle soll das schon wieder? Sieht so aus, als könne man heutzutage nirgends mehr hingehen, ohne gleich mit Scheinen um sich zu schmeißen. Die wirklich großartigen Dinge – denkt mal an den Opernsänger – gibt's umsonst, aber der Witz ist, daß man gerade für diese Sachen jeden Preis bezahlen würde. Ich bin zu sehr damit beschäftigt, den Typ mit finsterer Miene zu fixieren, um meiner Mom für die Einladung zu danken. Ich starre ihm in die königsblauen Augen, blauer als sonst irgendwelche, die ich je gesehen habe, und in seinen Pupillen bewegt es sich, als würden dort Tausende von kleinen Lämpchen flackern. Das gibt mir schon zu denken; er mag sich wie ein Arschloch anziehen, aber ich wette, er hat ziemlich viel gelesen, und mit diesen Augen kann er jede Menge Babes abschleppen – machen wir uns gar nicht erst etwas vor. Wenn er öfter hier herumhängt – und alles sieht ganz danach ist –, kaut er Isabel garantiert pausenlos die Ohren ab. Er ist einer von denen, die sie von Grund auf verderben; genau diese Typen tragen die Verantwortung für ihr Getue und den Blödsinn, den sie dauernd von sich gibt. »Möchten Sie ein Programmheft?« Ihr solltet mal hören, in welcher Lautstärke er das in die Runde blökt. Ich bin gerade mal zehn Zentimeter von ihm entfernt, und er grölt mir volle Kanne ins Ohr. Könnt ihr mich hören, ihr da auf den billigen Plätzen? Okay, das mag Sinn machen, wenn man auf der Bühne einen Monolog vorträgt, aber im Alltag geht's auch auf Zimmerlautstärke, wir sind hier schließlich nicht im *Sapphire's*. Ich lasse ihn einfach links liegen und gehe weiter. Sein Programmheft kann er behalten; ich weiß, wie der Name meiner Schwester buchstabiert wird.

Aus dem Augenwinkel sehe ich, wie Mom trotzdem zwei Hefte kauft.

Wenn ihr glaubt, Wood Park hätte einen beknackten Namen, dann hört euch mal das an. Das Gebäude hier, der Stewart Center, wurde nach einem Jungen benannt, der irgendwann in den siebziger Jahren ums Leben kam. Er wohnte gar nicht weit von uns entfernt; wie ich's gehört habe, pflegte er beim Footballspielen immer Kaugummi zu kauen, bloß daß er sich einen Tages verschluckte und an seinem Kaugummi erstickte, während die anderen Kids weinend um ihn herumstanden und in ihrer Panik nicht wußten, was sie machen sollten. Die Geschichte führte dazu, daß die Kids an Erste-Hilfe-Kursen und irgendwelchen Rollenspielen teilnehmen mußten, in denen geprobt wurde, was im Ernstfall zu tun war. Ich bin froh, daß all das vor meiner Zeit war, weil solche Kurse meiner Meinung nach sowieso nichts bringen. Dieser Stewart war aber nicht nur eine Sportskanone, sondern auch bei Schulaufführungen ein gern gesehener Gast, weil er wohl ziemlich gut singen konnte; deshalb wurde die Aula in »Stewart Center« umbenannt. Da erstickt das arme Schwein an einem Streifen Juicy Fruit, und alles, was er davon hat, ist, daß sie die verdammte Aula nach ihm benennen. Der alte Wood lebte damals nicht mehr, aber er hätte sich garantiert ein Loch in den Bauch geärgert, daß er nicht selbst auf den Trichter gekommen war. So einfach hätte er sich 'ne satte Million sparen können, Leute.

Dabei fällt mir noch diese eine Sache ein, die dem Faß echt den Boden ausschlägt. Damals auf der Schule war ich hinter diesem einen Mädchen her, von dem ich bloß einen Korb nach dem anderen bekam, und eines Tages erzählt sie mir doch glatt, der Geist des toten Stewart hätte die Aufführung von *Macbeth* mit einem Fluch belegt. Diese Theaterfritzen erfinden alles mögliche, um sich wichtig zu tun. Sie hätten lieber gleich zugeben sollen, daß die Aufführung Müll war, weil sie nicht spielen konnten. Ich habe eine der Proben gesehen – mit Geistern hatte der ganze Bockmist nun rein gar nichts zu tun. Die Kids alberten bloß herum und baggerten sich die ganze Zeit untereinander an; sie hatten einfach null Ehrfurcht vor der Sache. Wie auch immer, jeder weiß, daß es einen am Ende doch erwischt, und sei es in Form eines Kaugummis, auf dem man gerade herumkaut. Stewart ist der beste Beweis, daß die meisten Binsenweisheiten eben doch zutreffen, wenn auch nicht alle – zum Beispiel die weit verbreitete Fabel, daß Mädchen, die einen Selbstmordversuch unternehmen, sich gar nicht wirklich umbringen wollen. Sorry, Mom, aber das ist echt ein alter Hut. Komm mir nicht noch mal auf die Tour, okay?

Meine Mutter und ich setzen uns, und zumindest eines muß ich den Theaterfritzen lassen – es sieht ganz so aus, als würde es brechend voll werden. Obwohl wir ziemlich früh dran sind, dauert es eine ganze Weile, bis wir uns zu unseren Plätzen in der Mitte einer Reihe vorgekämpft haben, und jetzt erst merke ich, daß wir ewig weit weg von der Bühne sitzen. Es ist nur ein kleiner Saal, aber trotzdem würde ich lieber vorne sitzen; obwohl ich ja letztes Mal, als ich direkt am Geschehen war, ärschlings die Bühne verlassen und die Treppenstufen mit dem Hinterkopf zählen durfte. Wahrscheinlich gar nicht so schlecht, daß ich meine Harmonika verschenkt habe. Geschäftiges Raunen beherrscht den Saal; offenbar läßt sich die Hälfte der Anwesenden auf die Schnelle über Shakespeare und *Romeo und Julia* aufklären, jedenfalls sehe ich jede Menge Leute, die ihren Nachbarn mit gespitzten Ohren lauschen, was sie ganz bestimmt nicht tun würden, wenn sie irgendeine Ahnung von der Sache hätten. Meine Fresse, als ob sie nicht ihr ganzes Leben Zeit gehabt hätten, das Drama zu lesen – jetzt lehnt euch endlich zurück und sperrt die Augen auf, okay? Wenn jemand von mir wissen wollte, worum es geht, würde ich sagen, daß es eine Tragödie ist, daß eine Menge Leute sterben und daß es keinen Oberschurken gibt. Tybalt? Nein, Tybalt ist kein Schurke, Leute, bloß ein Punk. Typen wie ihn kann man an jeder Straßenecke treffen. Außerdem kann man sich gar nicht oft genug vor Augen halten, daß alle Figuren in dem Stück gleichermaßen recht und unrecht haben. Im Grunde ist es genauso wie mit den Leuten, die sich in der U-Bahn an die Gurgel gehen.

Und so quatsche ich meiner Mutter satte zwanzig Minuten die Ohren voll, bevor das Licht gedämpft wird und es sich nur noch um Sekunden handeln kann, bis sich der Vorhang hebt, obwohl immer noch Leute nach ihren Plätzen suchen. Nicht ganz die feine Art, hier jetzt die große Hetze zu veranstalten, aber dann sehe ich, was Sache ist. Als der Saal dunkel ist, treten drei adrette Mädchen in elisabethanischer Tracht vor den Vorhang – die eine hält eine Violine in der Hand, die zweite eine Mandoline, und die dritte schleppt ein Cello mit sich – und setzen sich auf drei bereitstehende Hocker, die ich bislang gar nicht bemerkt hatte. Ich wünschte, sie wären mir vorher aufgefallen, dann hätte ich schon mal Bescheid gewußt, daß irgend etwas vor dem Stück passiert. Immer ein Auge auf die Details haben, Leute! He, elisabethanische Tracht! Tatsächlich! Ich lasse meinen Blick über die Menge schweifen und versuche den Opernsänger ausfindig zu machen, vielleicht ist er ja auch da, das hier wäre jedenfalls genau sein Ding, mit den altertümlichen Klamotten und so. Wie auch immer, er gehört ganz bestimmt nicht zu der Sorte Leute, die in einer Menge so ohne weiteres untergehen, und so halte ich Ausschau nach seiner roten Mähne, kann ihn aber ums Verrecken nicht ausfindig machen. Schade, weil ich sonst gern ein paar Takte mit ihm geredet hätte; vielleicht hätte ich ihn gefragt, ob er meine alte Harmonika dabei hat. Aber wahrscheinlich ist es sowieso besser, die Dinge auf sich beruhen zu lassen. Möglich, daß sich Künstler wie der Opernsänger auch nicht so richtig wohl fühlen in der Zuschauerrolle; vielleicht brauchen sie einfach mehr Aufmerksamkeit als andere. Letztens lief ein Dokumentarfilm über irgendwelche berühmten Fotografen im Fernsehen, und dieser eine, dutzendfach preisgekrönte alte Knacker meinte, er selbst wäre seit über fünfzig Jahren nicht mehr abgelichtet worden. Verrückt, oder?

Die drei Musikerinnen auf der Bühne wechseln ein paar konzentrierte Blicke, dann nickt die Cellistin, bevor sie eine geradezu hypnotische, sich wiederholende Tonfolge anstimmen, die sich nur schwer beschreiben läßt; am ehesten erinnert die Melodie vielleicht an einen lebhaften Dialog zwischen einem Mann und einer Frau. Mit den tiefen Noten stellt der Mann eine Frage, dann folgt die Antwort der Frau, ein wenig höher gefärbt, aber im gleichen heiteren Tonfall. Nicht der leiseste Mißklang schleicht sich in die Unterhaltung der beiden; das Ganze ist wie ein flirtiver Dialog mit vielen Wortspielen und Doppeldeutigkeiten – ein zärtliches Zwiegespräch, dem man ewig lauschen möchte. Die Haare der Mandolinenspielerin sind kürzer als meine eigenen und stehen in alle Richtungen ab; ich finde, es sieht ziemlich cool aus. Ihr Blick schweift hierhin und dorthin, ohne daß sie ihn jemals auf ihr Instrument richten würde; genauso spielt man richtig. Ihre Finger bewegen sich wie mechanisch über die Saiten, traumhaft genau, in einer göttlichen Trance, aus der sie sich nur selbst reißen kann; genau deshalb sieht sie auch nicht hin. Die Cellistin verwirrt mich ein bißchen, da sie jedesmal den Kopf kreisen läßt und ihre Haare wie ein Vorhang nach vorn fallen, wenn sie mit dem Bogen über die Saiten streicht, aber man gewöhnt sich dran, und außerdem ist ihr Cello wunderschön, aus Mahagoni gearbeitet und perfekt geformt wie eine Statue mit Schokoladenguß. Sie mustert die beiden anderen Mädchen, so wie mich Clamor manchmal auf unseren Spaziergängen beäugt, nicht, weil sie ihnen irgendwie mißtrauen würde, sondern einfach, um ihnen zuzusehen, einfach, weil es dazugehört. Nur von dem Mädchen mit der Violine kann ich mir kein klares Bild machen, weil sie die Augen krampfhaft geschlossen hält, als würde sie sich davor fürchten, des eigenen Zaubers und der Verzückung des Publikums gewahr zu werden. Immer noch kommen Leute in den Saal, aber sobald sie sich gesetzt haben, sind sie mucksmäuschenstill und starren wie gebannt zur Bühne. Das ist das Schöne an Melodien, Leute; manchmal schwingen vergessene Erinnerungen in ihnen mit, und auf einmal wischt man sich eine verstohlene Träne aus dem Auge. Na, was ist los? Ja, verstohlen. Paßt euch irgendwas nicht an dem Ausdruck? Na also. Damit hat sich der Regisseur zu Recht einen Orden verdient; eben saß ich noch in Nirgendwo, New Jersey, und ein paar Takte später befinde ich mich plötzlich im Verona des siebzehnten Jahrhunderts, ergebe mich der Magie und harre der Dinge, die da kommen mögen. Ich blicke zu Mom hinüber und sehe, daß Tränen in ihren Augen stehen. Aus irgendeinem unerfindlichen Grund hält sie den Kopf nach links geneigt; wahrscheinlich ist ihr das selbst nicht bewußt. Wenn man den Kopf so hält und weint, fließen die Tränen nur nach einer Seite. Die Magie hat auch von ihr Besitz ergriffen. Dieselbe Magie, die ich spüre, oder eine ganz andere?

Der Vorhang ist immer noch geschlossen, als dieser verdammte *Lehrertyp* – es kann sich nur um den Regisseur handeln – auf die Bühne eilt und die Musik verstummt. Die Menge bricht in tosenden Applaus aus, und auch ich falle mit in den Beifall ein, weil es eine einfach ergreifende Darbietung war. Dann aber wird es plötzlich völlig grotesk; statt daß sich die Mädchen vor dem Publikum verneigen und den verdienten Beifall einheimsen, wie ich es erwartet habe, beginnt auf einmal dieser Typ mit dem rötlichen Bart und den schütteren Haaren, sich mit strahlender Miene vor den Zuschauern zu verbeugen, als würde die Ovation allein ihm gebühren. Scheiße, Leute, da hab ich wohl irgendwas falsch verstanden! Hätte ich das geahnt, hätte ich keinen verdammten Finger gerührt; eigentlich sollte man das Arschloch dafür ausbuhen, daß es den Kids die Schau zu stehlen versucht. Was zum Teufel hat der Wichser überhaupt auf der Bühne zu suchen? Hat er nicht genug damit zu tun, den Überblick zu behalten? Ich dachte, wir wären hier bei einer Schulaufführung. Ich sehe zu meiner Mom hinüber, die mich anlächelt und sanft meinen Oberschenkel tätschelt, als wollte sie »Ist ja schon gut« oder so etwas sagen. Der Typ tritt einen Schritt vor, und plötzlich ist sein Strahlen wie weggewischt, als hätte er eine schreckliche Neuigkeit zu verkünden, wie ein Nachrichtensprecher, der vom Ferienwetter zu einem Taifun in Indien überleiten muß. Mit sonorer, britisch klingender Stimme trägt er den Prolog vor, in dem die Ausgangssituation des Stücks geschildert und von den beiden mächtigen Familien erzählt wird, deren Blutfehde erst mit dem Tod ihrer Kinder, Romeo und Julia, endet. »Zeigt euch zwei Stunden unser Bühnenspiel« – als er bei dieser Zeile ankommt, bin ich ehrlich gesagt sogar froh, daß er die Einführung spricht und nicht irgendein Bengel, dem es bloß darum geht, sich bei seinen Lehrern einzuschleimen und ein paar Tussis zu beeindrucken. In gewisser Weise demonstriert er mit dem Prolog sogar, daß er nicht zu den Darstellern gehört, und auf einmal paßt alles zusammen; ganz klar, die Aufführung wird erste Sahne. Falls ihr *Romeo und Julia* nie gelesen habt, solltet ihr das dringend mal nachholen – Shakespeare hatte da ein paar echt wesentliche Dinge im Auge. Als der Lehrertyp mit der Vorrede fertig ist, setzt erneut Beifall ein, doch diesmal verläßt er die Bühne ohne weitere Verbeugungen, völlig in seine Rolle vertieft, während die drei Mädchen erneut ihr Frage-und-Antwort-Motiv anstimmen – und von wem immer die Melodie auch stammen mag, sie besingt Verona, sie beschwört Verona, sie atmet Verona, versetzt den ganzen Saal wie durch Zauberei ins Verona des Jahres 1601.

Das Stück beginnt mit einer Straßenszene; alle möglichen Leute laufen hin und her, sogar ein paar kleine Kinder sind darunter. Oh, Mann, die Proben müssen ein echtes Vergnügen gewesen sein; da hätten sie statt eines Regisseurs gleich einen Babysitter engagieren können. Aber Spaß beiseite, die Kids bringen Leben auf die Bühne, und als ich merke, mit welchem Feuereifer sie bei der Sache sind, tut es mir mit einem Mal echt leid, daß ich über die sieben Dollar Eintritt gemeckert habe; das hätte ich mir echt sparen können, mal abgesehen davon, daß es noch nicht mal um mein Geld ging. Das Sahnehäubchen auf der Szene ist dieser kleine Junge, der einen jungen Wolfshund von links nach rechts über die Bühne führt. Mit dem Stück hat das natürlich nichts zu tun, aber auf einmal geht ein Ruck durch die Menge, während die Leute versuchen, einen Blick auf den Hund zu erhaschen. Irgendwie bin ich froh, daß es nicht Clamor ist. Als echter Schmierenkomödiant würde er wahrscheinlich erst mal die Leute in der ersten Reihe abschlecken und die üblichen Streicheleinheiten einfordern. Immer die Nummer eins, wenn's darum geht, anderen die Schau zu stehlen.

Der erste schwere Dämpfer kommt, als Romeo die Szenerie betritt. Klar, ich habe jemanden erwartet, der echte Leidenschaft und wahre Romantik auf die Bühne bringt, aber dieser Bursche sieht aus, als müßte er nachher noch zum Footballtraining – bloß eine weitere Salami in einer braunen Weste und einem langärmligen weißen Hemd, wie es Jim Morrison bei seinen Auftritten zu tragen pflegte. Ich will gar nicht weiter über ihn lästern – er ist ein wirklich hübscher Bursche, und auf dem College werden die Mädels bei seinem Anblick sicher reihenweise erröten –, aber ungefähr so feinsinnig und anziehend wie eine beschissene Atombombe. Sein Text eröffnet mit der Frage »Ist der Tag so jung?« – Romeo hat sich dermaßen hoffnungslos in dieses andere Mädchen (noch nicht Julia, irgendeine andere Schnitte) verknallt, daß er keine Ahnung hat, wie spät es ist, und auch sonst ziemlich wenig auf die Schnur bekommt. Diese erste Zeile ist enorm wichtig, logo, weil sie ja zeigen soll, wie nachdenklich und verwirrt er ist. Der Bursche auf der Bühne aber hat einen Frosch im Hals und leiert seinen Text derart monoton herunter, daß es nur noch bescheuert klingt; sein breiter Akzent macht den liebeskranken Romeo auch nicht glaubwürdiger. Ich sinke in meinen Sitz zurück und reibe mir den Nasenrücken. Das wird das Schlimmste. Der Junge ist deshalb so schauderhaft, weil er sich dermaßen angestrengt an seinen Text zu erinnern versucht, daß er darüber das Schauspielern vergißt. Tja, und er spielt die Hauptrolle – 'ne Menge Text, zugegeben, aber jetzt laß endlich gehen, Alter, zeig uns, was du drauf hast, irgendwas, okay? Warst du noch nie verliebt? Und ich habe gedacht, der Regisseur hätte alles im Griff. Da verbringe ich doch lieber zwei Stunden im Feierabendverkehr – im Stau muß ich mir wenigstens nicht das Gestammel von irgendwelchen Salamis anhören.

Wie auch immer, in groben Zügen weiß ich, wie das Stück weitergeht, und die drei Musikerinnen haben mir ja auch wirklich gut gefallen, aber eigentlich bin ich bloß wegen meiner Schwester hier. Es dauert noch ein paar Minuten bis zu ihrem Auftritt, also lasse ich mich in meinen Gedanken treiben. Ich frage mich, ob ich in den letzten beiden Tagen wirklich die richtigen Entscheidungen getroffen, ob ich mich wirklich auf die richtigen Dinge eingelassen habe. Es kommt mir vor, als hätte ich alles falsch angefaßt; Mushrooms oder irgendwelche Ex-Freundinnen bringen bestimmt keine neue Ordnung in mein Leben. Das bringt alles nichts. Mal im Ernst, jetzt sitze ich hier und sehe mir diese fragwürdige Inszenierung von *Romeo und Julia* an, einer Liebesgeschichte, die in einer Tragödie endet – ist es das wirklich, was ich jetzt brauche? Ich tue mein Bestes, den netten Kerl zu mimen, aber langsam muß ich mich mal wieder auf mich selbst konzentrieren. Okay, ich kann versuchen, mich so normal wie möglich zu verhalten, darauf zu achten, so wenig Leute wie möglich mit mir in den Abgrund zu reißen. Isabels Auftritt wird sicher eine tolle Sache, aber war das wirklich so eine geniale Idee, zu dieser Aufführung zu gehen? Was macht es für einen Sinn, daß ich mir hier *Romeo und Julia* ansehe, während das ewig gleiche »Sein oder Nichtsein« von den dreizehn Wänden meines Herzens widerhallt?

In der nächsten Szene tauchen die drei Musikerinnen wieder auf; so etwas wie ein Maskenball findet statt, sie spielen eine flotte Nummer, und dazu singt so eine Art Hofnarr sein Liedchen. Alle möglichen Leute tanzen miteinander, und jetzt erspähe ich auch Isabel. Sie trägt ein elisabethanisches Kleid und sieht einfach abgefahren gut aus. In gewisser Weise kommt mir das Theater wie das Leben vor; pausenlos muß man sich auf neue Situationen einstellen. Es ist 'ne Menge passiert in letzter Zeit, und da ich mich ein bißchen müde fühle, blende ich den Rest aus und konzentriere mich allein auf Isabel, bis mir aufgeht, daß ich mir jetzt stundenlang anhören darf, wie sie diese Salami von einem Romeo umgarnt, auch so eine Sache, mit der ich mich nur schwer abfinden kann. Trotzdem, sie spielt großartig, und als sie zu dieser einen Stelle kommt – »O Romeo, Romeo! Warum bist du Romeo?« –, sehen die Leute wirklich gerührt aus, wahrscheinlich ungefähr so wie ich, als die drei Mädchen zum Auftakt gespielt haben. Meiner Mutter steht der Stolz ins Gesicht geschrieben. Viele Zuschauer sind völlig in das Geschehen auf der Bühne versunken, aber ich fühle mich einfach nur leer, unfähig, irgendwelche Gefühle zu investieren, obwohl ich genau sehe, daß Isabel ihre Sache gut macht, auch wenn ich natürlich kein Experte bin. Eingehüllt und umschmeichelt von der Musik der Worte, muß ich unentwegt daran denken, daß ich in New York jetzt wohl besser aufgehoben wäre – dort kann ich meinem Egotrip wenigstens solange frönen, wie es mir in den Kram paßt.

Eigentlich wollte ich unseren Romeo ja in Ruhe lassen, aber da ich das Stück ziemlich gut kenne, will mir einfach nicht aus dem Kopf gehen, daß die beiden sich irgendwann küssen werden; offen gesagt bin ich froh, daß ich so weit hinten sitze, da ich sonst wahrscheinlich die Bühne stürmen und ihm den verdammten Cellobogen in den Arsch rammen würde, sobald er ihr zu nah auf die Pelle rückt. Er sollte endlich Schluß mit der Charade machen und zur nächsten Szene in seinem Footballtrikot auflaufen; die Leute würden sich sicher vor Begeisterung überschlagen. Es muß sich um eine Art Neurose handeln, aber es gelingt mir einfach nicht mehr, das Geschehen auf der Bühne von der Wirklichkeit zu trennen. Fangt gar nicht erst an, mir einen vom Pferd zu erzählen – der Typ ist doch total heiß drauf, Isabel an die Wäsche zu gehen. Und wie sie da so ungeniert auf der Bühne herumtänzelt, ist es wohl auch kein Wunder, daß sich die Leute die Augen aus dem Leib glotzen. Sie meinen wahrscheinlich, das wäre ihr gutes Recht, weil sie ja dafür bezahlt haben. Ich kann einfach nicht aus meiner Haut; scheint so, als wäre das der eifersüchtige Italiener in mir, der pausenlos seine Beschützerinstinkte ausleben muß.

Wenn man Romeo und Julia bei ihrem ersten Treffen zusieht, kommt es einem irgendwie so vor, als hätte Shakespeare es mit den großen Gefühlen doch ein bißchen übertrieben; wenn am Ende alles den Bach runtergeht, tut einem die ganze Geschichte nur noch mehr weh. Tja, da mag er tatsächlich ein bißchen dick aufgetragen haben, aber als ich Leonia zum ersten Mal über den Weg gelaufen bin, war ich genauso hin und weg von ihr. Ich hatte ganze Schwärme von Schmetterlingen im Bauch, lag pausenlos meinen Freunden in den Ohren, daß ich die Frau meines Lebens getroffen hätte, die schönste von allen, die ich niemals verlassen würde. Meine Freunde meinten, ich solle nichts überstürzen, alles in Ruhe angehen, kamen mir genau auf die Tour, die ich mir schon mein ganzes Leben anhören muß. Wir haben uns in einer Bar in Hoboken kennengelernt, der Stadt mit der weltweit wahrscheinlich höchsten Dichte an Studentenbars; offenbar war ich einfach zur richtigen Zeit am richtigen Ort. Wir standen im Pulk unserer Bekannten und brüllten uns die halbe Nacht über den Lärm hinweg an. Ich verrate euch jetzt mal einen nützlichen Schachzug. Wenn man in so einem Laden bei einem Mädchen landen will, lehnt man sich am besten vor und spricht ihr direkt ins Ohr; man muß einfach so tun, als ginge das bei dem Lärm nicht anders. Wie nebenbei hält man sich an ihrer Schulter fest, und schon ist man Wange an Wange. Die Nummer zieht immer, wenigstens war es an jenem Abend so. Oh, Mann, was erzähle ich euch da überhaupt? Wahrscheinlich kennt ihr den Trick schon längst. Nach einem Dutzend Wodka hauchte sie mir ins Ohr, sie hätte noch nie einen so faszinierenden Typ wie mich getroffen. Komisch, aber sie hat mir das nie wieder gesagt, egal wie viele Wodka ich ihr ausgab. Mein Gott, dieser erste Abend mit Leonia – ganz ehrlich, es ist Jahre her, daß ich zuletzt daran gedacht habe.

Mittlerweile steht Romeo unter dem Balkon, und ich lehne mich zurück, um mich von seinem Monolog einlullen zu lassen, aber gleichzeitig denke ich an die Gestirne, die mein Leben lenken. Ja, scheint so, als würden die Sterne für einen leuchten, aber das ist alles nur falscher Glanz, der einen in die Irre führt; reine Zeitverschwendung, nach oben zu sehen und stumme Wünsche auszusprechen. Ich kann deutlich hören, was die Schauspieler von sich geben, aber die Worte rauschen an mir vorbei. Statt dessen sehe ich mich selbst vor meinem inneren Auge, gestochen scharf, auf einer dunklen New Yorker Straße; über mir, auf drei verschiedenen Balkonen, stehen Michelle, Leonia und Nicole, allesamt in weite weiße Chiffonkleider gehüllt, und der Wind spielt sanft mit ihren Haaren, so wie bei all diesen Models in der Parfümwerbung, während ich mir den Kopf zerbreche, was ich jetzt sagen soll, welcher Satz ihnen allen gerecht werden könnte. Was kann ich bloß sagen, um sie alle drei zufriedenzustellen? Ich versinke noch tiefer in meinem Tagtraum und sehe dabei weiter zu den drei Frauen auf, bis ich plötzlich bemerke, daß Leonia eine Pistole auf mich gerichtet hält, aber aus irgendeinem unerklärlichen Grund habe ich nicht die geringste Angst vor ihr. Mein Blick schweift zu Michelle mit dem goldenen Herzen hinüber, wunderschön sieht sie aus, während sie ein Baby in ihren Armen hin und her wiegt. Dann erblikke ich Nicole, auf deren Gesicht ein so friedvoller Ausdruck liegt, als gäbe es in ihrer Welt keine Ängste und Sorgen mehr. Irgend etwas an ihr läßt mich genauer hinsehen, und plötzlich fällt mir auf, daß sie schwanger ist, wahrscheinlich im fünften oder sechsten Monat, wenn nicht schon darüber hinaus, nur daß sie ebenfalls eine Waffe in der Hand hält und den

Lauf auf ihren Bauch gerichtet hat. Ich schüttle jäh den Kopf und öffne die Augen; Romeo ist gerade dabei, irgend etwas zu deklamieren, ohne daß ich richtig mitbekomme, was Sache ist. Verdammt! Der Wichser röhrt herum, als wollte er irgendeiner Pfeife signalisieren, ihm endlich den Ball zuzuspielen. Damit beeindruckt er womöglich ein paar Cheerleader-Schnitten, aber vielleicht sollte er sich gelegentlich mal erinnern, daß er gerade um die schöne Julia wirbt. Sie ist jung und zerbrechlich und will auf Händen getragen werden, aber das scheint ihm irgendwie entfallen zu sein. Ich schiele zu meiner Mom hinüber – hat sie bemerkt, daß ich zwischendurch weggedöst bin? –, doch sie hat nur noch Augen für Isabel. In ihrem Blick spiegelt sich ein Stolz, wie ich ihn noch nie gesehen habe.

Ich will dem Regisseur bestimmt nicht in seinen Job reinreden, aber langsam kommt es mir doch so vor, als ob in diesem Stück entschieden zuviel herumgeknutscht würde. Mal im Ernst, Isabel kriegt ja kaum einen kompletten Satz heraus, ohne daß diese Salami schon wieder an ihr herumschleckt, und wißt ihr was? Mom scheint das alles überhaupt nichts auszumachen. Und Izzy auch nicht, sofern ich das von hier aus beurteilen kann. Aber mir, mir macht das was aus, nur damit ihr ein für allemal Bescheid wißt. Langsam kann ich verstehen, daß mein Dad Besseres vorhatte – meine Herren, wie lange soll ich denn noch dabei zusehen, wie diese Wurst an meiner Schwester herumfingert? Jesus, das hält doch kein Schwein aus. Die Pause kommt keine Sekunde zu früh; in der nächsten Szene werden sie von Bruder Lorenzo in seiner Klause getraut. Genaugenommen müßte der Priester so um die hundert Jahre alt sein, aber wie ich vorhin gesehen habe, wird er von irgendeinem schlaffen Erstsemester gespielt, was die Sache auch nicht glaubwürdiger macht. Nicht daß ich sonderlich viel Ahnung hätte, was Besetzungen angeht, aber vom Alter her müßte jetzt eigentlich der Typ ran, der die Rolle des Fürsten spielt und – ich schwör's euch – während meiner Schulzeit immer eine Klasse über mir war. Das Arschloch muß mindestens sieben Mal sitzengeblieben sein, wahrscheinlich, weil er die ganze Zeit in irgendwelchen Schauspielkursen verbracht hat, statt sich um seine Hausaufgaben zu kümmern – oder habt ihr vielleicht eine andere Erklärung?

Kaum ist Pause, stürmen die Leute auch schon wie die Bekloppten zu den Toiletten, wobei aber mindestens jeder zweite kurz bei Mom vorbeischaut, um ihr zu sagen, wie hervorragend Isabel ihre Sache macht, während mir das ganze Theater bloß auf den Wecker geht, mal abgesehen davon, daß die ganze Sohnemann-Kiste bloß bewirkt, daß ich mir vorkomme, als wäre ich plötzlich wieder elf Jahre alt – damals war ich genauso von der Rolle, nur daß es harmlosere Probleme waren. Außerdem gehe ich jede Wette ein, daß mich gleich einer wegen meines Ohrrings anpflaumt, und auf den Fund laß ich nichts kommen; auf derlei humoristische Einlagen kann ich momentan ganz gut verzichten. Ich sehe, daß die Leute rechts neben mir ihre Plätze geräumt haben, und verlasse den Saal durch die Seitentür, ohne irgendwie schlauer geworden zu sein.

Die Pause soll etwa eine Viertelstunde dauern; ich glaube, ich gehe mal kurz zum Wagen, schalte das Radio an und blende die ganzen Leute für ein Weilchen aus. Früher bin ich nie bei irgendwelchen Schulaufführungen gewesen; was meint ihr, wie ich mich jetzt fühle, wo ich schon vor Jahren gottfroh war, diesen verfluchten Ort endlich hinter mir gelassen zu haben? Auf dem Weg zum Ausgang erspähe ich den Kartenverkäufer mit dem Halstuch, wie er gerade auf zwei ziemlich attraktive Frauen einredet; hab ich's doch geahnt. Auf frischer Tat ertappt! Seine Stentorstimme scheint ihnen nichts auszumachen, weil sie beide einvernehmlich vor sich hingiggeln. Ein echtes Rätsel, Leute, was Frauen an manchen Typen finden. Ich drücke mich an den beiden Ladies vorbei, als der Wichser auf einmal in seinem Redefluß innehält. »Sir, bitte behalten Sie ihren Abriß bei sich, sonst wird Ihnen der Wiedereintritt versagt.« Was zum Teufel labert er da? Wiedereintritt? Habe ich mich plötzlich in einen verdammten Spaceshuttle verwandelt? Weiß er nicht, daß meine Schwester die Julia spielt? Na ja, vielleicht macht er bloß seinen Job, auch wenn es mir so vorkommt, als wollte er die beiden Hühner auf meine Kosten beeindrucken.

»Ich geh bloß kurz zu meinem Wagen.« Ich starre dem Arschloch direkt in die kristallblauen Augen. Aus dem Augenwinkel nehme ich wahr, wie mich die beiden Mädels mit offenen Mündern und großen Augen anglotzen; meine Miene und mein Tonfall haben sie wohl ein bißchen erschreckt. Was denn? Wußten sie etwa nicht, daß ein kleiner Konflikt das A und O jeder guten Szene ist? Jede Wette, daß das schon Aristoteles bekannt war. Außerdem habe ich erstens nicht angefangen, und zweitens redet man so nicht mit anderen Leuten. Oder ist ihm bloß seine neue Position als Kartenverkäufer zu Kopf gestiegen? Okay, früher durfte ich das Schulgebäude auch nicht verlassen, wenn es mir gerade in den Kram paßte, aber jetzt, vier Jahre später, hat mir absolut niemand zu sagen, was ich tun soll, sonst ist der Arsch ab, Junge. Er wendet sich hochmütig ab und wischt mit seiner Hand durch die Luft, als wäre es unter seinem Niveau, sich länger mit mir abzugeben. Ich drehe mich auf dem Absatz um und gehe auf den Parkplatz hinaus; wär ja noch schöner, wenn ich die ganze Pause wegen diesem Wichser verschwenden würde. Hinter mir höre ich das gehässige Kichern der beiden Hühner, was wohl heißt, daß sie sich gerade einen über mich ablachen. Trotzdem – die eine war durchaus meine Kragenweite, das kann ich euch sagen.

Auf dem Parkplatz gibt's nichts zu sehen außer ein paar rauchenden Eltern. Ansonsten bin ich allein. Keiner, der mir auf die Eier geht. Etwas weiter entfernt ist das Footballfeld, auf dem etwa acht Spieler einen Trainingslauf machen; so wie sie um den Rasen kreisen, erinnern sie mich irgendwie an die Planeten des Sonnensystems – jeder in seinem eigenen Rhythmus, jeder für sich allein. Ich hasse Joggen, aber wenn ich joggen würde, dann bestimmt nicht durch Feld und Wald, sondern in der Stadt, dort kriegt man wenigstens was zu sehen, Action, Bewegung, Verkehr. Ich sehe mich um und erspähe ein rauchendes Pärchen; der Typ trägt einen Walkman und hört anscheinend einer Sportübertragung zu. Deprimiert euch das auch so wie mich? Na ja, eigentlich ist es kein Wunder, daß ich so finster drauf bin; das Stück hat mir ziemlich zugesetzt. Ich meine, seht's euch doch an – Liebe und Tod gehen immer Hand in Hand. Und falls euch das jetzt zuviel sein sollte, tröstet euch damit, daß es doch einen Unterschied gibt – das eine dauert ewig, und beim anderen denkt man an klassische Musik.

Das Stück geht weiter – ich schlüpfe wieder rein, ohne den Typ mit dem Ziegenbärtchen nochmals anzumachen –, und alles wird nur noch schlimmer. Einer nach dem anderen stirbt, und Isabel weint eigentlich nur noch. Ich habe ihr noch nie gern beim Weinen zugesehen, egal, ob sie nur so tut. Das Frappierende ist, daß ihre Tränen echt wirken; ich spüre, daß ihr das alles wirklich zu Herzen geht. Sieht ganz so aus, als könne sie all diese Gefühle aus tiefster Seele nachempfinden; gute Schauspieler machen das auf Knopfdruck, wie ich mal gehört habe. Vielleicht hat sie ja tatsächlich soviel Talent, wie alle sagen. Jedenfalls ist es kein Zufall, daß gerade sie sich vor der ganzen Stadt zur Schau stellt; das ist doch pure Selbstentblößung. Mal im Ernst, wer ist schon scharf drauf, die Julia zu spielen, ein Mädchen, das sich einfach so aufgibt und sein Leben wegen ein paar Glücksmomenten wegwirft – da muß man doch echt nicht ganz bei Trost sein. Die Tränen fließen ohne Unterlaß, und ganz im Ernst, Leute, dieser Mist ist doch ein einziger großer, mit Steuergeldern finanzierter Hilferuf. Verdammt, haben die hier eigentlich noch nie von Neil Simon oder sonst irgendwelchen Komödien gehört? Das Theater ist nach dem Opfer einer Tragödie benannt, es werden nur Tragödien aufgeführt, in den Klassenzimmern und auf den Fluren wütet die Apokalypse, und am Ende schicken sie einen mit einem Hochglanz-Abschlußfoto und einer schwarzen Robe auf die Straße – und dann erwarten sie auch noch, daß man künftig mit bester Laune durchs Leben geht. Ganz ehrlich, wie soll diese Rechnung aufgehen?

Richtig haarig wird es, als meine Schwester die Phiole mit dem Pseudo-Gift in den Händen hält, die ihr unser junger Priesterfreund besorgt hat. Von oben ist ein Spotlight auf sie gerichtet; sie steht in einem schmalen, silbernen Streifen Licht, der nur einen Teil ihres Gesichts sehen läßt, und hält das Fläschchen zwischen Daumen und Zeigefinger. Der Effekt ist echt cool, insbesondere, da sich lediglich ein paar Kids aus dem Audio/Video-Kurs um die Beleuchtung kümmern; Profis gibt's nicht in diesem Theater. Man erahnt die Konturen ihres Gesichts, aber nur ihr Mund ist zu sehen – ein ziemlich beklemmender Anblick. Am meisten fällt jedoch das Fläschchen in ihrer Hand ins Auge. Aus irgendeinem Grund kann man jeden einzelnen Tropfen in der Phiole erkennen; das Gift tanzt, es wispert, es funkelt, es lockt mit aller Macht. Und ich sitze auf meinem Platz und warte, daß Isabel Selbstmord begeht und Julia dahinscheiden läßt. Sie sieht genauso aus, wie Leonia ausgesehen haben muß, als sie den Abzug liebkoste, kurz bevor sie tot auf dem Boden unseres Badezimmers zusammenbrach. Während ich Isabel betrachte, verstehe ich plötzlich alles; ich verstehe, weshalb es Schauspieler gibt und was einen guten Schauspieler ausmacht. Gut möglich, daß Isabel ihre Rollen so braucht wie der Opernsänger im Park seine Arien. Es ist ihre Berufung. Aber wo liegt meine eigene? Ihr glaubt gar nicht, wie lebendig Isabel aussieht, wie unglaublich wirklich, während sie die Flüssigkeit in der Phiole betrachtet, zigmillionenmal echter als jemals bei uns zu Hause am Eßtisch; sie ist einfach großartig, und wenn ich eine Rolle mit soviel Leben erfüllen könnte, würde ich vielleicht auch nicht mehr damit aufhören, sie zu spielen, auch wenn ich die Bühne längst verlassen hätte. Das solltet ihr mal sehen, Leute, wie meine kleine Schwester sich Zeit nimmt, wie sie ganz in Ruhe das Für und Wider des Selbstmordplans abwägt; auf einmal merke ich, daß sich schon seit geraumer Zeit niemand mehr einen Millimeter gerührt hat. Sonst beherrscht sie das

Eßzimmer mit ihrer Stimme; jetzt hält sie den gesamten Saal in ihrem Bann. Als sie sich schließlich entscheidet, das harmlose Gift zu nehmen, ruft Isabel noch »Romeo, Romeo, Romeo!«, und die Worte schneiden wie Rasierklingen durch den totenstillen Saal, doch in meinen Ohren hallt nur das ewig gleiche Echo wider: Leonia! Leonia! Leonia! Isabel leert das Fläschchen bis zum letzten Tropfen und sinkt tot auf ihr Bett.

Ihr werdet's nicht glauben, aber nach ihrem Monolog fangen doch tatsächlich ein paar Leute weiter hinten an zu klatschen. Ich verrenke mir den Kopf, um einen Blick auf die Pfeifen erhaschen zu können, die bei so etwas auch noch applaudieren; leider ist es aber zu dunkel. Obwohl ich einmal fast selbst applaudiert hätte, als es für den Bruchteil einer Sekunde so aussah, als würde Isabel sich verhaspeln. Versteht mich nicht falsch, es war ein absolut winziger Versprecher, aber eben nicht hundertprozentig perfekt und genau deswegen der Clou für mich – der beste Beweis, daß da oben auf der Bühne kein Roboter, sondern ein menschliches Wesen stand; eine kleine und für mich ziemlich wichtige Erinnerung, daß es sich immer noch um meine Schwester handelte. Wahrscheinlich hat niemand auch nur das geringste bemerkt, aber für mich war das ein echtes Highlight.

Ich muß euch noch was sagen, auch wenn ihr mich womöglich für ziemlich bekloppt halten werdet, aber wenn man sich mit *Romeo und Julia* beschäftigt, denkt man erst mal gar nicht daran, daß am Ende des Stücks zwei Leute Selbstmord begehen; ich zumindest nicht. Bei *Romeo und Julia* denke ich an Romantik, Liebe und Schwertkämpfe auf italienischen *piazze*, aber nicht daran, daß am Ende alles den Bach heruntergeht. Stimmt's? Obwohl mir ja wohl zuallererst durch den

Kopf schießen müßte, wie so was endet. Trotzdem habe ich mich unwillkürlich an meinem Sitz festgekrallt, als Romeo völlig durchdrehte und das Gift schluckte, und dann rammte sich Isabel auch noch den Dolch in den Magen. Das war echt erste Sahne, dabei zuzusehen, wie sie sich vornüber krümmte und ihr Leben aushauchte, während sich die Leute, alle um sieben Dollar ärmer, die Augen aus dem Leib glotzten und Popcorn mampften, sofern sie welches gekauft hatten.

Als dann der Fürst die Schlußworte spricht – »Kein Leidensweg war schlimmer irgendwo / Als der von Julia und von Romeo« –, kann man genau sehen, daß die Leute im Publikum das für bare Münze nehmen, ihm das einfach so ohne weiteres abkaufen. Ach ja? Ihr glaubt, *Romeo und Julia* sei trauriger als die ganze Scheiße, die ich durchgemacht habe? Verdammt, Leute, ich könnte euch ein paar Storys erzählen. Am liebsten würde ich selbst auf die Bühne gehen, eine Tunika überstreifen, den Burschen beiseite drängen und dem Publikum mal eine wirklich üble Geschichte unter die Nase reiben, eine echt düstere, freudlose Geschichte, und eine wahre obendrein. Ich wünschte bloß, ich wüßte, warum die ganze Sache mit Leonia wie ein großes schwarzes Loch in der Galaxis meiner Seele klafft. Trotzdem giert ein Teil von mir geradezu danach, der ganzen Welt zu erklären, warum es so kommen mußte – findet ihr das jetzt mies von mir? Ich kann praktisch an nichts anderes mehr denken, und ich will auch darüber reden, aber die meiste Zeit über bringe ich einfach kein Wort heraus. Macht irgendwie auch keinen rechten Sinn, oder?

Als das Stück vorbei und der Beifall verebbt ist, springt Mom auf, um schleunigst hinter die Bühne zu den Schauspielern zu flitzen, aber das ist nun wirklich der letzte Ort dieses Planeten, an dem ich mich jetzt aufhalten möchte. Ich werfe ihr die Autoschlüssel zu und mache mich auf den Heimweg. Sie hat nichts dagegen – wahrscheinlich würde ich ihr sowieso bloß den Nachmittag versauen, wenn ich jetzt mitkomme. Okay, das verdammte Stück war echt gut, und selbst Romeo konnte man mit der Zeit einigermaßen ertragen – irgendwie tut es mir sogar leid, daß ich dermaßen über ihn hergezogen bin.

Ich nehme den gleichen Weg nach Hause wie früher während meiner Schulzeit. Romeo, Julia und Isabel gehen mir einfach nicht aus dem Kopf. Ihr solltet wissen, daß ich einer von denen bin, die immer nach einem tieferen Sinn hinter den Dingen suchen, nach dem, was man aus dem ganzen Chaos lernen könnte. Zu irgendwas muß es ja gut sein, daß ich mir stundenlang den Arsch breitgesessen habe. Und auf einmal fällt es mir wie Schuppen von den Augen. Es dreht sich eben doch alles um die ewig gleichen Fragen. Warum denkt man bei *Romeo und Julia* an die große Liebe und nicht an den Tod? Warum denkt man bei Romeo an den romantischen Liebhaber und nicht einfach an irgendeine arme Wurst, die sich umgebracht hat? Und warum denkt man bei Julia an das umworbene junge Mädchen statt an irgendeine Tussi, die sich ein Messer in den Bauch rammt? Versteht ihr, was ich meine? Warum ist das bei Leonia völlig anders? Weshalb denke ich immer bloß an die Frau, die sich erschossen hat? Wieso denke ich nicht an das Mädchen in der Bar in Hoboken? Und an unsere Liebe, die ich nach allen Regeln der Kunst zerstört habe? Wieso kann ich mich nicht erinnern, wie schön alles war? Jemand mit zwei schwarzen Terriern kommt mir entgegen, und plötzlich sehe ich Leonia vor mir, wie lebendig sie war, wie sie einfach auf die beiden zugelaufen wäre, um sie zu streicheln, egal, welchen Satz ich gerade zu Ende bringen wollte. Genau wie Clamor. In dem Moment, in dem ich Leonia am meisten vermisse, kommt endlich eine Erinnerung zurück, die mich wieder lächeln läßt.

Und mit einem Lächeln auf den Lippen stelle ich mir vor, wie es wohl gewesen wäre, wenn wir den heutigen Tag zusammen verbracht hätten. Ich stelle mir vor, was sie dem Kartenverkäufer wohl auf ihre unnachahmliche Art und Weise an den Kopf geworfen hätte; sie wäre ruhig und diplomatisch vorgegangen, ohne mich dabei im Regen stehen zu lassen. Ganz ehrlich, bei 'ner ganzen Menge Mädchen fragt man sich doch, auf wessen Seite sie überhaupt sind. Ich muß daran denken, wie sie meine müßigen Sticheleien über unseren Freund Romeo schon von vornherein abgeblockt hätte. Ich kann genau vor mir sehen, wie sie im Rückspiegel die Augen verdreht hätte, als kleinen Kommentar zu Moms bizarrer Theorie, daß die meisten Mädchen sich gar nicht wirklich umbringen wollen. Scheiß drauf, dieser Mist wird doch jeden Tag aufs Neue widerlegt – selbst in *Romeo und Julia*, verdammt noch mal –, und Leonia wäre das genauso klar gewesen. Jeder, der auch nur halbwegs bei Trost ist, wird mir in diesem Punkt zustimmen: Julia wollte sterben, Leute, ohne Wenn und Aber, das war nicht bloß irgendein Bluff. Glaubt mir, Shakespeare hatte bloß keine Ahnung von Schußwaffen – sonst hätte es einfach nur kurz geknallt, Leute!

6

ROTER LIPPENSTIFT AUF DEM RAND EINES STYROPOR-BECHERS

I hear the ancient footsteps like the motion of the sea
Sometimes I turn, there's someone there, other times it's only me
I am hanging in the balance of the reality of man
Like every sparrow falling, like every grain of sand.

Bob Dylan, Every Grain of Sand

Tja, und so bin ich wieder zurück in der großen Stadt, sitze an meinem Küchentisch in Apartment 4 D und blättere im Politikteil der *New York Times* von gestern. Vor der Tür lag einiges an Zeitungen herum, aber es hat ja wohl auch keiner erwartet, daß ich bei dem ganzen Chaos auch noch dran denke, die Zeitung abzubestellen. Soweit ich sehen konnte, war sowieso nichts über Leonias Selbstmord drin, keine Todesanzeige, keine Meldung, gar nichts. Es sterben halt 'ne Menge Leute, das ist alles. Ich überfliege die Seiten, lese über die internationalen Nachrichten hinweg und studiere den Lokalteil ein bißchen genauer, während ich nebenbei versuche, mir einen Reim auf das Wochenende zu Hause zu machen. Leben ist eine Entschuldigung dafür, seinen Erinnerungen nachzuhängen. Das allein zu tun, ist wohl ein bißchen pathetisch, aber da meine Freundin nicht mehr da ist, bleibt mir ja nichts anderes übrig.

Als ich nach dem Stück nach Hause kam, habe ich meine alten Klamotten angezogen und die anderen in die Wäschetruhe geworfen, um mir etwaige Vorhaltungen Moms via Telefon zu ersparen, und dann war ich auch schon unterwegs, die Straße runter, ohne auch nur einen Blick über die Schulter zurückzuwerfen. Klar, ich hätte auf meinen Vater warten, ihn in die Arme nehmen und auf eine Fahrt zum Busbahnhof spekulieren können, aber wozu? Nett, euch übers Wochenende gesehen zu haben, aber das war's, auf zu neuen Ufern, okay? Izzy hätte sicher noch gern meine Eloge auf ihre Performance gehört, aber was hätte ich ihr schon groß erzählen sollen – daß sie gut küßt oder so was? Was soll die Scheiße? Und das Abendessen wäre sicher auch nicht anders abgelaufen als letztes Mal, also los, Mann, gar nicht lange nachdenken, einfach Tür zu und ab um die Ecke. Ich hab mich nicht mal von Clamor verabschiedet, aber schiebt mir deswegen nicht gleich den Schwarzen Peter zu. Schließlich sind wir ja nicht irgendwelche artigen Schnösel, die meinen, sich nach irgendwelchen Formalitäten richten zu müssen. Inzwischen habt ihr sicher geschnallt, daß wir auf Höflichkeitsfloskeln dieser Art null Wert legen. In dieser Hinsicht denkt Clamor genauso wie ich – wenn du die Biege machen willst, worauf wartest du dann noch, Arschloch? Stimmt, ich habe an allen möglichen Sachen was auszusetzen, aber mit solchen Förmlichkeiten habe ich mich noch nie aufgehalten; wer gehen will, soll gehen, ohne sich groß Gedanken darüber zu machen, ob das irgend jemand rücksichtslos findet. Leute, die mich rücksichtslos finden, lasse ich sowieso lieber links liegen – manche kapieren eben gar nichts, am allerwenigsten, wie ich drauf bin. Ein letztes Wort zu diesem Thema, ohne daß ich jemandem zu nahe treten will: Wenn jemand auf meine Hilfe angewiesen ist, hat er sie wahrscheinlich gar nicht verdient.

Zu guter Letzt habe ich noch ein paar Zeilen auf dem Eßzimmertisch hinterlassen. Tja, jetzt wollt ihr bestimmt den genauen Wortlaut wissen, aber mit der Information kann ich euch leider nicht dienen. Mehr oder weniger habe ich wohl geschrieben, danke für alles, mir geht's gut, und ab Montag geht wieder die Uni los. Guter Job, Iz', habe ich noch hinzugefügt, bloß damit sie nicht sauer auf mich ist, und daß sie gut auf Clamor aufpassen und ihm ein Leckerchen von mir geben soll. Links habe ich noch ein Strichmännchen hingekritzelt, so wie früher, und zum Schluß meinen Namen und das PS daruntergesetzt: »Bis demnächst! Auf daß New York bald frauen- und kinderfrei ist!« Ihr wißt schon, warum ich das getan habe, oder? Meine Mom gehört zu den Leuten, die sich ununterbrochen Sorgen machen, und ich wollte ihr nur zeigen, daß ich mich nicht unterkriegen lasse und ganz bestimmt keine Dummheiten anstelle. Ich weiß eben genau, wie ich ihre Befürchtungen zerstreuen kann; um so verrückter, daß sie mir gegenüber nie die richtigen Worte findet. Ich versuche mein Bestes, positive Schwingungen zu hinterlassen. Ich glaube, sie haben ebenfalls ein bißchen Aufmunterung nötig. Ein paar nette Zeilen sind da wohl das mindeste, was ich für sie tun kann, und sowieso in Null Komma nichts geschrieben.

Was mich angeht, werde ich jetzt wieder mit New York auf Tuchfühlung gehen; kein wahrer Champion geht vor dem Fight davon aus, daß er verliert, und das ist auch der Grund, warum ich das Maul so weit aufgerissen und soviel Müll erzählt habe. Ich glaube nicht, daß ich das ganze Wochenende über ausschließlich Müll abgesondert habe – das erledigt schon der Rest der Familie für einen –, aber irgendwann mußte ich mich wieder auf mich selbst besinnen, und weg war ich. Tja, vom Regen in die Traufe, vielleicht gibt's ja sogar jemanden, der das lustig findet. Am schlimmsten war, daß ich plötzlich an Leonia denken mußte, als ich die Zeilen schrieb. Jesus, Leonia, ein paar letzte Zeilen. Wäre es denn so schwierig gewesen, mir ein paar Worte zu hinterlassen? Nur eine winzige Erklärung? Scheiße, ich hätte auch niemandem etwas davon erzählt. Aber dann hat mich auf einmal die Realität wieder, und ich frage mich, was das ganze Gejammere eigentlich soll. Was sie getan hat, spricht schließlich für sich, oder? Ich meine, da liegt jemand tot auf dem Boden, und alles ist von oben bis unten mit Blut bespritzt – nur ein Vollidiot würde da noch nach einem Abschiedsbrief suchen. Aber was wollte sie der Welt eigentlich mitteilen? Na ja, so eine Tat kann man schließlich in alle möglichen Richtungen interpretieren, nicht wahr? Sorry, Leute, manchmal tue ich mir einfach nur selbst leid.

Bevor ich in Jersey die Kurve kratzte, passierte noch etwas voll Horrormäßiges, das ich euch nicht vorenthalten will. Die Geschichte könnt ihr getrost unter der Rubrik »Schwein gehabt« einordnen. Ich weiß nicht, ob mich das Stück oder der Marsch nach Hause so fertig gemacht hatte, aber auf meinem Zimmer bin ich echt wie ein Toter aufs Bett gefallen. Ich kam rein, nahm Clamor mit nach oben und klappte einfach zusammen, volle Kanne, in Jeans, Timberlands und allem. Habt ihr je mehrere Träume auf einmal gehabt? Ich glaube, ich hatte drei oder vier gleichzeitig, und, Herrgott noch mal, sie drehten sich alle um Michelle. Fragt mich nicht warum, ich habe nicht den blassesten Schimmer. Ich schlief ziemlich unruhig und unbequem, weil Clamor sich quer über das Bett gelegt hatte und mir gerade ein winziges bißchen Platz ließ – bei Leonia hab ich auch immer nur die Bettkante abgekriegt –, und als ich wieder aufwachte, hatte ich Kreuzschmerzen und einen Brummschädel. Am übelsten jedoch waren diese tierischen Schmerzen an meinem linken Ohr; es klopfte wie verrückt in meinem Ohrläppchen, ein echt scheußliches Feeling. Erst will ich mit den Fingern fühlen, was los ist, komme dann aber zu dem Schluß, daß das bloß noch mehr weh tut, und gehe fluchend nach unten. Mit jeder Treppenstufe tut mir irgendein anderer Körperteil weh; es kommt mir vor, als wäre ich hundert Jahre alt, jeder einzelne Knochen scheint morsch zu sein. Ich schleppe mich also die Stufen hinunter, mit Clamor auf den Hacken – nicht daß er irgendwie Lust hätte, allein da oben zu bleiben. Jeder einzelne Schritt hallt vierfach in meinen Ohren wider; ich sehe nicht hinter mich, da ich Clamor vertraue; er wird mich schon nicht die Treppe hinunterstoßen. Er hat's mal getan, aber da war es ziemlich spät oder er ziemlich müde, vielleicht war ich auch selber schuld – na ja, wer weiß das schon?

Ich gehe ins Bad und werfe einen Blick in den Spiegel. Mein Ohr ist purpurrot angelaufen, fast schon dunkelbraun, und überall treten rote Äderchen hervor. Scheiße, und die größte Scheiße von allem ist die milchige Eitersuppe, die aus dem Loch rinnt. Sieht so aus, als hätte Ma recht gehabt; anscheinend hab ich mir doch 'ne Infektion eingefangen. Zum Teufel, und ich hab gedacht, Nicole wüßte, was sie da tut. Es sieht wirklich verdammt übel aus, aber bevor ich mich daran mache, den Ohrring herauszunehmen – ich bring's echt nicht über mich, mein Ohr zu berühren –, schließe ich die Augen und schüttle meinen Kopf wie wild hin und her, so mies drauf wie nie zuvor. Ich hoffe, euch ist klar, daß das nichts mit der Entzündung zu tun hat oder damit, daß die Sache mit dem Ohrring nicht auf Anhieb geklappt hat. Solche Wehwehchen interessieren doch keine Sau. Das Ganze verbuche ich höchstens als zeitweiligen Rückschlag, und ich hatte in letzter Zeit mit einigen schweren Rückschlägen zu kämpfen, um solche Kleinigkeiten mit links wegzustecken. Nein, was mich wirklich fertig macht, ist die Erkenntnis, daß noch jede verdammte Sache, die ich mir in den Kopf gesetzt habe, am Ende wie ein Bumerang zu mir zurückgekommen ist; jeden einzelnen verdammten Entschluß darf ich bis ans Ende meiner Tage bereuen. Ich übertreibe kein bißchen – ich war doch derjenige, der Nicole pausenlos angebettelt hat, endlich mit mir zu schlafen. Ich wünschte, ich könnte euch aufzählen, wie oft ich ihr damit in den Ohren gelegen habe, bis sie einfach nicht mehr länger nein sagen konnte. Wenn ich etwas wirklich will, kann ich so hartnäckig wie ein kleines Kind sein. Und wer, glaubt ihr, hat den Vorschlag gemacht, daß Leonia und ich zusammenziehen sollten? Klar, die Sache im *Terra* kann man zum Teil auf den Whiskey schieben, aber am Ende war es meine Entscheidung und sonst gar nichts. Alles, was ich anfasse, scheint unweigerlich fehlzuschlagen. Ich meine, Millionen von Typen tragen Ohrringe, richtig? Nur ich fange mir dabei eine Infektion ein; ich versteh's ums Verrecken nicht. Ich will endlich mal etwas richtig machen, egal ob es nun um etwas so Lächerliches wie ein entzündetes Ohr geht oder um etwas so Existentielles wie Leonias Selbstmord in unserem Badezimmer. Und wo ich gerade dabei bin, wer will eigentlich beurteilen, ob das eine lächerlich und das andere von existentieller Bedeutung ist? Vielleicht gibt es ja gewisse Leute, die sich in beiden Fällen amüsieren würden. Aber jetzt tue ich mir bloß wieder selber leid; Mann, ihr solltet mir doch Bescheid stoßen, wenn ich mich wieder in meinem eigenen Elend suhle. Ich ziehe mir also das Scheißding aus dem Ohr, was mich tierisch deprimiert, weil ich dachte, der Ohrring wäre so eine Art mystisches Zeichen, und vielleicht war er das ja tatsächlich, vielleicht aber auch bloß ein Wink des Schicksals, daß ich einfach kein Typ für Ohrringe bin – tja, ich fürchte, ich blick's mal wieder nicht, ist ja auch keiner da, der mir ein bißchen auf die Sprünge hilft. Das Loch in meinem Ohr sieht echt fies aus, ausgefranstes Fleisch, Hautfetzen und jede Menge geplatzte Äderchen. Tut weh, wird aber wieder heilen. Aber laßt es uns klar sehen – Leonias Wunde wird niemals heilen. Wißt ihr, was ich letztens gehört habe? Daß die amerikanischen Truppen während des Golfkriegs Schäden angerichtet haben, von denen sich die Erde nie mehr erholen wird; niemals mehr. Und genau so einen Schaden hat Leonia sich selbst zugefügt. Die Wunden, die ich ihr zugefügt habe, sind wohl auch nie verheilt, wenn man es mal aus dem Blickwinkel betrachtet. Ich stecke den Ohrring in die Hosentasche, damit Clamor ihn nicht noch aus Versehen schluckt. Der Junge braucht keine Diamanten; er kriegt schon genug Mineralien. Operation Ohrring: gescheitert (ha, ha, was 'ne Überraschung).

Die Aktion brachte mich jedenfalls dazu, das Haus schleunigst zu verlassen, weil ich dringend frische Luft brauchte, Luftraum sozusagen. Luft, Luftraum, was ist der Unterschied? Scheißegal. Wie ich gehört habe, gibt es in Washington, D. C., ein Luft- und Raumfahrtmuseum – wäre das vielleicht der richtige Ort für mich? Glaubt ihr, da gibt's auch Frauen? Ich bezweifle es. Während ich also auf den Bus warte, sehe ich mir dieses Buch an, das ich mir in

Isabels Zimmer abgegriffen habe. Es heißt *Was vom Tage übrigblieb*, von irgendeinem Typ, dessen Namen ich nicht behalten habe. Die Verfilmung soll ziemlich gut gewesen sein, außerdem steht auf dem Cover, das Buch sei mehrfach preisgekrönt, und ganz ehrlich, ich habe gerade mal ein paar Seiten gelesen, aber dieser Typ hat's echt drauf, Leute. Der Ich-Erzähler ist so 'ne Art piekfeiner Butler im England nach dem Ersten Weltkrieg, und ich sage euch, das Buch ist so gut, daß ich mir wünsche, der Bus würde gar nicht mehr kommen, ich könnte das verdammte Ding jetzt einfach hier draußen in einem Zug weglesen. Okay, ihr kennt mich noch nicht so gut, aber wahrscheinlich könnt ihr euch denken, daß ich sonst auf andere Sachen als irgendwelche Butlergeschichten abfahre. Ich meine, drückt mir 'ne Ausgabe von *Paris Trout* oder *Frühling für Bandini* oder *Die Angst des Tormanns beim Elfmeter* in die Hand, das sind die Bücher, auf die ich eher stehe als auf diese scheißbürgerlichen Edelschmöker. Ganz ehrlich, in den letzten zehn Sekunden habe ich mehr geflucht als dieser Typ auf den ersten zwanzig Seiten – er ist ja auch Butler, klaro? Ich frage mich, ob der Bursche überhaupt jemals flucht, auf den ganzen zwei- oder dreihundert Seiten des Buches; ich bin da eher skeptisch. Aber mal ganz ehrlich, ich verarsche mich doch nur selbst, wenn ich glaube, ein paar Bartstoppeln am Kinn und eine Menge Kraftausdrücke würden mich zum harten Macker machen, der dem Rest der Welt mal auf die Schnelle zeigt, wo's langgeht. Ihr wißt schon, was ich meine. Daß ich gern lese, hättet ihr doch auch nicht gedacht. Wollt ihr mal 'nen echten Brüller hören? Vor ein paar Jahren hat mir mein damaliger bester Freund dieses eine Buch geliehen, *Zen und die Kunst, ein Motorrad zu warten*. Und die Pointe? Nachdem ich den Scheiß gelesen hatte, war er nicht mehr mein bester Freund, finito!

Aber klar, immer wenn man sich wünscht, der Bus möge nicht kommen, biegt er garantiert neun Sekunden später quietschend und furzend um die Ecke. Ich habe sogar mit dem Gedanken gespielt, auf den nächsten Bus zu warten, nur daß diese Haltestelle auf Moms und Isabels Nachhauseweg liegt und ich hier sozusagen auf dem Präsentierteller sitze. Ich steige also ein und werfe der Fahrerin ein paar Münzen hin, während sie die Türen hinter mir schließt, ruckzuck sitze ich in der Falle, ob mir das paßt oder nicht, raus komme ich jedenfalls nicht mehr, als wäre das hier ein Knast auf Rädern. Nachdem sie mein Geld kassiert hat, hämmert sie auf ein paar Knöpfe, worauf der Fahrkartenautomat mein Ticket ausspuckt. Ich kümmere mich nicht weiter drum. Mann, ich bin einfach mit zu vielen Bussen gefahren, um irgendwelche Andenken an diese Fahrten mit mir herumzuschleppen oder mich sonst um irgendwelche Vorschriften zu scheren. Das hört sich bescheuert an? Mag ja sein. Ich gehe nach hinten, setze mich auf einen Fensterplatz und nehme mir wieder das Buch vor. Es ist ziemlich kurz; ich müßte es eigentlich schnell durch haben. Der Platz neben mir bleibt als einer der wenigen leer – sieht so aus, als könnte ich den Rest der Fahrt ganz in Ruhe verbringen. Ich widme mich wieder meiner Lektüre und fahre voll auf den Butler ab; jede Silbe ist das reine Vergnügen. Die Worte auf den Seiten scheinen geradezu zu glühen, und während ich weiterlese, huschen in meinem Augenwinkel die Schemen der Vororte vorbei. Das Ganze ist irgendwie kurios, weil das Buch ja im Süden Englands spielt, und jetzt sind wir auf einmal hier im Norden von New Jersey. Obwohl es hier bestimmt nicht sonderlich viele Butler gibt, von Lords oder sonstigen Gentlemen mal ganz zu schweigen.

Gerade, als das Buch richtig losgeht und ich meine eigenen Probleme für ein paar Minuten auf die lange Bank geschoben habe, hält der Bus wieder, und plötzlich – ich hätt's ahnen müssen – setzt sich diese junge Frau mit ihrem Baby neben mich. Hinter ihr kämpft sich eine Weltklasse-Salami mit einem Kinderwagen und einer Reihe schwerer Taschen ab. Haben sie erst mal geheiratet, sind Männer anscheinend bloß noch dazu da, ihren Frauen die Klamotten hinterherzuschleppen. Für einen Moment spiele ich mit dem Gedanken, aufzustehen und dem Typ meinen Platz zu überlassen, aber dann bleibe ich doch sitzen. Ich sehe auf, und die junge Mutter lächelt mich verlegen an, so nach dem Motto, »Sorry, daß ich Ihnen die Fahrt versauen muß, aber...«, dann quetscht sie sich neben mich, um dabei gleich auch noch einen Teil meines eigenen Sitzes zu okkupieren. 'ne echte Grenzverletzung, wenn ihr mich fragt. Ich mache kein großes Aufheben darum, schließlich bin ich nicht fett oder so; kein Problem, ihr ein bißchen mehr Platz zu machen. Trotzdem geht das Ganze auf Kosten meiner Bequemlichkeit; das nervt, egal, wer auch immer neben mir sitzt. Es stinkt mich schon ein bißchen an, da sie mich mitten aus meinem Lesefluß gerissen hat, alles ist zum Teufel, der ganze Rhythmus und das erzählerische Timing, mal abgesehen davon, daß ich sowieso am liebsten der einzige Fahrgast gewesen wäre. Meine Stimmung ist futsch, ich bin völlig raus aus der Lektüre, obwohl es natürlich wieder mal bloß meine eigenen Gedanken sind, die mich mies draufbringen; in letzter Zeit scheint das ja der Normalzustand zu sein. Herrgott noch mal, wieso mußte ich mich ausgerechnet auf diesen Platz setzen? Ich hab's euch doch gesagt – egal, was ich auch tue, es kommt wie ein Bumerang zu mir zurück.

Ich starre aus dem Fenster, doch eine ähnlich transzendentale Erfahrung wie auf der Hinfahrt bleibt aus. Dafür gibt es eine ganze Reihe von Gründen. Auf der Hinfahrt war es dunkel; die Fensterscheibe wurde zum Spiegel und der Spiegel wiederum zu so einer Art monströsem Zerrbild, das die Fratzen meiner innersten Ängste reflektierte, während im Hintergrund die Lichter des Universums schimmerten. Jetzt muß ich unentwegt daran denken, daß die Fahrt nach Hause absolut zwecklos war. Das alles hat nichts, aber auch gar nichts gebracht, oder doch? Was habe ich mir davon erhofft? Habe ich geglaubt, Leonias Selbstmord würde die Einstellung meiner Eltern zu mir irgendwie ändern oder sie veranlassen, über unser Verhältnis nachzudenken? Ja, in gewisser Weise habe ich mir wohl wirklich vorgestellt, Isabel und Mom und Dad würden sich plötzlich in eine Fernsehfamilie verwandeln, die alles in Serienmanier durchspricht, bis sich alle Serienprobleme gerade mal eine halbe Stunde später in Luft aufgelöst haben. Glaubt ihr wirklich, ich hätte das gewollt? Wißt ihr, ich sehe mich gern als echt smarten Typ, als einen, der den vollen Durchblick hat, aber ganz ehrlich, ich würde jederzeit ein paar meiner nutzlosen IQs an der Garderobe abgeben, nur um mich nicht länger in meinen eigenen Wahnvorstellungen zu verstricken und endlich diese ganzen Selbstzweifel zu vertreiben. Die Dinge, die passiert sind, sind doch schon schlimm genug, oder? Es war doch nun wirklich nicht nötig, auch noch andere Leute mit in die Sache hineinzuziehen. Abgesehen davon ist dieses Busfenster scheißdreckig, von oben bis unten total verschmiert, so daß man sowieso keine Lust hat, sich darin zu betrachten. Glaubt mir, da kommt's einem echt hoch. Und der Bus fährt weiter. Nicht das allerbeste Gefühl, jetzt unterwegs, in Bewegung zu sein, ohne zu wissen, ob ich nach Hause fahre oder weg davon, oder einfach nur in die falsche Richtung. Nein, es ist überhaupt kein gutes Gefühl. Habt ihr das auch schon mal erlebt?

Der durchschnittliche menschliche Körper nimmt etwa dreiundfünfzig Prozent eines Doppelsitzes im Bus ein. Ist doch einfach bequemer, wenn man seinen Arsch an seinem Nebenmann reiben kann; das ist es doch, was dahintersteckt, jedenfalls so wie ich es sehe. Tja, und nun hockt diese Tussi mit ihrem Baby neben mir, und das ist eine völlig andere Geschichte. Nachdem ich meinen Mißmut halbwegs überwunden habe, sehe ich schließlich zu den beiden hinüber. Nicht daß ich anderen vorschreiben wollte, was sie zu tun oder zu lassen haben, aber manche Leute zeigen schon dadurch, wes Geistes Kind sie sind, daß sie neben einem Baby sitzen, ohne es auch nur eines Blickes zu würdigen.

Ich will damit nicht sagen, daß ich mich in der nächsten Schlange anstellen würde, bloß um einen sabbernden, lärmenden kleinen Bastard neben mir zu haben, aber dieses Baby ist eine echte Süße! Sie hat keine Zähne und zieht diese Grimassen, als würde ihr allmählich ein Licht aufgehen. So, als hätte sie all diese Worte und Ideen und Gedanken in sich, und das ist alles, woraus ihr Leben besteht, ohne daß irgend jemand auch nur die geringste Ahnung hätte, was sie da vor sich hinbrabbelt. Ich kenne das Gefühl, dieses Ringen nach Worten, und hoffe, daß die Kleine über kurz oder lang begreift, daß ihr Kampf sinnlos ist. Vergiß dieses Ziel, du erreichst es nicht.

Das Fatale an der Sache ist, daß das englische Alphabet nur sechsundzwanzig Buchstaben hat. Und das ist völlig unzulänglich, gerade für die Leute, denen Tausende von Gedanken durch den Kopf schießen. Was ich brauche, ist ein siebenundzwanzigster Buchstabe, der mir endlich hilft, das zum Ausdruck zu bringen, was ich wirklich sagen will. Dann könnte ich endlich meine Durchsage machen; dann würdet ihr endlich verstehen, was Sache ist. So wie ich es sehe, werden genau die Leute nicht verstanden, die etwas Wichtiges auf der Pfanne haben, die Leute, die es wert sind, daß man ihnen zuhört. Irgendwie komisch, auf eine fiese Art, aber genauso funktioniert das Leben doch, oder?

Die junge Frau – durchtrainiert, kurzes blondes Haar – bewegt sich unruhig hin und her, und beide betrachten wir das Baby, das strampelnd in ihren Armen liegt. Auf einmal erscheint ein Lächeln auf dem Gesicht der Kleinen, als wüßte sie etwas, von dem wir keine Ahnung haben, und nichts könnte zutreffender sein. Dann fängt die Mutter mit dem üblichen Babygeschwätz an, für mich immer noch das Schlimmste, was eine Mutter ihrem Kind antun kann. Am liebsten würde ich der Mutter einen Arschtritt verpassen, die Kleine selbst in den Schoß nehmen und ihr aus *Was vom Tage übrigblieb* vorlesen, damit könnte sie wenigstens etwas anfangen. Wie gesagt, es ist ein echt süßes Baby, kerngesund und gut drauf, nur daß sie die Kleine in so einen pinkfarbenen Strampler gezwängt haben, den irgendwelche Minderheiten unserer Gesellschaft bestimmt drollig finden, der für mich aber so aussieht, als wollten sie das Baby in der nächsten Freakshow ausstellen. Mal ganz offen, sind wir völlig verrückt geworden? Kriegt eine Frau ein kleines Mädchen, rennt gleich alles in den teuersten

Laden am Ort und kauft rosa Babywäsche. Und wenn's ein Junge ist, alles in Blau, stimmt's? Mann, Leute, das ist doch Schwachsinn pur. Ich verlange ja gar nicht, daß die Kleine mit einem Footballhelm ausstaffiert wird, aber gebt ihr doch 'ne Chance! Kein Mensch will einen Jungen aus ihr machen, ich am allerwenigsten, aber muß man sie deswegen in diese gräßlichen Klamotten stecken? Bei dem Anblick tun einem doch die Zähne weh; irgendwo da in ihr drin steckt eine echte Persönlichkeit (kein Wunder, so wie sie strampelt), aber sie steckt in dieser teuflisch beknackten rosa Verkleidung, die ihr von vornherein jede Würde oder Größe raubt, ohne daß dazu irgendein Anlaß bestünde. Mann, ich frage mich, ob es diese weinroten Arbeiterhemden auch in Minigrößen gibt – ohne Scheiß, ich würde sofort den nächsten Laden stürmen.

Es ist doch so: Wann immer man ein Baby sieht, denkt man unweigerlich an die eigene Existenz; auf einmal vergleicht man sich mit dem kleinen Ding. Der Anblick eines so winzigen Wesens kann zuweilen dazu führen, daß man sich von einer Sekunde auf die andere uralt fühlt, und ich bin gerade mal einundzwanzig. Babys lassen mich immer unweigerlich daran denken, daß meine eigene Kindheit für mich mehr oder weniger ein gähnendes Vakuum darstellt. Das einzige, worauf ich zurückgreifen kann, sind Geschichten und alte Fotos, aber wer kann schon genau sagen, wie die Dinge wirklich gelaufen sind. Klar, das alles ist passiert, aber ich will auf etwas anderes hinaus, nämlich auf die ganzen Fotos, die bei meinen Eltern in der Diele hängen. Die meisten zeigen Isabel und mich, als wir noch klein waren. Okay, es sind auch ein paar aktuellere dabei, etwa ein Bild von meinem Schulabschluß oder eins von Isabels Auftritten, aber eigentlich bleibt die letzte Dekade so gut wie undokumentiert, es sei denn, ihr zählt die Story mit, die ich euch gerade erzähle, was ihr wohl besser nicht tun solltet. Wie auch immer, man kommt ziemlich schnell drauf, weshalb Mom in den letzten Jahren kaum neue Familienfotos aufgehängt hat – im Grunde ist alles bloß immer weiter den Bach runtergegangen. Aber da ist zum Beispiel dieses eine Bild, auf dem ich gerade mal ein paar Wochen alt bin, einer der frühesten Beweise meiner Existenz; ich sitze in Dads Schoß, und er lächelt, als hätten ihm die göttlichen Mächte gerade den Schlüssel zur Seligkeit ausgehändigt, als sei er der größte Glückspilz des Universums. Ich habe mich immer gefragt, wie lange der Zustand angehalten hat. Na, das ist doch wohl mal 'ne echte Frage. Dieser entrückte Ausdruck auf seinem Gesicht – möglich, daß er ein paar Jahre so herumgelaufen ist, vielleicht war er aber auch schon eine Nanosekunde nach der Aufnahme wieder verschwunden. Ich meine, jeder Vater kann so tun, als sei er überglücklich, wenn's gerade gefragt ist, stimmt's? Das ist doch bloß menschlich. Tja, und mehr braucht es eigentlich nicht, damit ein Moment verewigt wird. Aber es ist eben doch bloß ein Moment. Ein Foto ist nur eine Illusion, eine Verkapselung zufälliger Gegebenheiten. Hat Dad das möglicherweise alles nur gespielt? Vielleicht hängt Izzys Hang zur Schauspielerei damit zusammen. Und wenn ich jetzt diese alten Schnappschüsse mal damit vergleiche, wie die Dinge in letzter Zeit gelaufen sind, muß ich mich wohl oder übel fragen, wieso Mom letztens eigentlich nicht einfach die Kamera draufgehalten hat, als Dad mal wieder eine Brüllorgie veranstalten mußte? Warum hat sie uns nicht geknipst, als er mich so gegen die Wand gestoßen hat, daß der eine Bilderrahmen runtergefallen ist?

Mann, ich hab ihr Geschrei noch im Ohr. Alles vielleicht nicht so nett, aber der Wahrheit entschieden näher. Der Schlüssel zur Wahrheit liegt darin, daß man alles von allen Seiten betrachtet, bloß daß die Wahrheit manchmal wie ein Kreis ist: man dreht sich immer nur um sich selbst herum.

Zugegebenermaßen echt cool ist dieses eine Schwarzweißfoto, auf dem Isabel und ich uns küssen; sie war damals etwa drei Jahre alt. Witziges Bild, aufgenommen am Strand von Long Branch; früher sind wir dort fast jeden Sommer hingefahren. Bei der Grimasse, die ich auf dem Bild ziehe, muß ich jedesmal laut lachen – jedenfalls, wenn gerade keiner in der Nähe ist. Am Wochenende bin ich die ganze Galerie von vorn bis hinten durchgegangen und habe dabei tatsächlich ein paar neue Bilder entdeckt. Und wißt ihr, was der Hammer ist? Die meisten zeigen meine Eltern, sogar eines von Clamor ist dabei. Aber wieso haben sie gerade diese Auswahl getroffen? Leute, die Fotos aufhängen, üben im Grunde denselben unheilvollen Einfluß wie Nachrichtenredakteure aus – jeden Tag passieren Trillionen von Dingen, aber wir kriegen bloß das zu sehen, was sie zusammengestellt haben. Die Bilder, die Ma aufgehängt hat, zeigen uns in Situationen, die wirklich so passiert sind, klar, aber an ihrer Stelle hätte ich mich für eine etwas *repräsentativere* Auswahl entschieden, falls ihr versteht, worauf ich hinauswill.

Kein Wunder, daß ich keinen zusammenhängenden Gedanken fassen kann, falls ihr's noch nicht bemerkt haben solltet; dafür sorgen schon das Baby, sein salamimäßiger Daddy, die tolle Leseatmosphäre, die versifften Fenster und verwichsten Sitze. Ach was, scheiß drauf, nur Feiglinge stecken pausenlos zurück, und ich werfe einen genervten Blick in die

Runde, bevor ich zu der Kleinen hinüberschiele; ein echt süßes Lächeln auf den Lippen, starrt sie mir mit ihren grauen Augen geradewegs ins Gesicht. Total abgefahren, das Ganze, weil wirklich sensible Babys, so wie wirklich sensible Hunde, es genau spüren, wenn man mieser Laune ist, und es irgendwie schaffen, einen ohne ein Wort – gerade mal mit einem Blick – wieder gut draufzubringen. In meinem ganzen Leben ist mir noch keine Frau begegnet, die das fertigbringt, Leute; hütet sie wie euren Augapfel, falls euch mal so eine über den Weg laufen sollte. Ohne daß ich es irgendwie steuern könnte, verwandelt sich mein künstliches Grinsen in ein wahrhaftiges Lächeln – so wahrhaftig wie in meiner Situation nur eben möglich –, und ich sehe zu der Mutter hinüber. Mit einem Mal höre ich mich krächzen: »Wie heißt du denn?«

Die Frau sieht mich überrascht an, was ich ihr aber nicht weiter ankreide, da es sie wahrscheinlich verblüfft, daß ich jetzt plötzlich einen auf netten Kerl von nebenan mache, obwohl ich die ganze Zeit über den Schweiger gespielt habe. Was soll ich sagen? Vielleicht bin ich manisch depressiv, vielleicht ist auch einfach die Kleine dran schuld. Der deprimierendste Teil des kurzen Austauschs – das werde ich mein Lebtag lang nicht vergessen – aber kommt, als sie mich, den Daumen auf ihr Baby gerichtet, fragt: »Wer? Ich oder sie?« Jede Wette, diese Szene kann ich noch in hundert Jahren in Zeitlupe vor meinem inneren Auge abspulen: »Wer? Ich oder sie?« Herrgott noch mal, meint sie wirklich, daß ich auch nur einen elenden Furz darauf gebe, wie sie heißt? Ich meine, was veranlaßt jemanden zu der Annahme, er sei wichtiger als sein eigenes Kind, oder von mir aus auch nur genauso wichtig? Mann, am liebsten würde ich mal ein paar Takte unter vier Augen mit ihr reden, ohne ihre Begleitwurst, und ihr mal Bescheid stoßen, was wirklich hinter ihrer Frage steckt, aber so wie sie sich anhört, würde sie das ohnehin nicht begreifen. Ich muß wohl ziemlich genervt aussehen, weil sie plötzlich ein peinlich berührtes Kichern ausstößt und sich allen Ernstes mit der flachen Hand vor die Stirn schlägt. »Ach so, sie!« Sie schüttelt den Kopf und verdreht die Augen über sich selbst, so eine Art Entschuldigung, daß sie es erst jetzt geschnallt hat. Meine Herren, ich hatte mich doch wohl klar genug ausgedrückt, oder? Was ist los mit der Tante? »Ihr Name ist Donna«, sagte sie. »Das bedeutet ›Frau‹.« Und das ist jetzt wirklich der Abtörner schlechthin. Wen zum Teufel interessiert es, was der Name des Babys bedeutet? Erstens spreche ich italienisch; ich weiß, was der Name bedeutet. Zweitens, reicht ihr der Name allein etwa nicht? Herrgott noch mal, ist er für sich allein nicht gut genug? Toll, das bedeutet also »Frau«. Echt tiefschürfend. Das Wort bedeutet also »Frau« – und? Ich frage mich, ob sich ihr Mann das kleine Wortspiel ausgedacht hat. Ja, ich würde meinen Hut drauf verwetten.

»Schöner Name«, sage ich. Tja, ich bin eben genau so ein Heuchler wie alle anderen. Versteht ihr, Namen sind für mich wirklich wichtig, in dem Punkt stimme ich mit Shakespeare absolut nicht überein. Das Ganze ist total kompliziert, weil man jemandem mit einem Namen einen Stempel aufdrückt, so wie ein Cowboy, der das Kürzel seiner Ranch auf den Hintern seiner Kälber einbrennt. Es geht um Besitzverhältnisse, klar? Mein Blick schweift von der Kleinen zu ihren Eltern; auf Anhieb fallen mir sechs oder sieben Sachen ein, die sie völlig falsch machen.

Plötzlich muß ich wieder an Leonia denken. *Das* war ein

Name, Leute! Aber schiebt es jetzt nicht auf ihre Eltern, was mit ihr passiert ist; dafür bin ich allein verantwortlich. Jeder weiß, daß ihr Leben völlig in Ordnung war, bevor sie mir begegnete. Absolut jeder, glaubt's mir. Bloß, daß das Leben für die kleine Donna von vornherein nichts Gutes in petto hat. Donna. Während ich sie mir so betrachte, muß ich daran denken, was mir mein Vater mal gesagt hat, als ich ihn fragte, was die wichtigste Aufgabe eines Vaters sei. Wir harkten Laub im Garten zusammen, und mir kam es vor, als könnte er die ganzen verdammten Blätter mit seinem Riesenrechen auf einmal zusammenfegen, eben weil er mein Vater war, ein echter Supermann, der es einfach drauf hatte. Bewaffnet mit meinem Minirechen aus Plastik, schaffte ich es gerade mal, ein paar Zweige und Blätter zusammenzuklauben. Jede einzelne Bewegung mit dem Rechen erinnerte mich daran, wieviel besser mein Vater alles konnte.

Und während ich mich daran erinnere, meinen Blick noch immer auf die Kleine geheftet, kommt es mir vor, als würde meine Nachbarin darauf warten, daß ich etwas sage, und so fahre ich mit der Geschichte fort, über die ich gerade nachgedacht habe, nur daß ich diesmal laut weitersprече: »Vor langer Zeit habe ich meinen Dad mal gefragt, was die wichtigste Aufgabe eines Vaters sei, und wissen Sie, was er geantwortet hat? ›*Devi dare un nome al bambino quando é nato.*‹ Das heißt soviel wie: Dem Baby einen Namen geben, wenn es geboren ist. Er ist Italiener, verstehen Sie.« Und so, wie ich sie wohl angestarrt habe, als ihr nicht sofort klar war, ob ich ihren Namen oder den des Babys wissen wollte, sieht sie mich nun an wie einen plötzlich aus der Dunkelheit auftauchenden Hirsch. Sie zieht ein Gesicht wie Dan Quayle vor ein paar Jahren bei dieser Vizepräsidentendebatte im Fernsehen, und so fahre ich fort. »Ich finde, das war eine absolute Scheißantwort, selbst wenn er nur einen Witz machen wollte. Seinetwegen mußte ich pausenlos dran denken, wie wichtig Namen waren – ich hab's einfach nicht kapiert.« Erinnert ihr euch an meine Worte, ich hätte mich immer unter Kontrolle? Tja, diesmal nicht, Leute; der Blick in die Vergangenheit tut weh, und die Worte strömen nur so über meine Lippen, ohne daß ich etwas dagegen unternehmen könnte. Solltet ihr mal dabei sein, wenn ich dermaßen hemmungslos vor mich hinschwalle, laßt mich einfach weiterfaseln, bis mir irgendwann die Worte ausgehen, was früher oder später sowieso passiert. Um so bitterer, daß die Frau mit dem Baby ein Stück von mir abrückt, die Kleine fester an sich drückt und verstohlen zu ihrem Mann hinüberschielt. Sieht so aus, als könne sie es gar nicht erwarten, endlich in New York anzukommen. Ich ebenfalls nicht, wenngleich aus völlig anderen Gründen. Jesus, ich hab sie doch nicht gebeten, sich mit der Kleinen neben mich zu setzen. Ich wäre vollauf damit zufrieden gewesen, in meinem Buch weiterlesen zu können und New Jersey an mir vorbeiziehen zu lassen. Ihr seid Zeugen, daß sie sich den Platz neben mir ausgesucht hat. Aber nach all den Jahren ist mir immer noch nicht klar, wieso Dad mir unbedingt diese Antwort geben mußte.

Und in genau diesem Moment beugt sich ihr Mann über den Sitz und sagt mit leicht gepreßter Stimme: »Äh, Schatz, wir wollten doch noch über diese eine Sache reden.« Echt clever ausgedacht, mein Freund. Er streckt die Hände aus, sie reicht ihm das Baby, dann dreht sie sich von mir weg, so daß ich nur noch ihren Rücken und ihren Hinterkopf sehe. Und das Baby auch nicht mehr. Irgendwie habe ich die beiden echt vergrault. Habe ich etwa wieder geflucht? Ja, war wohl so, wenn ich's recht bedenke. Gott noch mal, jetzt erzählt mir bloß nicht, das wäre der Grund. Ich meine, das Baby kann die Worte doch sowieso noch nicht voneinander unterscheiden. Meiner Meinung nach schadet der Kleinen das ganze Babygeschwätz erheblich mehr als ein bißchen Gossensprache. Die Süße ist pfiffig genug, um zu verstehen, daß ich offen und mit dem Herzen dabei bin und nicht bloß irgendwelches Blabla von mir gebe. Zuhause kriegt sie doch garantiert nie ein vernünftiges Wort zu hören. Es muß doch total nervig für die Kleine sein, dabei zuzuhören, wie ihre Mutter anderen Leuten ihren Namen erklärt. Ach ja, Schlampe? Wie heißt denn dein Mann – vielleicht *Salciccia*?

Ich bin nicht in der Stimmung, die rauchenden Fabrikschornsteine und die Einkaufszentren links und rechts der Schnellstraße zu betrachten. Kein Grund, sich damit jetzt näher zu beschäftigen; ich habe sowieso für so gut wie jede dieser Scheißfirmen gearbeitet. Ich hatte so viele Horrorjobs, Leute, Zeitungen austragen war das reine Zuckerschlecken dagegen. Vielleicht gar nicht so schlecht, daß das Fenster verschmiert ist – so muß ich mich wenigstens nicht mit irgendwelchen blöden Erinnerungen herumschlagen. Als ich die Leute im Mittelgang beäuge, merke ich auf einmal, daß mich dieser Saftarsch volle Kanne fixiert, als wollte ich tatsächlich seiner Frau und dem Kind ans Leder. Ich wende mich ab und konzentriere mich auf die Kringel und Ovale meiner Fingerkuppen, während ich mich frage, wieso Menschen eigentlich so sind, wie sie sind; mir ist übel, ich fühle mich zum Heulen, und wenn mich noch einer – egal wer – blöd anglotzt, raste ich aus, total aus. Ich bin kurz davor, dem Fucker einen Zettel rüberzureichen, einen Zettel, auf dem steht, daß er sich besser vorsieht, wen er niederzustarren versucht, weil sein Gegenüber die Pistole seiner Ex-Freundin unter einem weinroten Hemd und einer alten Levi's versteckt haben könnte. Behalt dein schlechtes Karma für dich, Bursche, ich hab selbst genug davon. Außerdem, glaubt wirklich jemand, ich wollte eine Frau mit Kind und Ehemann anmachen? Okay, ich quatsche durchaus mal das eine oder andere Mädchen an, aber ein bißchen wählerischer bin ich eigentlich schon. Komm, Junge, laß gut sein. Dann werfe ich wieder einen Blick auf die Kleine. Verdammt, dieses rosa Outfit ist echt potthäßlich. Ich frage mich, wer von den beiden auf die Idee gekommen ist, kleine Mädchen müßten unbedingt rosa Klamotten tragen. Jede Wette, daß das ebenfalls auf das Konto dieser Wurstpelle geht.

Tja, wenden wir uns lieber den Dingen zu, die in meinem Apartment auf mich warten. Wie auch immer, nach der Busfahrt bin ich total alle – wer weiß, vielleicht wär das Ganze noch in 'ne Schlägerei ausgeartet, oder womöglich wär der Kleinen noch was passiert. Ich bin echt der sprichwörtliche Elefant im Scheißporzellanladen, Leute, überall, wo ich hinkomme, mache ich alles kaputt und hinterlasse nichts als Chaos. Wahrscheinlich ist es wirklich das Beste, wenn ich meine unsichtbaren Ketten anlege und mich in 4 D verbarrikadiere, ein bißchen Winterschlaf halte, bis mich der Frühling mit neuer Lebenskraft erfüllt (kann ich gut brauchen, da ich ja jetzt Leonias Miete mitbezahlen muß).

Wie ihr wißt, setzt einen der Bus am Port Authority ab, Ecke 42nd Street/ 8th Avenue, aber damit ist die Sache noch nicht gelaufen. Ich könnte den Shuttle und dann den Sechser nehmen; ich könnte den Crosstown-Bus nehmen und nachher in den nach Uptown umsteigen, oder einfach zu Fuß gehen. Es kommt mir vor, als wäre ich in den letzten paar Tagen mehr gelaufen als in meinem ganzen bisherigen Leben; das ergibt sich wohl von selbst, wenn man's nicht besonders eilig hat, irgendwohin zu kommen. Ich hole mir ein Token – einsfünfzig inzwischen, Mann, die zocken einen ab, wo sie nur können –, nehme die Treppe und warte auf die U-Bahn nach Downtown. Ziemlich abgefahren, wie das Ding manchmal um die Ecke gebrettert kommt, als würde gleich die Apokalypse hereinbrechen, aber diesmal fährt der Zug geradezu auf Zehenspitzen ein. Ich glaube, ich fahr runter zur West Fourth und seh mal, was im Village los ist; kann ja nicht schaden. Mann, wen will ich hier eigentlich verarschen? Die ganze Zeit über mache ich hier einen auf gleichgültig, aber euch ist hoffentlich trotzdem nicht entgangen, daß ich eigentlich auf der Suche nach Michelle bin. Ganz ehrlich, Leute, mit Worten kann man nicht ausdrücken, wie einsam ich mich gerade fühle. 4 D ist doch sowieso bloß das Hauptquartier der gebrochenen Herzen, da mache ich mich lieber gleich auf die Suche nach dem Hauptquartier der goldenen Herzen. Nicht daß jemand glaubt, ich wollte sie belästigen oder ihr sonstwie auf den Wecker fallen; hey, wir hatten 'ne gute Zeit miteinander, und irgendwie ist sie mir seitdem nicht mehr aus dem Kopf gegangen. Schlimmstenfalls hat sie nicht halb so oft an mich gedacht, aber vielleicht hat sie ja trotzdem Lust, mal wieder mit mir um die Häuser zu ziehen, notfalls können wir auch chinesisch essen gehen – mir egal, ich mache alles mit, es war einfach ein gutes Feeling mit ihr, auch wenn ich mich frage, ob sie auch nüchtern auf mich steht. Bleibt das Problem, daß es um einiges zu früh fürs *Sapphire's* ist, vorausgesetzt, daß sie da überhaupt öfter hingeht. Außerdem kann ich mich kaum an das Apartmenthaus erinnern, in das sie mich mitgenommen hat – ihr wißt sicher noch, daß ich ein paar Whiskey intus hatte.

Gott noch mal, schon das Wort »Whiskey« macht mich krank; allein beim Gedanken an irgendwelche Drinks krampfen sich meine Eingeweide zusammen. Das tue ich mir nicht noch mal an. Vielleicht zische ich nächstes Mal ein paar Bierchen, wenn ich mit einer Lady unterwegs bin, aber Jack Daniels ist ein für allemal abgesagt. Was erzähle ich euch eigentlich? Diese ganzen Gelöbnisse sind doch bloß Gelaber. Beim Wort könnt ihr mich nehmen, wenn mich nächsten Samstag irgendeine Blondine abblitzen läßt und ich Lord Daniels von der Bar aus nach mir rufen höre – dann werden wir ja sehen, was aus meinen Vorsätzen geworden ist.

Aus irgendeinem Grund ist die U-Bahn der ideale Ort zum Lesen; probiert's selbst mal aus. Okay, da drin ist es tausendmal lauter als in dem Überlandbus, mit dem ich zurückgefahren bin, aber es ist ein produktiver, anregender Lärm, falls ihr wißt, was ich meine. Ich lese weiter in meinem Buch über Stevens, den unerschütterlichen englischen Butler; auf der anderen Seite des Mittelgangs befinden sich fünf Plätze, die nur so in brauner Kotze schwimmen. Einen Platz von dem See entfernt sitzt ein pickelgesichtiger Junge, der das Ganze anscheinend physikalisch berechnet hat, so nach dem Motto: »Scheiß drauf, die Suppe schwappt schon nicht rüber, und außerdem will ich jetzt endlich sitzen.« Ich kann seine Todesverachtung nur bewundern. Der Anblick entbehrt nicht einer gewissen Komik, da die anderen Fahrgäste die Augen verdrehen oder angewidert die Nasen rümpfen. Ich verziehe keine Miene; vor ein paar Tagen hätte das meine Kotze sein können, stimmt's? Aber das Buch ist erste Sahne, Leute, und außerdem steht da diese sagenhaft aussehende Frau, die sich an einem der Haltegriffe festhält – wie gesagt, ich fahr echt nicht auf jede ab. Ihr werdet mich dafür hassen, aber ich nehme mein Buch ein Stück hoch, damit sie sieht, daß ich nicht irgend so eine Dianetik-Schwarte oder den neuesten Grisham lese. Nichts gegen Grisham, wenn ich mich recht entsinne, habe ich sogar zweimal was von ihm gelesen; aber mit 'nem Grisham ragt man eben nicht weiter aus der Menge heraus, falls ihr versteht, was ich meine. Ich scheine sie nicht sonderlich zu beeindrucken; bis zur 23rd starrt sie Löcher in die Luft, dann verschwindet sie auf dem Bahnsteig.

Ich steige an der West Fourth aus; der Gestank alter Kotze weicht einem penetranten Geruch nach Senf, der den gesamten U-Bahnhof durchzieht. Dann bin ich draußen und stehe mitten im prallen New Yorker Leben. Da drüben spielen ein paar Typen Basketball. Stimmt, ich stehe eigentlich überhaupt nicht auf Sport, aber manchmal bleibe ich stehen und höre zu, was sich die Spieler so alles an den Kopf werfen. Haben sie ein Spiel gemacht, können sie sich meistens nicht über das Ergebnis einigen und kriegen sich erst mal zwanzig Minuten in die Haare, bevor sie schließlich die nächsten Körbe werfen. Wenn sie über das Ergebnis streiten, ist es ein bißchen so, als würden ein paar geniale Mathematiker wegen einer Formel aneinandergeraten (Mathe: das könnte der Schlüssel zu allem sein). Unglaublich, welche Scharen von Leuten manche Spiele anziehen; ihr würdet euch echt wundern. Und da vorn ist das Kino, wo ich *Von Mäusen und Menschen* gesehen habe – nicht den Klassiker, sondern das Remake mit John Malkovich und Gary Sinise. Irgendwie hat dieser Film mein Leben verändert; ich weiß nicht warum, Leute, aber die Stimme von Gary Sinise wollte mir danach einfach nicht mehr aus dem Kopf gehen. An dem Abend hatte ich Riesenzoff mit Leonia, und als mir alles zuviel wurde, knallte ich einfach die Tür hinter mir zu (eigentlich war das ihre Tour) und ging ins Kino. Als ich wieder zurück bin, fragt sie mich, wo ich war, und ich antworte, daß ich mir Von *Mäusen und Menschen* angesehen habe, worauf sie mich anbrüllt: »Was? Wir wollten uns den Film doch zusammen ansehen!« Ich schreie sie an, daß ich sie hasse, knalle die Tür abermals hinter mir zu und lasse sie für den Rest der Nacht allein zu Hause hocken. Zuweilen hatte sie die fatale Neigung, die falschen Dinge zur falschen Zeit zu sagen.

Ich trotte rüber zur Bleecker, wo ich ganz in Ruhe die Straße entlangschlendern und alles in mich aufsaugen kann. Es ist noch nicht spät, aber es wird bereits dunkel. Verdammt, ist euch schon mal aufgefallen, daß sich die halbe Welt den Arsch abzulachen scheint, wenn man sich selber einsam fühlt? Ich schwör's, die beiden Typen da drüben müssen sich gegenseitig festhalten, um nicht vor Lachen aus den Latschen zu kippen. Ich bin fast versucht, sie zu bitten, den Witz noch mal für mich zu wiederholen, aber ich glaube nicht, daß ich mir damit neue Freunde mache. Die Leute hasten von beiden Seiten an mir vorüber, und ich gehe einfach weiter, während ich mich an die letzten Nächte zu erinnern versuche, ohne daß es mir richtig gelingen will. Als ich in die Nähe vom *Terra* komme, wechsle ich die Straßenseite, aber nicht, weil ich dem Rausschmeißer aus dem Weg gehen will, sondern einfach, weil ich die Sache am liebsten aus meinem Gedächtnis streichen würde. Was mir jetzt gerade noch fehlt, sind Kotzreste mit meiner DNA auf dem Bürgersteig; da sehe ich lieber stur geradeaus. Wahrscheinlich besser, über Michelle und unsere gemeinsame Nacht zu sinnieren, darüber, ob es jemals noch so eine Nacht geben wird; eine einzige wär schon genug. Mann, allein schon die Vorstellung, daß daraus nichts wird, läßt in mir eine unbeschreibliche Leere aufsteigen. Was denn, würde ich sie etwa vor den Kopf stoßen, wenn ich sage, daß es mir gefallen hat? Würde ich ihr damit vielleicht sogar Angst einjagen? Verdammt noch mal, es hat mir gefallen, seit wann muß man sich dafür entschuldigen? Oder soll ich das Ganze vorsätzlich versauen und ihr erzählen, ich hätte mich unsterblich in sie verliebt? Wär das nicht die Krönung? Warten wir mal ab, was sie tut, wenn ich ihr das unter die Nase reibe!

Als ich zur Elizabeth Street komme, macht es langsam klick; gut möglich, daß das große Apartmentgebäude an der Ecke jenes Treppenhaus beherbergt, in dem ich mit Michelle geschlafen habe. Versetzt euch einfach mal für einen Moment in meine Lage. Ich weiß, ihr meint, es gäbe keinen Grund, das Ganze jetzt wieder aufzuwärmen, in erloschener Glut herumzustochern – aber ganz ehrlich, man denkt ja wohl nicht dauernd an eine Frau, wenn man nicht in sie verliebt ist, oder? Ich will einfach nur wieder neben ihr liegen, einfach nur bei ihr sein, der ganze Rest ist mir scheißegal, Ehrenwort. Es herrscht ein Höllenverkehr an der Kreuzung, so daß ich tatsächlich warten muß, bis die Ampel grün wird, dann überquere ich die Straße. Scheiße, Leute, ich weiß nicht mal, wie die Tussi heißt oder auf welcher Etage sie wohnt; ich bin mir nicht mal sicher, ob es überhaupt das richtige Haus ist, es könnte genausogut ein völlig anderes sein. Ich werfe einen Blick über die Schulter, um sicherzugehen, daß ich nicht beobachtet werde; die Bewohner solcher Häuser stehen nicht so drauf, wenn man vor ihrer Tür herumlungert, insbesondere, wenn man gerade auf der Suche nach einer Tussi ist, die noch gar nichts von ihrem Glück weiß. Das sind die Neunziger, und auf die Weise landet man schneller auf der Titelseite, als man glaubt. Ich frage mich, ob X-Man immer noch sauer auf mich ist. Ich will die Tür öffnen, aber sie ist verschlossen. Ich rüttle am Griff, als ob das irgendwas bringen würde, aber das nützt auch nichts. Na ja, scheiß drauf, in der Eingangshalle würde ich auch nicht weiterkommen. Weshalb habe ich überhaupt an der Tür gerüttelt? Und dann auch noch zweimal?

Ich besehe mir die Klingeln neben der Tür; Mann, das müssen etwa neuntausend Namen sein, alle alphabetisch aufgelistet. Und ich habe nicht den blassesten Schimmer, wo ich anfangen soll. Ich will hier nicht den Rassisten rauskehren, aber erst mal suche ich die Türschilder nach asiatischen Namen ab, und tatsächlich finde ich auch ein paar. Vielleicht bin ich aber auch auf der falschen Fährte; einer meiner Freunde an der Uni ist Koreaner und heißt Anderson mit Nachnamen, wie kann man sich da sicher sein? Scheint so, als hätte Shakespeare doch recht gehabt: Was ist schon ein Scheißname? Ich finde eine Reihe von Lees, ein paar Kwans, ein paar Chins und sogar einen Shin. Nun gut, ich will sie wirklich wiedersehen, aber wenn ihr glaubt, daß ich jetzt die ganze Nacht über Knöpfe drücke und nach Michelle frage, dann habt ihr euch geschnitten. Ich spähe durch das Türglas, nur für den Fall, daß sie gerade aus dem Aufzug steigt, und sehe, daß die Eingangshalle von oben bis unten verspiegelt ist. Aber was heißt das schon? Verspiegelte Wände gibt's sowieso in jeder zweiten Lobby. Wie auch immer, von Michelle ist nirgendwo eine Spur; außer mir ist weit und breit niemand zu sehen. Meine Anspannung weicht der simplen Einsicht, daß ich einfach nur ohne Sinn und Verstand in der Gegend herumstehe. In solchen Augenblicken meint man, die ganze Welt würde einen beobachten und sich fragen, was man eigentlich vorhat. Ich mache auf dem Absatz kehrt und wende mich in Richtung U-Bahn, bleibe aber nach fünf Schritten wie angewurzelt stehen und laufe zurück, um nachzusehen, ob es auf den Klingelschildern einen Ishiguro gibt; so heißt der Typ, der das Buch geschrieben hat, das ich gerade lese. Wieder nichts, der Name Iverson kommt dem noch am nächsten, aber Michelle Iverson klingt irgendwie überhaupt nicht in meinen Ohren, und so mache ich mich erneut auf den Weg.

In der U-Bahn nach Uptown schlage ich mein Buch nicht mal auf. Lesen wär 'ne feine Sache, aber Nachdenken kommt jetzt noch besser, und so denke ich wieder über *Romeo und Julia* nach. Wie gesagt, ich steh nicht so auf Theater, schon gar nicht auf Affentheater, aber ganz ehrlich, Leute, ich bin echt froh, die Aufführung gesehen zu haben, und nicht bloß, weil Isabel so gut war oder weil sie meine Schwester ist. Seit Jahrhunderten wird diese Geschichte immer wieder neu erzählt, und ich bin stolz darauf, Teil dieser Tradition zu sein. Nur eines stört mich an der Sache: Wäre ich ein wahrer Romeo gewesen, hätte ich mir die Waffe meiner toten Liebe ebenfalls an den Kopf halten und abdrücken müssen. Tja, das wäre edel und romantisch gewesen, nicht wahr? Mit dem Unterschied, daß sich Julia für Romeo umbrachte, nicht *wegen* ihm, klar? Und wer weiß schon, was Romeo getan hätte, wenn sie wegen seiner miesen Tour aus dem Leben geschieden wäre? Keine Ahnung, obwohl ich sicher bin, daß ihm etwas Besseres eingefallen wäre, als sich vor der halben Welt zum Affen zu machen. Dann ist da noch diese eine Zeile, die nie zitiert wird; kein Mensch würde sie je in irgendwelche Jahrbücher schreiben oder beim Picknick im Grünen zum Besten geben, und trotzdem ist sie mir am nachhaltigsten in Erinnerung geblieben. Zum Schluß spricht der Fürst darüber, daß sich über die Familienfehde ausnahmslos jeder schuldig gemacht hat und somit indirekt alle für den Tod der jungen Liebenden verantwortlich sind; er geht hart mit den Beteiligten ins Gericht, und schließlich dreht er sich zu uns, dem Publikum, und schreit, ach was, brüllt: »Alle sind bestraft!« So wie er die letzte Silbe betonte, hätte ich mir diesen einen Satz stundenlang anhören können, und ein paar Leuten schreckten regelrecht hoch, während ich eine Gänsehaut bekam, als hätte ich Kakerlaken in den Achselhöhlen. Zuerst fand ich keine Erklärung, warum mir gerade diese Zeile nicht mehr aus dem Kopf gehen wollte, außer vielleicht, daß er sie dermaßen laut durch den Saal gebrüllt hatte, aber auf dem Weg nach Hause ging mir schließlich auf, daß diese drei Worte genau zu meiner Situation paßten. Ich meine, durch Leonias Selbstmord hat niemand etwas gewonnen, oder?

Okay, ein paar Dinge hätte ich definitiv anders angehen sollen; ich bin der erste, der das zugibt. Wenn ich ein paar

Drinks intus habe, lasse ich meine Wut manchmal auf eine Art und Weise raus, die vielleicht nicht die produktivste ist. Und so fragil, wie Leonia war, habe ich ihr damit wohl sogar Angst gemacht. Na ja, und im Bett war ich auch nicht immer der Feinfühligste, was ihre Wünsche anging – laßt uns einfach der Wahrheit ins Auge sehen. He, ich hab nie behauptet, ich wäre der beste Mensch der Welt, oder der beste Lebensgefährte oder so was; darüber brauchen wir gar nicht zu diskutieren. Und wenn man obendrein auch noch weiß, wie man jemanden verbal wirklich treffen kann, ist es ein Leichtes, den anderen fertigzumachen. Glaubt mir, ich bin nicht besonders stolz darauf.

Wahrscheinlich würde Leonia ebenfalls zugeben, daß sie ein paar Fehler gemacht hat. Sie hat mit aller Kraft versucht, mich kleinzukriegen und mir die Dinge madig zu machen, von denen sie genau wußte, wie wichtig sie mir waren. Dabei haben wir uns geliebt – völlig unfaßbar, daß wir uns das Leben gegenseitig so zur Hölle machten. Eine Schande, wie neidisch und eifersüchtig wir aufeinander waren. Obwohl sie sich gleichzeitig nichts mehr wünschte, als daß wir ein Team waren; sie wollte die Welt mit mir erobern, und vielleicht hätte das sogar geklappt, aber inzwischen ist es sowieso zu spät, sich darüber Gedanken zu machen. Wenn ich jetzt an sie denke, fühle ich mich, als stünde ich mitten im Treibsand; alles zieht mich nur immer weiter runter. Na ja, was schert euch das? Sagt endlich was, bevor es noch peinlicher wird. Im Grunde wollte ich bloß sagen, daß ich durch Leonias Tod bestraft worden bin; Leonia hat sich selbst bestraft. Ihre Eltern sind bestraft, weil sie sie nie wiedersehen werden, und meine Eltern, weil ich völlig neben der Spur bin. Tja, und dazu kommen noch all diejenigen, die sich in nächster Zeit mit meinen Höllenqualen auseinandersetzen dürfen. Ich meine, ich kann das Ganze ja schlecht jeden Abend wegschließen, bevor ich unter die Leute gehe; auf die Weise komme ich bestimmt nicht wieder hoch. Es endet mit einer unheilvollen Kettenreaktion, in deren Verlauf jeder seine Strafe bekommt, und sei er noch so entfernt in die Sache verwickelt. Das war es, was der Fürst in *Romeo und Julia* meinte; präziser kann man es wohl nicht sagen.

Als ich vor meinem Apartment ankomme, bleibe ich für ein paar Sekunden stehen, bevor ich die Schlüssel heraushole. Da stehe ich nun, ein einsames Arschloch mit Magenschmerzen und pochendem Ohr, aber glaubt bloß nicht, ich würde zögern, weil ich vor meiner Wohnung Angst habe. Tatsächlich muß ich sogar dringend aufs Klo, also schließe ich auf, werfe meine Jacke über den nächsten Stuhl und verziehe mich ins Bad. Erst als ich bereits auf der Toilette sitze, fällt mir ein, daß mein Buch noch in der Jackentasche steckt. Die nächste verpaßte Gelegenheit! Was wohl bedeutet, daß ich jetzt nur auf meinen Schiß warten und die Fliesen anstarren kann. Verdammt noch mal, diese Wände haben genug Blut gesehen, jetzt muß mir das Zeug nicht noch zusätzlich aus dem Arsch kommen, wenn ihr versteht, was ich meine. Irgendwie sehe ich alles leicht verschwommen, versuche mich aber auf den Boden zu konzentrieren, mich an die genaue Lage ihres Körpers zu erinnern, während ich die Fliesen nach letzten Blutresten absuche. Nein, Leute, es war nicht wie bei einem dieser Krimis im Fernsehen; es gab kein Verhör und keine Kreideumrisse, von denen in meinem Herzen vielleicht mal abgesehen. Innerhalb einer Stunde waren die Cops schon wieder weg – alles Routine. Erst verständigten sie die Mordkommission, dann irgendwelche Experten, die für die offizielle Todeserklärung zuständig waren – als hätten sie nicht selbst feststellen können, daß Leonia mausetot war. Ein paar Beamte stellten mir ein paar Fragen, und das war's auch schon. Ich konnte ihnen gerade mal kaltes Wasser anbieten – Kaffeekochen war Leonias Job, außerdem hatte ich keine Kekse da. Meiner Meinung nach sollten für Polizisten Kurse eingerichtet werden, in denen man ihnen beibringt, in solchen Situationen ein bißchen netter zu sein. Vielleicht dachten sie auch zuerst, ich hätte sie umgebracht. Zumindest einer der Cops zeigte ein bißchen Mitgefühl; er fragte, wo man mich erreichen könnte, falls sich weitere Fragen ergeben sollten, auch wenn das unwahrscheinlich sei. Was in solchen Typen vorgeht, wird mir wohl für immer ein Rätsel bleiben.

Aber jetzt sitze ich hier auf der Toilette, und obwohl ich mich nicht erinnern kann, in letzter Zeit besonders viel gegessen zu haben, arbeitet und rumort es in meinen Gedärmen, daß mir der blanke Schweiß ausbricht. Verdammt noch mal, kann ich denn nicht mal mehr die einfachsten Dinge bewältigen, ohne daß gleich eine Riesensache draus wird? In gewisser Weise ist das auch der Grund, warum ich es nicht eilig habe, zum Telefon zu greifen und mich mal wieder mit alten Bekannten zu treffen. Ich meine, erinnert euch doch nur mal an Nicole. Da denkt man, man geht zu einer kleinen, unverfänglichen Verabredung, und in Null Komma nichts zieht das Ganze einen ellenlangen Rattenschwanz nach sich. Mit der Suche nach Michelle habe ich auch bloß das Schicksal herausgefordert – vielleicht war sie gerade dabei, dem Rausschmeißer vom *Terra* einen zu blasen. Nicht daß ich von ungefähr drauf komme, Leute; Michelle hat mir dermaßen einen geblasen, daß ich es immer noch spüre. Drei Tage später! Mann, sie nagte an meiner Schwanzspitze, als wollte sie eine besonders hartnäckige Tüte Chips aufreißen. Es tat so weh, daß ich lachen mußte. Jetzt brennt mein Ding beim Pissen. Tja, ich wollt's eigentlich nicht weiter ausführen, aber mein Penis braucht wohl auch mal 'ne Auszeit. Gott, diese Kopfschmerzen sind echt gnadenlos! Zeit zum Abwischen, aber ich warte noch ein bißchen, während mir alles mögliche durch den Kopf geht.

Aus irgendeinem Grund, vielleicht weil ich gerade meinen Schwanz erwähnt habe, muß ich an diesen Lehrer denken, den wir damals in der vierten Klasse hatten; ihm wurde vorgeworfen, einen Klassenkameraden von mir mißbraucht zu haben. Ich sollte als Leumundszeuge für den Lehrer aussagen, aber meine Mom wollte das nicht zulassen. Sie sagte, das ginge nicht, weil wir an dem Tag bei meinen Großeltern eingeladen wären. Damals war ich wohl zu jung, um das zu begreifen, aber heute weiß ich, daß sie felsenfest von seiner Schuld überzeugt war, ohne mir die ganze Sache näher erklären zu wollen. Als ob ich nicht selbst drauf gekommen wäre bei den Gerüchten, die auf dem Schulhof kursierten. Einer Reihe von Leuten tat der Lehrer leid; sie führten die Sache auf private Probleme zurück, obwohl sie sich besser mal mit den Problemen des betroffenen Jungen auseinandergesetzt hätten. Ich meine, hätte er vielleicht eine Geschichte über das erste Mal schreiben sollen – mit neun Jahren? Verdammt, nach Leonias Selbstmord weiß ich, daß es Dinge gibt, mit denen man auch mit einundzwanzig nicht fertig wird. Weshalb zum Teufel komme ich gerade jetzt auf diese Geschichte? Vergeßt es, es gibt Wichtigeres. Ich wische mir den Arsch, und es fühlt sich fies und eklig an, aber als ich einen Blick auf das Papier werfe, ist es braun, Leute, einfach nur braun, so braun wie ein Stück Kreide im Malkasten. Ich starre auf das Papier und frage mich, ob ich jemals einen derart erhebenden Anblick genossen habe. Ich frage mich, was mein Körper mit all dem Gift in mir gemacht hat. Sieht so aus, als wäre der ganze Dreck in der Kanalisation von New Jersey gelandet; die von New York ist sowieso schon verseucht genug, als daß sie auch noch von mir bedient werden müßte. Ich beende die Sitzung und ziehe die Spülung – da geht er hin, mein großartiger Beitrag zum Ökosystem, ins weite Meer oder wo immer die ganze Scheiße auch enden mag.

Tja, und jetzt ist wahrscheinlich der beste Zeitpunkt, mich dafür zu entschuldigen, daß ich so über meine Familie hergezogen bin. Langsam dämmert mir, daß es vielleicht gar nicht so schlecht war, daß mich meine Eltern weitgehend in Ruhe gelassen und nicht so sehr auf die emotionale Tube gedrückt haben. Eigentlich haben sie sich ganz normal verhalten, so wie immer. Alles andere wäre sowieso bloß Getue gewesen. Und das kann ich nun mal nicht ausstehen.

Ich habe Wasser aufgesetzt und warte darauf, daß es endlich kocht, damit ich die Fettucine hineingeben kann, aber das dauert noch. So bleiben mir noch ein paar Minuten, um in der Wohnung herumzustöbern. Tja, vielleicht wäre es sogar ganz schön, eines Tages ein paar letzte Zeilen von Leonia zu finden, egal, was ich euch sonst erzählt haben mag; irgend etwas von ihr, von dem ich bislang noch nichts wußte. Trotzdem glaube ich nicht, daß ich auf etwas stoßen werde; Leonia war nicht der Typ Mensch, der irgendwelche Dinge versteckt. Acht Monate haben wir hier in 4 D zusammengelebt, so lange, bis wir endgültig miteinander fertig waren. Während ich ein bißchen Ordnung schaffe, hier und da ein paar Dinge wegräume, fühle ich mich wie ein Archäologe; überall stoße ich auf alte Schichten meiner Existenz. Ich gehöre nicht zu den Leuten, bei denen alles peinlich genau aufgeräumt sein muß, aber wenn zuviel Chaos herrscht, komme ich schlecht drauf, und dann läuft überhaupt nichts mehr. Es reicht, wenn ich das Gefühl habe, daß ich mich selbst respektiere, das ist alles.

Dann kocht das Wasser – ich kann von hier aus hören, wie die Moleküle voll aufeinander losgehen –, also rein mit der Pasta. Ich räume den Tisch ab und lege die alten Ausgaben der *New York Times* beiseite; Mann, morgens um acht erscheint einem die Zeitung unentbehrlich, und am nächsten Tag nimmt sie einem bloß Platz weg. Dann bemerke ich auf einmal etwas unter dem Tisch und knie mich hin, um es aufzuheben – sieh da, ein Styroporbecher. Wo zum Teufel kommt der denn her, Leute? Als ob ich keine Gläser hätte. Innen drin befinden sich Kaffeereste, und am Rand klebt Lippenstift, roter Lippenstift. Irgendwie merkwürdig, weil Leonia nur sehr selten Lippenstift trug, und wenn, dann so 'ne Art ziegelfarbenen. Eigentlich würde ich drauf tippen, daß einer der Cops daraus getrunken hat, nur daß gar keine Polizistin dabei war, bloß männliche Donutmümmler. Das Rot leuchtet wie ein brandneuer Feuerwehrwagen, ganz ähnlich wie der Lippenstift von Julie, ja, von Julie, die ich letztens bei der Arbeit kennengelernt habe.

Julie, Leute. Verdammt. Eine Woge aus Schuldgefühlen und

Trauer wäscht über mich hinweg. So ist es wohl, wenn man stirbt, Freunde, so fühlt man sich wahrscheinlich in der letzten Sekunde seines Lebens. Ich ziehe die Pistole unter meinem Hemd hervor, wo ich sie die ganze Zeit über verstaut hatte. Ich ziehe sie hervor und betrachte sie aus tausend verschiedenen Blickwinkeln. Wollt ihr mir weismachen, Picasso hätte je etwas Aussagekräftigeres zustande gebracht als Leonia mit dieser unscheinbaren Pistole? Vergeßt es, aber schnell! Kunst, Selbstmord, am Ende ist beides doch nur Inszenierung, so sehe ich's jedenfalls. Ich halte die Waffe in der Hand, und wißt ihr was? Sie ist schwer. Möglich, daß es an all dem Blei liegt, aber das Gewicht zieht mich irgendwie runter, und so lege ich das Mordinstrument abrupt auf den Tisch. Endlich kein Druck mehr in der Magengegend. Was schleppe ich das Scheißding eigentlich die ganze Zeit mit mir herum? Wenn man eine Waffe hat und sie benutzen will, ist man eine Million mal schlechter dran als ohne – sieht fast so aus, als hätte ich am Ende doch etwas dazugelernt. Dieses verdammte, gottverdammte Ding.

Die Waffe mag jetzt erledigt sein, aber dafür sind es plötzlich meine Gedanken, die tonnenschwer auf meiner Seele lasten. Es kommt mir vor, als stünde ich nicht in meinem Apartment, sondern in einem eisig kalten Boxring. Ich muß erst mal mit mir selbst ins reine kommen, bevor ich dem Leben da draußen wieder die Stirn bieten kann; ich muß erst mal hier drinnen anfangen. Und da sitze ich nun, als ich auf einmal ein Flackern in meinem Augenwinkel wahrnehme. Kaum zu glauben, daß ich es die ganze Zeit über nicht bemerkt habe. Das rote Lämpchen meines Anrufbeantworters blinkt; jemand hat mir eine Nachricht draufgesprochen.

Blink. Pause. Blink. Pause. Blink. Das Auge des Zyklopen: keine Ahnung, ob es blinzelt oder zwinkert. Verdammt, sieht fast so aus, als würde sich das Scheißgerät über mich lustig machen. Stellt euch mal vor, ich wäre elektronisch gesteuert – ich würde immer im gleichen Rhythmus ticken, im ewig gleichen monotonen Takt durchs Leben gehen. Verdammt, das würde mir gar nicht so schwer fallen; kein Problem. Aber da ist noch eine andere Möglichkeit, die ich um einiges vorziehen würde. Wenn ich mal wieder jemanden brauche, so wie jetzt, werde ich euch ab und an (nicht immer, Leute, bloß keine Sorge) zur Seite nehmen und euch bitten, mir für ein paar Minuten Gehör zu schenken. Weil dieses Gift in meinen Adern zirkuliert und ich nie wieder so sein werde wie zuvor. Ich weiß es einfach, und keine halbherzige Odyssee kann daran etwas ändern, jedenfalls nicht momentan. Okay? Ich denke, künftig komme ich auch ohne Waffen und Whiskey aus, kein Problem; ich werde mich bemühen, weniger über andere herzuziehen, vielleicht gewöhne ich mir sogar 'ne bessere Ausdrucksweise an. Ich kaufe mir eine neue Harmonika und spiele euch 'nen Song, wenn ihr wollt. Gebt mir Bescheid. Eines Tages wird es vielleicht sogar so sein, daß ich Leonia endgültig vergessen habe; wenn es so weit ist, will ich euch in die Augen sehen können. Manchmal kann ich mich schon jetzt nicht mehr an ihr Gesicht erinnern, an all das, was wir zusammen unternommen haben, an die Klamotten, die sie trug. Leonia ist bloß ein Name. Aber ab und zu kommen mir aus heiterem Himmel Dinge in den Sinn, wie zum Beispiel ihre Stimme klang, wenn ich sie einfach so, ohne besonderen Grund angerufen habe und genau spüren konnte, wie glücklich sie in diesem Moment war. Könnt ihr mir sagen, warum ich mich ausgerechnet an diese Nebensächlichkeiten erinnere? Aber ich beschwere mich ja gar nicht. Hauptsache, ich muß nicht mehr ununterbrochen daran denken, wie wir uns gegenseitig kaputtgemacht haben – denn das ist die größte Sackgasse von allen.

Wenn man die sonst so willkommenen Ablenkungen wieder als Störungen empfindet, ist das wohl ein gutes Zeichen, daß sich die Dinge wieder normalisieren. Wenn ihr Ablenkung braucht, mietet euch doch einfach ein Apartment in New York – da kriegt ihr mehr davon, als euch lieb ist. In der Wohnung nebenan ist jedenfalls dieses Baby, das mir jetzt schon seit zwei oder drei Monaten die Ohren vollbrüllt. Gesehen haben wir uns noch nicht, aber lange nächtliche Unterhaltungen geführt: Der Kleine schreit, weil er gefüttert werden will, während ich stöhnend um Ruhe flehe. Er brüllt dermaßen, daß der ganze Flur wackelt. Ablenkung? Das verfuckte rote Blinken macht mich echt kirre, Leute, nicht mehr lange, und ich dreh echt durch. Moment, laßt mich eben meine Fettucine holen, sie müßten fertig sein, außerdem hab ich Hunger; eins nach dem anderen, okay?

Wie auch immer, das war's; ich wollte euch gar nicht so lange aufhalten, aber ihr wißt ja, wie's manchmal so läuft. Ich will nicht behaupten, ich hätte euch alles bis ins letzte Detail erzählt, aber das ist schon okay so. Besser, man spart sich ein paar Dinge fürs nächste Mal auf. Oh, Mann, ich faß es nicht, aber ich hab völlig vergessen, euch zu sagen, daß ich Sam heiße. Verdammt, irgendwie hab ich nie dran gedacht. Tut mir echt leid, Leute, Hand aufs Herz. Wieso passiert mir dauernd so was? Unglaublich, daß ich immer wieder das Wichtigste vergesse!

Dieses Buch wurde gedruckt auf Recyclingpapier,
das zu 75 % aus echtem Altpapier besteht.

Das Vorsatzpapier besteht aus 100 % nichtdeinkten
Postconsumer-Anfällen, der Überzug wurde auf
100 % Recyclingpapier gedruckt.
Der Karton des Einbandes ist aus 100 % Altpapier.
Das Kapitalband und das Leseband sind
aus 100 % ungefärbter und ungebleichter Baumwolle.